左 近（上）

火坂雅志

PHP
文芸文庫

○本表紙デザイン＋ロゴ＝川上成夫

左近（上）

目次

左近（下）　目次

左近（上）

第一章　大和《やまと》擾乱《じょうらん》

1

奈良盆地の西に、長い山地がつらなっている。

大和《やまと》と河内《かわち》——すなわち、現在の奈良県と大阪府の境をかぎる生駒《いこま》山地である。

大和側は傾斜がゆるやかだが、河内側は急峻《きゅうしゅん》な山肌をみせており、古来より、大和への侵入者をさえぎる天然の防壁にもなっていた。

その生駒の連山のなかで、ひときわ目立つのが、

——信貴山《しぎさん》
の峻峰《しゅんぽう》である。

標高四百三十七メートル。全山、黒雲母安山岩《くろうんもあんざんがん》の岩山で、巨岩、奇石がいたると

ころに転がっている。

信貴山の中腹には、古くより朝護孫子寺《ちょうごそんしじ》がひらかれ信仰を集めていたが、戦国乱世になって、その寺の甍《いらか》を見下ろすように、山のいただきに城が築かれた。

「信貴山城」

と、人は呼ぶ。

城のぬしは、松永弾正久秀《だんじょうひさひで》。乱世の申し子のような梟雄《きょうゆう》である。

京の近郊、西岡《にしおか》の商家の出で、若くして摂津越水《せっつこしみず》城主の三好長慶《みよしながよし》に仕《つか》え、経済面などの実務をまかされた。その後、目から鼻へ抜けるような才覚でめきめきと頭角をあらわし、やがて主君をしのぐほどの力を持つようになった。

永禄《えいろく》二年（一五五九）、夏――。

松永弾正は、緑濃い大和盆地を睥睨《へいげい》する信貴山城の書院で、二人の客を相手に茶を点《た》てていた。

一人は、柳生新左衛門宗厳《やぎゅうしんざえもんむねよし》。大和柳生ノ庄の地侍《じざむらい》で、のちに柳生新陰流《しんかげ》の祖として名を知られることになる、柳生石舟斎《せきしゅうさい》の若き日の姿にほかならない。

日ごろから剣の鍛練《たんれん》を欠かさずおこなっているせいか、朽葉《くちば》色の小袖《こそで》に鹿革の野《の》袴《ばかま》を着た体は肩がたくましく盛り上がり、伸ばした背筋に隙《すき》がなかった。

もう一人の客は、武士ではなく壮年の商人である。

といっても、松永弾正や柳生宗厳に負けず劣らず、ふてぶてしい面構《つらがま》えをし、ぎらぎらとした野心の臭《にお》いに満ちた異様な存在感を放っている。

「わしの自慢の茶釜はどうじゃ、宗久《そうきゅう》」

弾正が男に声をかけた。

「さすが、天下に聞こえし平蜘蛛《ひらぐも》の茶釜にございます。地べたに這《は》いつくばる蜘蛛の如《ごと》き異形《いぎょう》の姿が、世に二つとなき風情《ふぜい》と見受けられまする」

その男――堺《さかい》商人の今井宗久が頭を下げた。

泉州《せんしゅう》堺の甲斐町《かいのちょう》で、薬種《やくしゅ》商の看板を上げている。その一方で、宗久は早くから新兵器の鉄砲に目をつけ、堺郊外の金田寺内《かなたじない》に鍛冶《かじ》職人を集めて、鉄砲の大量生産をはじめていた。

松永弾正とは、その鉄砲の取引を通じて深いつながりがある。

また、宗久はわび茶をとなえる武野紹鷗《たけのじょうおう》門下の高弟《こうてい》であり、茶道具蒐集《しゅうしゅう》に異様な執念《しゅうねん》をしめす弾正と、何かにつけて話が合った。

「柳生どのは、この茶釜をどのように見るかな」

弾正は、正座した袴の膝《ひざ》に両拳《りょうこぶし》を置いている柳生宗厳に、炯々《けいけい》とよく光る大きな眼《まなこ》を向けた。

「斬《き》れませぬな」

「斬れぬとな？」

「さよう。物には必ず目というものがあって、それを斬れば、たとえ石であっても一刀両断できまする。しかし、この平蜘蛛の茶釜は鍛《きた》えよく、目が見当たりませぬ。よって、斬ることも叶《かな》わず」

「おもしろいことを言うやつじゃ」

弾正は鼻梁《びりよう》の高い鷲鼻《わしばな》をふんと鳴らして笑った。

この三人の男が、信貴山城に会した目的は、たんに茶を喫《の》むことではない。彼らの眼下に広がる大和国を、いかにして、

——制するか。

を密談するためであった。

「わしは、この大和が欲しい」

野心を剝《む》き出しにした顔で、松永弾正は言った。

「大和は古来、興福寺が実権を握ってきた仏の国だ。だが、南北朝のころより、興福寺の衰えいちじるしく、代わって越智《おち》、十市《とおち》といった在地の武士どもが台頭し、

混乱の様相を呈《てい》した。近ごろでは、筒井順昭《じゅんしょう》が頭角《とうかく》をあらわし、大和一国の統一をほぼ成し遂《と》げたものの、その順昭も病死。跡を継いだ筒井の当主、藤勝丸《ふじかつまる》（のちの順慶《じゅんけい》）は、まだわずかに十一歳じゃ。つけいる隙は、十分にある」

「たしかに」

今井宗久がうなずいた。

「大和は国中《くんなか》の平地がひらけ、国が豊かにございます。また、古くは都の置かれた土地柄にて、人や物の行き来もさかん。ここを手中におさめるは、天下への早道と申しても過言ではございますまい」

「天下か」

「はい」

「この乱世、諸国にそれを望まぬ大名はおらぬのう」

松永弾正は喉《のど》の奥で声もなく笑った。

のちに群雄にさきがけて上洛《じょうらく》を果たすことになる織田信長は、この年、まだ尾張《おわり》の弱小大名に過ぎない。信長が桶狭間《おけはざま》で駿河《するが》の今川義元を倒すのは、翌年、永禄三年のことである。

「矢銭《やせん》（軍資金）、武器弾薬、兵糧《ひょうろう》の調達は、この宗久におまかせ下さいませ。金田寺内で造った鉄砲、倭寇《わこう》を通じて取り寄せております大量の焔硝《えんしょう》も、弾正さまのもとへ優先的にお回しいたします」

「うまいことを言いおる。そなたは、ただ、わしを利用して金儲けがしたいだけなのであろう」

弾正が、唐桟留《とうざんとめ》の小袖を着た今井宗久を睨《にら》むように見た。

「商客《しょうかく》の徒にございますれば」

「こやつ、ぬけぬけと……」

「しかし、弾正さま。ご主君の三好長慶さまは、大和攻めをおみとめになりましょうか」

「三好の殿が何と思おうが、かまうものではない」

弾正はふてぶてしく笑う。

「将軍足利義輝《よしてる》を京へ呼びもどし、その相伴衆《しょうばん》（直臣《じきしん》）に列して以来、わが殿は覇気《はき》を失った。将軍から畿内《きない》の支配をまかされただけで、すっかり有頂天《うちょうてん》じゃ。近ごろでは、言動もちぐはぐで、若いのに老耄《ろうもう》したようになっておる。そのような主君に、遠慮は無用」

「力ある者が、力なき者を凌《りょう》ずる。乱世の定めにございますな」

今井宗久が目の奥を冷たく光らせた。

「腰抜けのあるじより、いまはこの大和をいかに攻め取るかじゃ」

弾正は柳生宗厳に、染付《そめつけ》茶碗に点てた茶をすすめた。

「わしが大和を席巻《せっけん》するには、土地の事情を、地侍どもの気質から、山、川、谷の隅々《すみずみ》まで知る柳生どのの力が何としても必要」

「わかっております」

「柳生どのには、鎌倉以来の本領安堵《あんど》に加え、銀子《ぎんす》で二千石分の扶持《ふち》を与えよう」

「そのお言葉、信じてよろしいのでございましょうな」

「すでに宛行状《あてがい》を用意してある」

「かたじけのう存じます」

「ふん。筒井の小倅《こせがれ》も、よもやそなたがあるじを裏切って牙《きば》を剝くとは思うまい」

「もともと、わが柳生家は筒井の被官《ひかん》ではござらぬ。先代筒井順昭のときに、小柳生城を攻め落とされ、心ならずも従っているだけ。これと戦うのは望むところ」

「柳生どの」

と、堺商人の今井宗久がまたたきの少ない目で柳生宗厳を見た。

「筒井家に、人材《ひと》はおりますかかな」

「人材……」

宗厳は考えるように眉《まゆ》をひそめ、

「筒井家は山田、福住《ふくずみ》、慈明寺《じみようじ》、飯田《はんだ》、布施《ふせ》、箸尾《はしお》、井戸《いど》など、一族の力がことのほか強うござる。しかし、先代順昭のときならいざ知らず、まだ年端《としは》のゆかぬ当主の藤勝丸さまを見くびり、昨今は勝手な振る舞いをする者が多うございます。ただし……」

「ただし？」

「家臣のなかに、それがしがこれはと思う、あなどり難《がた》い男が一人」

「誰だ、それは」

身を乗り出し、ギロリと大きな目を剝く弾正に、

「鬼左近《おにさこん》」

柳生宗厳は言った。

「鬼、とな」

「平群谷《へぐりだに》の、島《しま》の在所の領主にございます。若いに似合わず肚《はら》がすわり、鬼の如き膂力《りよりよく》の持ち主ゆえ、誰言うともなく鬼左近と」

「鬼左近か」

「はい」

「その名、覚えておくとしよう」

松永弾正は口もとに太い笑いを浮かべ、平蜘蛛の茶釜から立ちのぼる白い湯気を見つめた。

2

南大和、竜門《りゅうもん》岳――。

水豊かにして清く、霊気ただよう太古の森につつまれた、別天地の如き幽邃境《ゆうすいきょう》である。

飛鳥《あすか》、奈良の世の貴族たちは、山紫水明《さんしすいめい》のこの地に遊び、世俗の憂《う》さを忘れて魂を洗ったという。

天智《てんじ》天皇の孫、葛野王《かどののおう》は、『遊龍門山《りゅうもんざんにあそぶ》』と題した漢詩を詠《よ》んでいる。

駕《が》を命《おお》せて山水《さんすい》に遊ぶ
長く忘る冠冕《かんべん》の情《こころ》

（輿《こし》の用意を命じ、竜門山の美しい山水に遊んだ。ここにいると、政治のわずらわしさもすっかり忘れてしまう）

平安時代になっても、清和《せいわ》上皇、宇多《うだ》上皇をはじめとする多くの貴顕《きけん》が、遠く京の都から輿に乗って、山のふところにある竜門寺をおとずれた。

一時は、数多くの堂塔が建ち並ぶ隆盛《りゅうせい》をみせたが、やがて寺は廃《すた》れ、戦国の世には苔《こけ》むした礎石を霧深い森のなかに残すのみとなった。

霊場であったかつての名残《なごり》といえば、三重塔跡の裏手の崖から流れ落ちる、

——竜門の滝

くらいのものであろう。

昼なお暗い山中に、轟々《ごうごう》と滝の音だけが響いていた。

その澄んだ青い滝壺に、褌《ふんどし》ひとつで、

——ザブ

と、飛び込んだ男がいる。

名は、島左近清興《きよおき》。

当年とって二十歳《はたち》になる。

贅肉《ぜいにく》ひとつない褐色《かっしょく》の体は筋肉の塊《かたまり》といってよく、肩から首が異様な盛り上がりをみせている。反対に、胴はハガネのように引き締まり、背中が若者にしかない優美な線を描いていた。

滝壺を悠々と泳ぎきった左近は、やがて滝のほうへ近づいた。

滝は、木の間からこぼれる黄金《こがね》色の朝陽《あさひ》にきらめきながら、飛沫《しぶき》を散らして岩肌を流れ下っている。

竜門の滝には、ひとつの伝説がある。

――鯉《こい》がこの滝をのぼりきると竜になる。

というものである。

左近は一匹の若鯉のように、身をひらめかせて岩に取りつくと、なだれ落ちる水に逆《さか》らって滝をのぼりはじめた。

すべりやすい岩のへこみや割れ目をがっちりとつかみ、一歩、一歩、腕力だけでおのが体を引き上げてゆく。

左近の頭に、肩に、滝の水が凄《すさ》まじい圧力でぶつかってくる。並の者なら一尺《しゃく》（約三十センチ）ものぼらぬうちに、滝壺にたたきつけられているだろう。

だが、左近は鍛え上げた筋力で、上へ上へと滝をよじのぼった。

（竜になりたい……）

左近は思った。

本気で、そう念じている。

仏や神が一木一草《いちぼくいっそう》に棲《す》み、古来、聖なる国とされてきた大和の地に生まれたからではない。

神仏への尊崇《そんすう》の念や、迷信に惑《まど》う精神《こころ》の弱さは、この圧倒的な膂力を持つ若者に無縁である。

信じるのは、ただおのれの力のみ。

神も、仏も、

（この世を生きる助けにはならぬ……）

というのが、左近の信条だった。合理主義者といってもいい。

だが、竜門の滝の伝説だけは、この若者の胸に強く響く。

滝をのぼったからといって、鯉が竜になるはずがない。しかし、高さ十丈《じょう》（約三十メートル）もある滝をのぼりきる鯉がいたとしたら、それは竜にも等しい存在ではないか。

人もまた、同じである。

人は竜にはなれない。だが、努力次第で、かぎりなく竜に近い漢《おとこ》になることはできる。

だからこそ、左近は筋肉の塊を躍動させ、力を振り絞《しぼ》っておのが体をじりじりと引き上げていく。

滝の流れが顔にたたきつけ、満足に目をあけていることもできない。鼻も口も水にふさがれ、息をすることさえ難しかった。

それでも、左近はのぼりつづける。

滝の落ち口が近づくにつれ、異様な昂揚感《こうようかん》が総身に満ちてきた。

（あと少し……。あと、少しだ……）

水の冷たさで指先はかじかみ、ともすれば岩からすべり落ちそうになった。のぼりきったところに何があるのか、それはわからぬが、

（落ちれば竜になるどころか、水泡《みなわ》に呑《の》み込まれるだけよ）

左近の右手が、滝が流れ出す岩のふちに届いた。引き寄せるように力を込めたとき、ぐらっと岩が動いた。

（しまった）

と思ったのと、左近の体が宙に浮くのが同時であった。

頭から真っ逆さまに落下した。

烈《はげ》しい衝撃とともに、滝壺にたたきつけられる。

水底深く沈み、ゆっくりと浮き上がって、もがくように水面から顔を突き出した。したたかに呑み込んだ水を吐《は》き出し、肩で大きく息をする。

（いま少しだった……）

見上げると、竜門の滝は左近をあざ笑うように、変わらず轟音《ごうおん》をたててなだれ落ちていた。

いままでに十回挑《いど》んで、一度も滝のぼりに成功していない。

今日こそはと思っていただけに、

「くそッ！」

と、思わず声に出して叫ぶほどに悔しかった。

滝壺のふちまで泳ぎつき、水滴をしたたらせながら岸に上がった。さすがに疲労感が全身をつつんでいる。

そのとき、

「惜《お》しいところであったのう」

滝壺のわきの祠《ほこら》のかげから、声をかけてきた者がいる。

兜巾《ときん》をつけ、首からいらたか念珠《ねんじゅ》をぶら下げて、柿《かき》色の鈴懸《すずかけ》をまとった山伏《やまぶし》だった。顔が墨を塗《ぬ》りたくったように黒い。唇《くちびる》が分厚く、額《ひたい》が大きく前に突き出た異相の男だった。

「兄部坊《このこんぼう》か」

左近は男を睨んだ。

兄部坊は奈良近くの修験《しゅげん》の中心地の一つ、内山永久寺《うちやまえいきゅうじ》の山伏である。早足で、諸国の情勢に通じており、杖術《じょうじゅつ》の達人でもある。

年は左近よりも五つ、六つ上だが、春日《かすが》社の神前で相撲《すもう》を取って、左近に負けて以来、なぜか親しみをしめすようになり、友垣《ともがき》のような付き合いをしている。

「もう少しで、鯉が竜になるところであったな。いや、あそこまでたどり着いただけでも、たいしたものだと言うべきか」

兄部坊が、滝を見上げて笑った。

左近は岩の上に置いてあった浅葱《あさぎ》色の小袖を肩に羽織り、

「のぼりきらねば、何の意味もない。おれはまだまだ修練が足りぬ」

「いっそ山伏にでもなるか」

「ばかを言え。おれが山伏になったら、筒井の家が潰《つぶ》れる」

「自信満々じゃのう。おまえが思っているほど、筒井家の連中はおまえのことを重んじているかどうか」

「人がどう思っていようが関係ない。おれは、おれの信じる道をゆくだけよ」

左近は袴をはき、腰に溜塗《ためぬ》りの刀を差した。けっして美男とは言えないが、鉈《なた》で刻《きざ》んだような面貌《めんぼう》に荒削りな魅力がある。双眸《そうぼう》に野性的な迫力があり、闘気がみなぎっていた。

「信じる道か」

兄部坊が、無精髭《ぶしょうひげ》を生やした顎《あご》をぽりぽりと掻《か》いた。

「その道が間違っておらぬという保証がどこにあるやら」

「人をからかいに来たのか、兄部坊」

「いや」

と、兄部坊は真顔になる。

「いよいよ、やつが攻めて来おるぞ」

「誰のことだ」

「松永弾正よ」

「なに……」

左近の表情に緊張が走った。

「弾正め、堺で武器弾薬、兵糧を買い集めているらしい。信貴山城でも、ここ数日、兵の動きが激しい」

「まことか」

「兄部坊の地獄耳を信じぬか」

「…………」

はじかれたように身をひるがえすと、左近はものも言わず、木陰につないであった河原毛《かわらげ》の馬にまたがった。

馬の尻を平手でたたくや、まっしぐらに駆け出した。

3

――いずれ、松永弾正が大和へ侵入するであろう……。

とは、九年前に二十八歳の若さで世を去った、筒井氏の先代順昭の死のまぎわの言葉である。

そもそも筒井氏の祖は、興福寺一乗院《いちじょういん》の六方衆《ろっぽうしゅう》（僧兵）であった。のちに在地武士に転じたが、僧兵の流れを引くだけあって、代々の当主は元服《げんぷく》とともに髪を剃《そ》って得度《とくど》し、僧形《そうぎょう》になる定めとなっている。

第四十七代当主の順昭は、その筒井氏の中興の祖といっていい人物である。戦国の風雲に乗じて勢力を拡大し、越智、十市、柳生など、周辺の地侍たちを切り従えて、大和一国の統一を成し遂《と》げた。

『多聞院《たもんいん》日記』は、

──一国悉《ことごと》く以《もっ》て帰伏《きふく》しおわんぬ。筒井の家始まりてより此《こ》の如き例《ためし》なし。

と、しるしている。

しかし、大和平定の四年後、病《やまい》（脳腫瘍《しゅよう》とされる）で死去。跡継ぎの藤勝丸が、わずか二歳と幼少であったため、木阿弥《もくあみ》という坊主を影武者に仕立て、一年ほどその死を伏せた。

以後は、幼い藤勝丸を一門、家老《かろう》がもり立てている。しかし、強力な指導者がいないため、弱体化はまぬがれず、そこに松永弾正がつけ込む隙があった。順昭は弾正の野心を見抜きながら病に倒れ、筒井氏の将来を憂《うれ》えつつ死んだことになる。

平群谷の地侍、島豊前守《ぶぜんのかみ》清国《きよくに》の嫡男《ちゃくなん》として生まれた左近は、順昭の生前、筒井氏の最盛期に人質《ひとじち》として、

——筒井城

へ差し出され、そこで育った。

筒井城は、筒井氏の本城で、現在の大和郡山《こおりやま》市にある。北大和の政治の中心で、城と城下が二重の水濠《みずぼり》に囲まれ、おおいに栄えていた。

順昭が死んだのは、左近が十一歳のときである。

やがて、元服した左近は、

（おれが藤勝丸さまを守ってくれよう……）

と、義侠心《ぎきょうしん》にかられ、若いながら剛直さと胆力《たんりょく》をみとめられて、筒井家の侍大将の一人にのし上がった。

その左近の胸に、いずれ松永弾正が大和へ侵入する——という順昭の言葉は、深く刻まれていた。

（ついに、その時が来たか……）

馬を飛ばし、筒井城に着いたのは、生駒の山地に入道雲が立ち上がりはじめた午《ひる》すぎのことである。

——弾正動く

の知らせは、すでに出入りの堺商人や、信貴山城に放っていた諜者《ちょうじゃ》を通じて届いており、城中は騒然とした空気につつまれていた。

まず、左近は城の台所に行き、腹ごしらえをすることにした。

(腹が減っては、いくさはできぬ……)

左近は、
竈《かまど》の側《そば》にいた小女《こおんな》に命じた。

「茶粥《ちゃがゆ》を持ってこい」

茶粥は、大和の僧坊で食べられてきたもので、茶の粉を袋に入れて米と一緒に炊く。茶の香りがするだけで、左近はべつにうまいとも思わないが、僧兵上がりの筒井家ではこれが日常食となっている。

大根の古漬を、強靭《きょうじん》な歯でばりばりと噛《か》み砕《くだ》きながら、合鹿椀《ごうろくわん》に五杯お代わりして空腹を満たした。粥の熱さが胃に沁《し》みる。

そののち、左近は筒井城の評定所《ひょうじょうしょ》へ向かった。

評定所には、若当主の藤勝丸のほか、一門衆の、
筒井順政《じゅんせい》(藤勝丸の叔父《おじ》)

慈明寺順国《じゅんこく》

福住順弘《じゅんこう》
箸尾高春《たかはる》
飯田頼直《よりなお》
十市遠勝《とおかつ》
井戸良弘《よしひろ》

らが顔をそろえ、さらに家老の、

松倉右近重信《うこんしげのぶ》
森好之《よしゆき》

が、深刻な顔つきで着座していた。

「遅いぞ、左近」

松倉右近が、肩を揺らしてのっそりと入ってきた左近を睨んだ。

形のいい口髭が自慢の男で、二十二歳になる。

のちに、この松倉右近と島左近は筒井家の竜虎《りゅうこ》として、

——右近左近

と呼ばれるが、若い左近はこのころ、まだ家老には列していない。侍大将となり、ようやく軍議に出ることをゆるされたばかりである。

末座《まつざ》にあぐらをかいて座るや、

「信貴山城の松永弾正が、大和へ攻め入ると聞き申した。お味方の備えはいかに」

左近は腹の底から響く大きな声で言った。

それを聞いた一門衆の慈明寺順国が、喉をそらせて高笑いした。

「何がおかしいのでござる」

左近は僧形の順国をするどく見すえた。

慈明寺順国は、墨染《すみぞめ》の袂《たもと》を余裕たっぷりに払う。

「この大和は、いにしえより神仏に守護《しゅご》された国よ。他国者に、そう易々《やすやす》と攻め取られるはずもなし。慌《あわ》てるほどのことはない」

「順国どの申されるとおりじゃ。松永なにがしは、しょせん三好家の被官ではないか。わが筒井の領国を侵《おか》そうなどと、おこがましいにもほどがある」

同じく一門衆の飯田頼直が、歯牙《しが》にもかけぬように言った。

左近の目に、上座に居並んだ一門衆のほとんどが、

(事態を楽観視しすぎている……)

と、映った。

だが、家老の森好之が、

「柳生宗厳が、弾正に内応しているようにございます」

と報告するにおよび、

「なに、柳生が」

にわかに、彼らの顔色が変わった。

「柳生だけではござりませぬ。鷹山《たかやま》、岡、秋篠《あきしの》など、ほかの地侍どもも松永方に調略《ちょうりやく》され、先鋒《せんぽう》をつとめることを約している模様。これは、ゆゆしきことにございますぞ」

「裏切り者めらがッ！」

慈明寺順国が、色白の顔を真っ赤に染めた。

「放っておけば、まだほかにも松永に籠絡《ろうらく》される者が出てまいりましょう。まず、これを防がねば」

松倉右近が言った。

「されば、地侍どもに熊野牛王誓紙《ごおうせいし》を差し出させよう。人質を取っておらぬ者からは、新たに人質を差し出させ、切り崩しを阻《はば》むしかなかろう」

一門の井戸良弘が、冷静な口ぶりで言った。

それぞれ、居城《きよじょう》の水濠を浚《さら》って深くし、土塁《どるい》を高くし、逆茂木《さかもぎ》をすえて、櫓《やぐら》、井楼《せいろう》をかかげ、防備をかためることが話し合われた。

「平群の島家は裏切らぬであろうな」

慈明寺順国が、末座の左近に視線を投げた。

「さようなことは断じてござらぬ」

左近は胸をそらせて言った。

「椿井《つばい》城のわが父豊前守清国は、筒井家に忠誠を誓っております。たとえ松永勢の猛攻を受けようと、一命を賭《と》して戦う所存でござります」

「豊前守は京の遊君《ゆうくん》上がりの美女に蕩《たら》し込まれ、五人の子をもうけておるそうだな。近ごろでは、歌舞音曲《かぶおんぎょく》にうつつを抜かし、城の備えもおろそかになっておるとか。そのようなていたらくで、果たして松永と戦えるかのう」

皮肉《ひにく》たっぷりに順国が言う。

「心配はご無用。いざとなれば、この左近が乗り込み、兵どもの指揮をとりましょう」

「そのほうが、かえって危ないかもしれぬのう」

慈明寺順国ら筒井の一門衆は、人質上がりの左近を、心の底から信用していないようであった。

摂津衆を引き連れた松永弾正が大和盆地へ攻め入ったのは、その年、七月二十四日のことである。

先鋒をつとめるのは、柳生宗厳をはじめとする反筒井派の大和地侍。

松永勢は井戸良弘の立て籠《こ》もる井戸城を囲んだ。

4

井戸城は、筒井氏の本拠地筒井城から東へ一里《り》半（約六キロ）。奈良と飛鳥を結ぶ、上《かみ》ツ道《みち》沿いにある。
舌のように延びる台地の先端を、広い水濠と土塁で囲み、内部は、
東曲輪《くるわ》
中曲輪
西曲輪
が、それぞれ空堀《からぼり》で仕切られている。
もっとも高い位置にある東曲輪には、黒瓦《くろがわら》をのせた太鼓櫓《たいこやぐら》がもうけられ、街道

を見下ろせるようになっていた。

井戸城を守るのは、筒井一門衆の井戸良弘である。

良弘は筒井家先代順昭の娘を妻にし、山辺《やまべ》郡において二万石を領していた。

また、良弘は茶の湯の心得《こころえ》のある数寄者《すきしゃ》であり、井戸茶碗の逸品《いっぴん》を所持していることでも知られている。

井戸茶碗は、李朝《りちょう》初期につくられた朝鮮伝来の茶碗である。かいらぎの浮き出た高台に枯れわびた雅趣《がしゅ》があるというので、わび茶で使う茶碗の最高峰としてもてはやされている。良弘は、この朝鮮茶碗の風情《ふぜい》をことのほか愛し、

——筒井筒
と銘《めい》された名物を秘蔵したことから、同種の茶碗が井戸茶碗と呼ばれるようになった。

井戸城内にはほかにも、多くの名物茶道具があり、世の茶人たちの垂涎《すいぜん》の的《まと》となっている。

井戸城の兵は六百余。

この数寄武将の守備する城を、松永弾正は城方の十倍以上におよぶ七千の軍勢で取り囲んだ。

梟雄として知られる弾正だが、大和へ攻め入るにあたっては、形ばかりの大義名分がある。

「あるじ三好長慶に代わり、安見美作守《やすみみまさかのかみ》を討つ」

というものである。

安見美作守は、河内守護代《しゅごだい》だった武将である。三好長慶と戦ったものの、敗れて河内を脱出し、縁者にあたる大和の井戸良弘のもとへ逃げ込んでいた。

かねてより、大和侵攻の野心を抱《いだ》いていた松永弾正は、その安見美作守の追討を口実にして、

「いまぞ」

とばかり、兵を繰り出してきたのである。先鋒の柳生宗厳はじめ、鷹山、岡、秋篠らの大和勢は、城の搦手《からめて》口に布陣。大手口には、弾正麾下《きか》の高山飛騨守《ひだのかみ》ら摂津勢、竹内秀勝《たけのうちひでかつ》ら山城《やましろ》勢が布陣した。

井戸城の北、和爾下《わにした》神社に本陣をすえた松永弾正は、

「安見美作守の首と筒井筒の茶碗を差し出すというなら、命ばかりは助けてやってもよいぞ」

と、井戸良弘のもとへ高圧的な使者を差し向けた。

良弘はこれをせせら笑い、

「弾正めのまことの狙いは、安見どのの首ではなく筒井筒であろう。それほど欲しくば、くれてやろうわ」

家臣たちに使者を押さえつけさせ、その額に筒井筒と焼き印を押して、弾正の陣へ送り返した。

「そうやって強がっていられるのも、いまのうちだけよ。わしは欲しいものを力で奪う男だ」

弾正は黒みがかった唇を嘗《な》め、全軍に井戸城総攻撃を命じた。

城下に火が放たれた。

町家《まちや》三百軒が焼け、もうもうと立ちのぼる煙で真昼の空が暗くなる。

それを合図に、大手口の摂津衆、山城衆、搦手口の大和衆が、鬨《とき》の声を上げて城に迫った。

松永勢は、堺商人の今井宗久から買いつけた鉄砲を大量に装備している。大手門を守備する櫓の上の城兵に向け、二人一組になった百人の鉄砲足軽《あしがる》が、間断《かんだん》なく銃弾を浴びせかける。たまらず、櫓の兵が持ち場を離れて退避した。

守りが手薄になった隙を見て、摂津衆、山城衆が大手門を破り、城内へ乱入。一方、柳生宗厳らの大和衆も、ほぼ時を同じくして搦手門を突破した。

松永勢はまたたくまに西曲輪を占拠した。

中曲輪へ逃《のが》れた井戸勢は、空堀にかかる車輪のついたソロバン橋を引き入れ、かろうじて松永勢の猛攻を食い止める。

やがて、日が暮れた。

半日の戦いで、城方は西曲輪を失い、中曲輪と東曲輪に貝のように閉じ籠もった。

弾正は西曲輪に守備兵を置き、城外にあかあかと篝火《かがりび》を焚《た》いて野陣《のじん》した。


その夜——。

井戸良弘は、東曲輪の屋形の一室に閉じ籠もり、ただ一人茶を点てていた。

茶碗は秘蔵の筒井筒である。

(素性《すじよう》も定かならぬ三好の右筆《ゆうひつ》上がり如き、何ほどのことやある)

と、たかをくくってはじめたいくさだが、大量の鉄砲を投入した弾正の猛攻には、さすがに肝《きも》が冷えた。

たった半日で西曲輪を奪われたうえは、中曲輪、そしてこの東曲輪に敵勢が迫るのも時間の問題といえる。

（この筒井筒を、弾正めにくれてやらねばならぬのか……）

茶碗の枇杷《びわ》色の肌に、汗ばんだ細長い指をすべらせ、良弘は唇を嚙んだ。

「左京《さきょう》、左京はおるか」

良弘は近習《きんじゅう》の別所《べっしょ》左京を呼んだ。

廊下を踏み鳴らして、具足《ぐそく》姿の近習が駆けつけるや、

「筒井城に助けをもとめねばならぬ。すぐに使者を送れ」

良弘は性急な口調で言った。

「しかし、城のまわりは敵勢に蟻《あり》の這い出る隙もなく囲まれております。いかにして、使者を送りましょうや」

「太郎丸を使うのだ」

「太郎丸でございますか……」

「そうだ。ほかに、城外と連絡を取る手はあるまい」

「はッ」

「急ぐのだ。夜が明ければ、弾正めが嵩《かさ》にかかって攻め立ててまいろうぞ」

井戸良弘が恐怖におびえた目をした。

5

一刻《いっとき》（二時間）後——。

井戸城東曲輪の太鼓櫓の裏手にある隠し門から、暗闇にまぎれて黒い影が外へ出た。

といっても、人ではない。

犬である。

井戸良弘の愛玩《あいがん》する黒犬で、名を太郎丸という。

鷹狩りのときには必ずあるじの供《とも》をして、獲物を追い立てるが、太郎丸にはもうひとつ、大事な役目があった。

危急のさい、城外に密書を運ぶことである。

良弘は家臣に命じて太郎丸を仕込み、いざというときの備えにしていた。

太郎丸の背中には、桐油紙《とうゆがみ》につつんだ書状がくくりつけられている。良弘から、筒井城の筒井順政にあてたものである。

太郎丸は林のなかを駆け、瓜《うり》畑を疾走した。

途中、松永方の兵のなかで太郎丸に気づく者はあったが、

「何じゃ、犬か」

と、気にもとめない。それこそ、城方の思う壺であった。

しかし、ただ一人、闇を縫《ぬ》って走る犬に不審をおぼえた男がいた。

柳生宗厳である。

腰に剣を帯び、陣の近辺を見まわっていた宗厳は、

（あの犬……）

と、双眸を底光りさせた。

「誰か、犬をとらえよ」

「何かご不審の儀でもございましたか」

歩み寄ってきたのは、宗厳の供をしていた家老の野殿杢之助《のどのもくのすけ》である。

「あれは、ただの犬にはあらず。背中に何やら、包みの如きものをくりつけておるようだ」

「それがしの目には、何も見えませぬが」

「ならば、たしかめてみるがよい」

宗厳は突き放すように言い放った。

柳生宗厳は夜目《よめ》がきく。剣の修行の一環として、

――月夜見《つくよみ》ノ法

なるものをおこなっているためである。

この法は、池に映じる月をただひたすら見つめるという修行を、月夜の晩に欠かさずおこなう。最初はただ眺めているだけだが、やがて左目だけ、右目だけと、交互に目を使うようにし、最後に両目で見つめると、夜目、遠目がきくようになる。

実戦の場では、いつ何どき、何者に襲われるかわからない。

いざという場合に備えられるように、宗厳はもう十五年、この月夜見ノ法をつづけているのである。

野殿の命《めい》で、柳生の侍たちが犬を追って馬を走らせた。

しばらく追いまわしたすえ、四、五人がかりでようやく黒犬を生け捕りにし、宗厳と野殿のもとへ引きずってくる。

「殿の仰《おお》せのとおりでございました。こやつ、かようなものを背中にくりつけておりました」

野殿が桐油紙の包みを取り上げた。

宗厳の面前で包みをといた野殿の表情が、次の瞬間、一変した。

「や、これは……。密書ではござらぬか」

「であろうと思うたわ。井戸が、筒井城へ助けをもとめているのであろう」

「は……」

「犬に密書を持たせるとは、考えたものよ」

柳生宗厳は、薄い唇に皮肉な笑いを浮かべた。

「いかがなされます。犬を斬り捨て、密書を松永どののもとへ……」

「その必要はない」

「しかし、殿」

「元どおり、犬の背に書状をくくりつけよ」

「それでは、密書が筒井の手に……」

「渡ってもかまわぬ。それより」

と、宗厳は雲間からのぞいた月に、冷たい鳶《とび》色の目を向けた。

「わが手のなかから早足の者を選び、筒井城へ走らせるのだ。筒井方に動きがあれば、即刻、知らせよ」

「承知」

野殿杢之助が頭を下げた。

半刻《はんとき》（一時間）後──。

太郎丸が、筒井城へ駆け込んだ。

犬の背にくくりつけられていた密書は、番士の手から、すぐに筒井順政のもとへ届けられた。

先代順昭の弟順政は、筒井城の実質的な総責任者といっていい。

跡継ぎの藤勝丸が幼少のため、政務はその後見人である順政の手により取り仕切られている。

興福寺の六方衆から成り上がった筒井家代々のしきたりにより、順政もまた髪を剃り、墨染の衣に身をつつんだ法体《ほったい》であった。

松永勢が大和へ侵入したこともあり、いつなりとも出陣できるよう、法衣《ほうえ》の上に手甲《てっこう》、脛当《すねあて》、佩楯《はいだて》をつけた小具足《こぐそく》姿に身をかためている。

密書に目をとおした順政は、眉間《みけん》に皺《しわ》を寄せた。

山のような肥大漢である。赤ら顔で、いつも全身に汗をかいている。

「松倉右近、森好之をこれへ呼べ」

順政は、筒井家の二人の家老を呼ばわった。

駆けつけた両人に、順政は井戸良弘からの密書を見せた。

「たった半日で、井戸城の西曲輪が敵の手に落ちるとは……。弾正め、やはり手強うございますな」

森好之が青ざめた顔で言った。

「良弘は援軍をもとめておる。明朝にも、兵を出すか」

順政の言葉に、

「それでは遅うございまする」

松倉右近が異《い》をとなえた。

「西曲輪を易々《やすやす》と落とし、いまごろ敵は油断しておりましょう。今夜のうちに兵を差し向け、松永の野陣を急襲すべきでは」

「夜討ちか」

「さよう」

「そなたはどう思う」

順政が、森好之に目を向けた。

「それがしも、夜討ちが上策かと」

「よし。弾正の裏をかくには、それしか手はあるまい。そうと決まれば、さっそくに出陣じゃ」

　筒井順政は、のっそりと立ち上がった。

　慌《あわただ》しく出陣準備がはじまった。夜襲《やしゅう》ゆえ、法螺貝《ほらがい》、太鼓は鳴らさず、幟《のぼり》も巻いたままにして、できるだけ目立たぬよう装備をととのえる。

　順政が水飯《すいはん》で腹ごしらえをすませ、前庭に出たとき、

「左近がおりませぬ」

　兎耳脇立兜《うさぎみみわきだてかぶと》をかぶった松倉右近が、篝火の向こうから草摺《くさずり》の音を響かせて歩み寄ってきた。

「なに、左近が……」

「はい」

「どういうことじゃ」

「左近のみならず、島勢ことごとく姿を消しておりまする」

「あやつ、裏切りおったか」

　怒りのあまり、筒井順政は顔を真っ赤に染めた。

「最初から、信用のならぬやつと思うておった。柳生あたりに誘われたか」

「裏切ったかどうか、まだわかりませぬ。とにかく、いまは一刻《いっこく》も早くご出陣を」

「そうじゃな」

家臣の手伝いで伊予札《いよざね》の腹巻をつけると、筒井順政は葦毛《あしげ》の馬の梨地螺鈿《なしじらでん》の鞍《くら》に、重い体を乗せた。

筒井勢は三千。

松倉右近隊を先鋒とし、夜の闇のなか竜田道《たつたみち》を東へ向かった。

6

横田《よこた》の環濠《かんごう》集落を過ぎ、櫟枝《いちえだ》村をへてしばらくすすむと、井戸城がはっきりと視界に入ってくるようになる。

城のまわりに野陣する松永方の篝火が、狐火《きつねび》のように散っていた。

先鋒の松倉右近は、斥候《せっこう》の知らせで、大和勢のいる搦手口のほうが攻城の人数が少ないという情報をつかんだ。

右近はあとからやってくる筒井順政のもとへ使いを走らせ、

「まずは搦手口の大和勢を急襲し、これを蹴散《けち》らしたのち、大手口の摂津、山城勢に攻めかかりましょうぞ」

と進言。

順政もこの策をよしとしたため、松倉勢は息をひそめながら間道《かんどう》を通り、井戸城の搦手口へ向かって進軍をはじめた。

足元から虫の音が湧き上がっている。

城の黒々とした影が近づき、敵陣の篝火が一町半《ちょう》（約百六十四メートル）ほどの近さに見えたとき、突然、周囲の草むらから虫の音が消えた。

と思うと、ときならぬ喊声《かんせい》が松倉勢を押しつつんだ。

「何だッ！」

松倉右近は左右に目をくばった。

声とともに銃声が響きわたり、近くにいた雑兵《ぞうひょう》が槍《やり》を手にしたまま地に倒れ伏す。闇の向こうから雨の如く矢が放たれ、敵勢が槍先を揃《そろ》えてわっと押し出してきた。

松倉勢は、たちまち混乱におちいった。

夜襲をかけるつもりが、逆に思いがけない急襲を受け、完全に浮足立っている。

闇のなか、同士討ちをはじめる者もいた。

「落ち着けッ、落ち着けーッ」

松倉右近は口髭をふるわせて叫んだ。だが、右近自身、取り乱している。

（敵は何者ぞ……）

暗闇に目をこらすが、敵の旗は見えない。

やがて、前線から駆けもどってきた近習が、

「敵は柳生の手の者にございますッ！」

息を切らせて注進した。

ついこのあいだまで、同じ筒井家に仕える身だっただけに、たがいの顔をよく見知っている。

「寝返り者の柳生か……」

「それだけではございませぬ。鷹山、秋篠の勢も、なかに加わっている模様。わが軍は一方的に押され、すでに前線が崩れ出しております」

「くそッ！」

松倉右近は顔をゆがめた。

松倉勢を急襲したのは、筒井方の動きを事前につかんでいた柳生宗厳である。宗厳はほかの大和衆とともに、持ち場に篝火を焚いたまま、ひそかに移動し、筒井の援軍を待ち伏せていた。

数のうえから言えば、大和衆は三千の筒井勢の敵ではない。しかし、いったん崩れはじめた態勢を立て直すのは難しい。

筒井先鋒の松倉勢は総崩れとなり、つづく二陣の森好之勢も、大手口のほうから押し出してきた摂津勢、山城勢の勢《いきお》いに襲われ、これまた敗走をはじめた。

前線からの急報を聞いた筒井順政は、

「ばかな……」

太い喉からうめきを洩《も》らし、持っていた軍扇《ぐんせん》を取り落とした。

「ここも危のうございます。ひとまず、筒井城へお退《ひ》き下され」

肩に矢疵《やきず》を負った松倉右近が、目を血走らせて言った。

「わしに逃げよと申すか」

「やむを得ませぬ。勢いは敵にございますれば」

「む……」

順政は手綱《たづな》をつかんだ手を小刻みにふるわせた。

しかし、ただ逃げればよいというわけではない。ここで退却すれば、松永勢は嵩にかかって追撃してくるだろう。

悪くすれば全滅——そのまま守りの手薄になった筒井城を奪取されるということ

も考えられた。

「ならぬ。ここで退くことは、断じてならぬ。退けば、筒井家は滅亡ぞ」

「しかし……」

「半町引き返し、高瀬川を渡って、そこで敵を食い止める」

順政の命により、筒井勢は高瀬川の対岸まで引き返した。

川の流れを水濠に見立て、河岸段丘《かがんだんきゅう》を防御線として、追いすがってきた松永勢と対峙《たいじ》する。

川を挟《はさ》んで、両軍睨み合いになった。

睨み合ううちに、しらじらと夜が明けはじめた。乳色《ちちいろ》の川霧がただようなか、やがて、松永軍が一斉に川を渡りはじめた。

「撃て、撃てーッ！」

筒井順政が声を嗄《か》らして叫んだ。

川岸に並んだ弓隊、鉄砲隊が矢弾《やだま》を放つ。

だが、立ち込める霧のため、思うように狙いが定まらない。

筒井の兵たちが弾込めに手間取っているあいだに、早くも先頭を渡ってきた柳生の勢が、岸にたどり着いた。

白兵戦がはじまった。

ここを破られてはならじと、筒井方も必死である。しかし、二陣、三陣と、次々に押し寄せる松永の大軍の前に、劣勢は明らかだった。

「わしは城へ退くぞ」

持ちこたえられぬと見て、筒井順政がにわかに弱腰になった。

順政はわずかな供廻《ともまわ》りだけを連れ、味方の兵たちを置き去りにして馬を走らせる。

大将が戦線を離脱したことも知らず、松倉右近、森好之らの軍勢はなおも岸辺に踏みとどまって防戦につとめた。

鉾立《ほこたて》村近くの古塚《ふるづか》の上から戦況を見守っていた松永弾正は、

「筒井はもろいのう。これでは、半月もたたぬうちに、大和一国はわが手に落ちようぞ」

喉をそらせて高笑いした。

と——。

そのときである。

徐々にうすくなりはじめた霧を裂き、川の上流から疾走してくる騎馬の一団があった。

先頭を走るのは、たくましい裸体《らたい》に黒革の仏胴具足《ほとけどう》を着けた男である。額に鉢金《はちがね》を巻いているだけで、重い兜はかぶっていない。大身《おおみ》の槍を引っ提《さ》げ、雄叫《おたけ》びを上げながら猛然と突進してきた。

「あれは、左近ではないか」

敗けいくさを覚悟していた松倉右近が、驚きのまなこで男を見た。

島左近ひきいる五十余騎の勢は、松永勢のどてっ腹に一筋《ひとすじ》の矢のように突っ込んだ。

7

左近はみずから馬上で槍を振るった。

鍛え上げた膂力にものをいわせて、群がる敵を手当たりしだいに突き伏せ、なぎ倒していく。

それにつづく騎馬の島勢も、あるじに負けじとばかり奮戦した。

小魚が逃げまどうように、松永勢が追い散らされていく。たちまち陣形が崩れ、兵たちの足並みが乱れた。

島左近の参戦で、戦況は一変した。

劣勢に立っていた筒井勢がしだいに息を吹き返す。

蘇芳《すおう》色の返り血を浴びた左近が、敵をねじ伏せながら川を押し渡り、松倉右近のもとへ馬を寄せてきた。

「ご無事かッ、右近どの」

「見ればわかるであろう。おぬし、いままでどこにいたッ！」

戦場のこととて、松倉右近は殺気立っている。

左近は片頰をゆがめて太く笑う。

「弾正の首を獲《と》らんものと、和爾下神社の裏山に身をひそめておった」

「なんと……」

「惜しくも機を逸《いっ》し、ついに大将首をあげることかなわなんだが」

「おぬしというやつは……」

怒りを通り越し、松倉右近はあきれ顔になった。

「おのれの手柄のことしか考えておらぬのか」

「小競《こぜ》り合いでいたずらに兵を損ずるより、弾正の首を獲るほうが手っ取り早かろう。それが、おれ流の兵法だ」

「へらず口を……」

「言い争いをしている暇はない。おれが殿軍《しんがり》をつとめる。わが勢が防いでおるあいだに、貴殿《きでん》らは城へ退かれよ」

そのとき、横合いから敵の徒士侍《かちざむらい》がおめき声を上げながら斬りかかってきた。

左近は軽捷《けいしょう》な身ごなしで振り返るや、槍の石突きで喉首を潰し、一撃で相手を悶絶《もんぜつ》させた。

「疾《と》く、行かれよッ！」

「さ、されば……」

左近の勢いに気圧《けお》されて、松倉右近がうなずいた。

「あとはまかせた」

「おうさ」

吠《ほ》えるように叫ぶと、左近はあとをも見ずに敵中へ飛び込んだ。

殿軍の島勢は、逃げる筒井勢と松永勢のあいだに立ちはだかった。左近は阿修羅《あしゅら》の形相《ぎょうそう》で、猛然と槍を旋回させ、敵の追撃を食い止める。

あまりの凄まじさに恐れをなし、左近のまわりには近づこうとする者がいなくなる。

戦況を見ていた松永弾正も、

「あれは何者だ」

と、左近の働きぶりに、思わず身を乗り出した。

「筒井の臣、島左近にございます」

側にいた近習が言った。

「そうか……。あの男が、鬼左近」

弾正は喉の奥で低くつぶやき、床几《しょうぎ》から立ち上がった。

「欲しいのう」

「は……」

「わが天下取りのために、何としても欲しい男じゃわ」

その目の色が、天下の名物茶器を眺めるときのように妖《あや》しく底光りした。

左近の奮戦により、敗走する筒井勢は兵の損失を最小限にとどめた。

――筒井順昭（順政の誤り）、後詰《ごづ》めの為《た》めに出張して、松永家と合戦し、散々に打ち負け、筒井方二十四人まで討ち死にす。

と『足利季世記《きせいき》』はしるしている。

攻めては退き、退いては攻める島勢のみごとな退却戦に、松永勢も無理な追撃をあきらめ撤退した。

その日の午近く――。

筒井城へ帰還した左近は、さきにもどっていた筒井順政から叱責《しっせき》を受けた。

「そなたの身勝手な振る舞いのせいで、わが軍は思わぬ苦戦を強《し》いられた」

おのれが真っ先に逃げ出したという負《お》い目を隠すため、順政はことさら厳しい言葉を左近にぶつけた。

「負けたのはそれがしのせいと申すより、松永のほうが一枚上手《うわて》だったということでありましょう」

「黙れッ!」

順政は左近を睨んだ。

「口答えはまかりならぬ」

「ありていに事実を申しのべたまで」

「そなたの行為は軍令違反じゃ。よって、当分のあいだ、屋敷にての謹慎《きんしん》を申しつけるものなり」

「かような筒井家大事のときに、それがしに身をつつしめと申されるか」

「口答えはゆるさぬと言ったはずだ」

「軍令違反うんぬんを言っているときではございませぬぞ。こうしているあいだにも、井戸城は落城の危機に……」

左近はなおも食い下がったが、順政の裁定は変わらなかった。


左近が謹慎しているあいだに――。

孤立無援の井戸城は、あっけなく陥落《かんらく》した。

城主井戸良弘は城をあけわたし、筒井筒の代わりに黄金五十枚を松永弾正に渡して、将兵とともに筒井城へ逃げ込んだ。

井戸城を落とした弾正は、息子の久通《ひさみち》を城に入れ、みずからはいったん本拠の信貴山城へ引き揚げた。

翌永禄三年（一五六〇）になると、弾正の攻撃は激しさを増した。

七月、筒井方の支城、郡山城が陥落。

つづいて、
万歳《まんざい》平城

桜坊城
沢ノ城
檜ノ牧城《ひのまき》
と、大和国内の諸城がつぎつぎ攻め落とされ、筒井城は大海に浮かぶ木の葉のように、しだいに孤立していった。
恐怖にかられた筒井順政は、
「わしは、もはや知らぬ」
と、藤勝丸の後見人の役目を放棄。
城を抜け出し、大和の宇陀郡《うだ》に身を隠し、さらに泉州堺へ逃亡した。
あとには、筒井城と十二歳の藤勝丸だけが、大和国を吹き荒れる大嵐のなかに、頼りなく取り残された。

第二章　相克《そうこく》

1

大和《やまと》は古く、神社や寺が領する、

――神仏の国

であった。

ために大和の武士は、神社の所領を経営する神人《じにん》や、寺を警固する六方衆《ろっぽうしゅう》（僧兵）の出の者が多い。

島《しま》氏も、もと春日《かすが》社の神人であったが、鎌倉時代の末に武士化し、興福寺の一《いち》乗院《じょういん》方に属するようになった。

一乗院から、平群谷《へぐりだに》の荘園《しょうえん》、

福貴寺庄《ふきじ》・大内庄《おおうち》の下司職《げす》に任じられた島氏は、荘官として経済力をたくわえた。

やがて、一乗院方の頭領となった筒井氏に従い、文明年間《ぶんめい》、同じ平群谷の国人椿《こくじんつば》井《い》氏を破って椿井城を奪取。以来、ここを居城《きよじょう》としている。

島氏が根じろとする平群谷は、西の河内《かわち》との国境をかぎる生駒《いこま》山地、東の矢田《やた》丘陵にはさまれている。

谷の真ん中を北から南へ竜田《たった》川が流れており、山すそには竹林が生い茂り、肥沃《ひよく》な平地に田畑がひらけている。

軍事的な要地ではなかったため、戦国乱世にあっても、この谷で大規模な合戦がおこなわれることはなく、島氏の支配のもと、ここだけ別世界のような平穏がたもたれていた。

島氏の当主は、豊前守清国《ぶぜんのかみきよくに》。

大兵《だいひょう》肥満の男である。

見た目は恰幅《かっぷく》がいいが、やや気の弱いところがあり、苛立《いらだ》つと貧乏ゆすりをするのが癖だった。

平群の椿井城で、左近《さこん》はその父と向かい合っている。

「そなたも、そろそろ考えてみたらどうかのう」

清国が瞼《まぶた》の厚い目で、うかがうように左近を見た。

「考えるとは、何をでございます」

左近の肩幅の広い筋肉質の体軀《たいく》は、父ゆずりである。だが、性格はまったく逆で、息子の火のような気性《きしょう》の烈《はげ》しさに清国のほうが手を焼くことが多い。

この日も、まさしくそうで、

「いや、なに順政《じゅんせい》さまのことよ」

と、左近のまっすぐな視線から逃げるように、目を逸《そ》らせた。

清国は庭の古池を見つめながら、

「筒井の本家を見かぎり、堺《さかい》へお逃げになったのであろう」

「順政さまも、とんだ腰抜けでござりましたわ」

左近は頰に血の色を立ちのぼらせた。

「藤勝丸《ふじかつまる》さまの後見人のお立場でありながら、松永弾正《だんじょう》めに恐れをなし、役目を投げ捨てて他国へ逃げ去るとは……。あれは武士《もののふ》ではござりませぬな」

「さようなことを申すものではない」

と、清国は息子をたしなめる。

「それにしても、順政さまが去られたあとの大和国は、さながら弾正の草刈り場のようじゃ。宇陀《うだ》の沢ノ城には、摂津《せっつ》衆の高山飛騨守《ひだのかみ》が入ったのであろう」

「はい」

「松永方に奪われた郡山《こおりやま》城、万歳《まんざい》平城、桜坊城、檜《ひ》ノ牧《まき》城にも、それぞれ弾正の息のかかった者が番将におさまっておる。藤勝丸さまのおわす筒井城も、いずれ松永勢の手に落ちるのではないか。わが島家も潮時を見さだめ、去就《きょしゅう》を考えたほうが……」

「何かと思えば、さようなことでございましたか」

左近は野を吹く風のように、肩をそびやかして笑った。

「父上」

「何だ」

「父上は、漢《おとこ》というものを何と心得《こころえ》られまする」

「さようなもの、考えたこともない。われらにとって大事なのは、この大和で生き残ることではないか。わしはそのために、そなたを筒井家へ人質《ひとじち》に送った。筒井が力を失ったとなれば、寄るべき大樹をほかへもとめるのは当然ではないか」

「それは漢のすることではない」

左近は言い放った。

「強い者が来れば尻尾《しっぽ》を振り、なりふり構わず擦《す》り寄ってゆく。それでは、小狡《こずる》い狐《きつね》と変わりませぬ。漢とは、もっと巨《おお》きな……。岩をも砕《くだ》く滝の如《ごと》きものでなければならないと、それがしは信じておりまする」

「岩を砕く滝か」

「はい」

「そなた、若いのう」

清国が眉《まゆ》をひそめ、違う世界の生き物でも見るような目で息子を見つめた。

「血気《けっき》に逸《はや》るのもよいが、いくさに敗れて家が滅べば、あとには何も残らぬのだぞ」

「まだ、負けると決まったわけではござらぬ」

左近は吠《ほ》えた。

「この左近がおるかぎり、弾正めに好き勝手はさせませぬ。それとも父上は、筒井家が滅んでもよいと申されるか」

「筒井家と島家は百年来の主従じゃ。先代の順昭《じゅんしょう》さまには、ことのほか可愛《かわい》がってもろうた。わしとて、藤勝丸さまをお助けしたいのだ。しかし、のう……」

清国が首を振り、深いため息をついたときである。

廊下のほうで衣《きぬ》ずれの音がした。

風に乗って香《こう》の匂《にお》いが流れてきたかと思うと、障子《しょうじ》に人の影が差し、部屋に入ってくる者がいた。

女だった。

二十五、六歳くらいだろう。

盛《さか》りは少し過ぎた年齢だが、やや吊《つ》り上がり気味の切れ長な目に凄艶《せいえん》な色香《いろか》がただよっている。

その女が、板敷の間《ま》に座している左近をきつい目で睨《にら》んだ。

2

「ご無沙汰《ぶさた》しております、義母上《ははうえ》」

左近は花車《はなぐるま》が刺繡《ししゅう》された綸子《りんず》の小袖《こそで》を着た女に頭を下げた。

女は、その左近の挨拶《あいさつ》を無視して、清国のほうに視線を投げた。

「あのこと、左近どのにきつく申し渡して下さいましたでしょうな」

「うむ……」

清国の顔がくもった。

「あなたさまが、はっきりした態度をおしめしにならねば困ります。これには島家の存亡が、市丸《いちまる》の将来《ゆくすえ》がかかっているのですから」

「それは左近も承知しておるはずじゃ。しかし、わが家は長年、筒井さまに従ってきた。それを、いまさら裏切るというのも……」

「お気の弱い」

女の薄い唇《くちびる》に、小ばかにしたような笑いが浮かんだ。

女は名を、おさいという。

清国の後妻である。

左近を生んだ母は、左近が筒井家へ人質に出されると間もなく、流行病《はやりやまい》で世を去った。その後、いまから五年前に清国の後添《のちぞ》いにおさまったのが、河内の鍛冶《かじ》屋の娘のおさいであった。

当時、おさいは京の北野天神で女曲舞《くせまい》を舞っていた。それを、たまたま通りすがりの清国が見初《みそ》め、ねんごろな仲になったものである。

はじめは愛妾《あいしょう》であったが、左近の異腹《いふく》の弟にあたる市丸が生まれ、清国の正室に近いあつかいになっている。

気が強く、何ごとにもおのが腹を痛めた市丸第一で、島家の領地経営にも口を出してくるため、左近とは反《そ》りが合わない。

父の清国は、幼い市丸を目のなかに入れても痛くないほど可愛がっており、近ごろでは、

「島の庄屋さまは、若い後妻どのに骨の髄《ずい》まで蕩《とろ》かされたのではないか」

と、領民たちに噂《うわさ》されるほど、おさいの言いなりになっていた。

おさいが、清国の横に肩を並べてすわった。

小柄な女だが、いつも前に身を乗り出すようにしているため、控えめな夫よりも大きく見える。

「左近どの」

と、おさいが険《けん》のある目つきで左近を見た。

「筒井とは早々に縁を切り、松永弾正さまにおつきなされませ。そうすることが、島家のためです」

「これは異《い》なことを申される。義母上はいつから、当家のあるじになられた」

左近は不快の念をあらわにして言った。

おさいのほうも負けてはいない。

「島家のあるじは、むろんわが夫豊前守さま。わたくしの申すことは、豊前守さまの意思でもあります」

「父上は、筒井家を見捨てようなどとはお考えになっておらぬ。陰であれこれ入れ知恵をし、父上の目をくもらせているのは厚化粧の女狐《めぎつね》であろうッ」

「女狐とな」

おさいが柳眉《りゅうび》を逆立《さかだ》てた。

かたわらの夫を振り返るや、その太腿《ふともも》に白い指を這《は》わせる。

「旦那《だんな》さま、何とか仰《おお》せになって下さりませ。左近どのは、わたくしを遊芸人《ゆうげいにん》上がりと蔑《さげす》んでおられるのです。さもなくば、このような雑言《ぞうごん》……」

「おさいの申すとおりじゃ。義母に対して口が過ぎようぞ、左近」

妻に泣きつかれた清国が膝《ひざ》を震《ふる》わせながら、息子を強く叱責《しっせき》した。

閨房術《けいぼうじゅつ》にひいでたおさいの巧《たく》みな手練手管《てれんてくだ》に、すっかりあやつられている。

そうした父の姿を、

(情けない……)

左近は唾《つば》を吐《は》きかけたいような思いで見つめるしかない。

「ご覧なさい」

と、おさいが立ち上がった。

縁側の向こうに冬枯れた稜線《りょうせん》をみせる、生駒の山並を指さしてみせる。

その生駒の峰のひとつに、松永弾正が大和攻略の拠点として城を築いた信貴山《しぎさん》がある。信貴山と平群谷は、距離にしてわずか一里《り》（約四キロ）しか離れていない。

天へ向かってそそり立つ三重の白壁の天守が、睥睨《へいげい》するように平群谷を見下ろしていた。

「そなたは筒井城におるゆえ、肌身に感じぬかもしれぬが、われらはあの天守とやらに見下ろされ、いつ館《やかた》を攻められるやもしれぬと、日々、脅《おび》えて暮らしているのですよ。夜など、満足に眠ることもできぬ。その気持ち、おわかりか」

「………」

たしかに、おさいの言うとおりであった。

松永弾正がその気になれば、島氏の椿井城などひとたまりもない。三日もかからずに、攻め落とされるであろう。

にもかかわらず、弾正がいまだ平群谷を手つかずのまま残しているのは、

（味方に取り込んで、おのが手先にしようという魂胆《こんたん》か……）

信貴山城の天守を見上げ、左近は思った。

話し合いのつかぬまま、左近は愛馬の三日月にまたがり、平群谷をあとにした。

胸に怒りが渦巻いている。頭の芯《しん》が熱くなっていた。

いま、松永弾正は隆盛《りゅうせい》である。

強いほうになびくのが、この乱世の常識であるかもしれない。

だからといって、ほかに頼る者のない藤勝丸を無情に見捨ててよいものか。

「違うッ！」

紅《くれない》を絞《しぼ》ったような落日の空に向かって、左近は叫んだ。

「違う、それは漢のすることではないッ」

雄叫《おたけ》びを上げつつ、狂ったように三日月を走らせた。

三日月は、河原毛《かわらげ》の駿馬《しゅんめ》である。

桜井の馬市《うまいち》に出されていたが、気性が荒く、博労《ばくろう》があつかいかねていたのを、左近が銭五百貫文《かんもん》で買いもとめた。

駻馬《かんば》の三日月を左近はたぐいまれな膂力《りょりょく》で乗りこなし、以来、いかなる戦場へ行くにもともにある。

「人はただ、生きておればいいというわけではあるまい。おれは長いものには断じて巻かれぬぞ、三日月」

雲をはいた冬空が、紅色から豪奢《ごうしゃ》な黄金《こがね》色に染まり、生駒颪《おろし》が吹きだしている。

その冷たい風のなかを、左近は一筋の矢のようにひた走った。

やがて、竜田の集落にたどり着いた。筒井の城下へもどるには、そこから竜田道を東へまっすぐに行けばいい。

馬の首を左へ転じた左近は、竜田道を駆けた。

法隆寺の門前に来たあたりで、夕映《ゆうば》えは色を消し、干上がった水田が広がる斑鳩《いかるが》の里を薄闇がつつんだ。

法隆寺の五重の塔が、暗い影絵のようにたたずんでいる。

あたりはうら寂しく、行き交《か》う人の姿もない。

道が竹林にさしかかったとき、左近はふと、異様な気配を感じた。

(何だ……)

と、振り返ったときである。

いきなり、頭上から何かが降ってきた。

次の瞬間、左近の体は馬から投げ出され、地面に激しくたたきつけられていた。

3

全身に網がからみついている。川漁に使う投網《とあみ》であろう。
左近はもがいた。
（くそッ！）
左近は腰の脇差《わきざし》に手を伸ばして引き抜くや、体の自由を奪っている網を切り裂いた。
がばと素早く立ち上がり、巨軀《きょく》の背中をたわめて周囲に視線をくばる。
闇の落ちた竹林に、人の気配がある。
一人ではない。
（五人……。いや、十人はいるな……）
左近は暗闇を睨んだ。
竹林が揺れた。
と思うと、影が湧き上がり、黒装束《くろしょうぞく》に身をかためた男たちが、左近を囲繞《いにょう》するように近づいてくる。

忍びであった。

手にした重ねの厚い忍刀《しのびがたな》が、闇のなかで鈍い光を放つ。

「何者だ」

低く押し殺した声を、左近は黒装束の者どもに投げつけた。

返答はない。

代わりに、するどい殺気が左近の総身を押しつつむ。

忍びの動きを牽制《けんせい》しつつ、左近は脇差を鞘《さや》におさめ、そろりと大刀《だいとう》を引き抜いた。

切っ先を上にして、右太刀に構え、腰を深く沈める。

戦場で鍛《きた》えた、介者《かいしゃ》剣法の構えである。泥臭いが、きわめて実戦的な剣を、左近は我流《がりゅう》で身につけている。

左斜め前の忍びが動いた。

蜘蛛《くも》が這うように、低く足元を狙って突きかかってくる。

左近は左足を引き、

「やッ」

と、大刀をたたきつけた。

金属的な音が響いた。金気《かなけ》が臭《にお》う。

忍びがはじかれたように引き下がった。

息つく暇もなく、後方から襲いかかってきた。

左近は横に転がり、地面の土をつかみざま、忍びの顔面に向かって、

――バッ
と、投げつけた。

目に土を食らった忍びが顔を押さえ、動きを止める。

その隙《すき》をつき、左近は大刀で敵の足元を薙《な》いだ。

血が飛び散った。

骨もろとも足首を断《た》たれた忍びが、悲鳴も上げず、ねじれるように竹林のほうへ転がっていく。

さらにもう一人、足音も立てずに敵がするすると近づいてきた。左近の返す刀が、股《また》を一直線に斬り上げる。

男の体がぐらりと揺れ、枯れ木のように仰向《あおむ》けに倒れる。

次々と襲いかかる忍びを、左近は剛刀で屠《ほふ》っていった。

たちまち、四人を倒した。

「まだ、やるかッ！」

左近は腹の底から大音声《だいおんじょう》を発し、鬼の形相《ぎょうそう》で忍びたちを睨みつけた。

鬼神《きしん》の如し――と、のちに人々に恐れられた左近の迫力である。

さすがに恐れをなしたか、忍びの群れがじりじりと後退し、真っ赤に返り血を浴びた左近を遠巻きにする。

「おまえたち、誰に飼われている」

大刀を構えながら、左近はずいと前へ踏み出した。

「おれを襲ったのは、信貴山城のあるじの命《めい》か」

「さにあらず」

と、返答したのは黒装束の忍びではなかった。

男たちのあいだを割って、後ろからすすみ出てきた男がいた。

肩衣袴《かたぎぬばかま》の武士だった。

雲間から射した月明かりが、男の半顔をしらじらと照らした。

「おぬし……」

左近は目をすえた。

「柳生宗厳《やぎゅうむねよし》か」

「あいかわらず、たいした腕だのう」

男が片頬をゆがめ、にやりと笑った。

4

柳生宗厳と左近――。

むろん、初対面ではない。

かつては同じ筒井家に仕《つか》えていた仲である。ただし、左近の島家が百年あまりの長きにわたって筒井家に従ってきたのに対し、柳生家は根拠地の小柳生城を先代筒井順昭に落とされ、心ならずも従属した経緯がある。

よって、宗厳は松永弾正から誘いを受けるや、

――この日を待っていた……。

とばかり主家に叛《そむ》き、いち早く松永勢に加わって、大和侵攻の先鋒《せんぽう》をつとめるにいたった。

あるじを裏切ったことにつき、宗厳には一片の罪悪感もない。

怜悧《れいり》で、何ごとも理詰めの考え方をする宗厳は、

（水は高きから低きに流れるものだ。流れのままに舟をあやつらねば、櫂《かい》を失って溺れるだけよ）

と、割り切っていた。

だが、左近はそうではない。

生まれつき、血が熱い。情も濃い。いわば、任俠《にんきょう》の漢である。おのれの信念を一筋につらぬけば、形なき水であろうと岩をも砕くと思っている。

その左近から見て、柳生宗厳は義を捨てて利を取る、

――変節漢

以外の何ものでもなかった。

「闇討ちか」

左近は、褐色《かっしょく》の小袖に革袴《かわばかま》をまとった宗厳を火のような目で睨んだ。

「おぬしが易々《やすやす》と闇討ちを食《く》わされるような男か。久々に会《お》うた挨拶がわりに、刀が錆《さ》びついておらぬか、ためしてみただけよ」

「それにしては、手荒い」

「ふん……」

宗厳が唇のはしを吊り上げてかすかに笑った。

ふと見ると、宗厳は腰に刀を帯びていない。枇杷《びわ》の木を削った一振《ひとふり》の木刀を手にしているきりである。

「何のつもりだ。おれを斬りに来たのではないのか」

「おぬしを倒すのに、刀はいらぬ。この木刀一本あれば、それでこと足りる」

「なにッ」

小ばかにしたような宗厳の言葉に、左近の血が逆流した。

「ならば、やってもらおうか。かつての同朋《どうほう》とて、遠慮はしない」

わらじを履《は》いたつま先をじりじりとにじらせ、左近は右構えで宗厳に近づいた。

宗厳は石の如く動かず、

「そう熱くなるな。今宵《こよい》は、おぬしと剣の勝負をしに来たわけではない。茶でも飲みながら、ゆるりと語り合おうと思うてな」

「寝返り者と茶を飲む義理はない。それとも、おのがおこないを悔《く》いて、頭を下げるとでも申すか」

「わしはつねに、一手先、二手先を読んで行動する。おのれを悔いるような真似《まね》はせぬ」

と、宗厳は笑う。

「じつは、おぬしに引き合わせたい男がいる」

「男……」

「さよう」

「誰だ」

「会って損のない相手ぞ」

「その手に乗るか。おれを罠《わな》にかける気であろう」

「罠にかけるなら、これほど回りくどい手は使わぬ」

「………」

「黙って、わしについてくるがよい」

突き放すように言うと、宗厳は総身に緊張をみなぎらせている左近に背を向け、竹林のあいだの道を歩きだした。

(隙だらけではないか……)

無防備な宗厳の後ろ姿を、左近はやや啞然《あぜん》として見つめた。それでいて、刀の柄《つか》を握った手のうちに、じんわりと冷たい汗が湧いている。

まわりを囲んでいた忍びの群れも、いつしか闇のなかへ姿を消していた。

左近はしばらく考えていたが、やがて、太い笑いを口もとに浮かべると、

（よいわ、誘いに乗ってくれよう）

刀を鞘におさめ、宗厳のあとを追った。

5

柳生宗厳が左近を導いていったのは、法華寺《ほっけじ》の西どなりにある、椿《つばき》の生け垣にかこまれた小さな尼寺だった。

名を、

——黄梅庵《おうばいあん》
という。

法華寺の子院《しいん》のひとつで、枯山水《かれさんすい》の銘庭で知られている。大小七つの石を巧みに配した白砂の庭が、青白く冴《さ》えた月明かりに濡れていた。

その庭に面した書院に、左近は宗厳と向かい合ってあぐらをかいた。

部屋に火の気《け》はない。

冷えきった板敷から、しんしんと寒さが這いのぼってくる。

二人の男は座したまま、黒い影絵のように黙り込んだ。

やがて――。

初老の尼僧《にそう》が手燭《てしょく》を持ってあらわれ、宗厳にかるく目礼《もくれい》して短檠《たんけい》に火をともした。

その尼の足音が、廊下の向こうに消えてから、

「ここは男子禁制ではないのか」

重い沈黙を破り、左近のほうから口をひらいた。

「さきほどの庵主《あんしゅ》は、わしの大叔母でな。一族の者なら出入りは自由よ」

「さきほど、おれに会わせたいやつがいると言ったが……」

「そう急《せ》くな。まずは、茶を一服馳走《ちそう》しよう」

宗厳は囲炉裏《いろり》に炭《すみ》をくべ、無駄のないしぐさで手取《てど》り釜をすえた。

「茶など、どこで習い覚えた」

なお警戒心を解かず、左近はするどい目で相手を見つめた。

いつなりとも不測の事態に備えられるように、左近は横に大刀を置いている。

「武士《もののふ》のたしなみだ。昨今、京や堺では、茶の湯を知らぬ者は人らしい交《まじ》わりができぬ。おぬしも、将来《さき》に大望《たいもう》があるなら、しかるべき宗匠《そうしょう》に弟子入りしたらどうか。堺の甲斐町《かいのちょう》に、今井宗久《そうきゅう》という茶の湯の名人がおる」

「茶の心得があっても、戦場では何の役にも立つまい」

「茶よりも槍《やり》か」

「堅苦しい作法は嫌いだ。茶はただ、喉《のど》の渇きを癒せればそれでいい。それをつまらぬ型にはめ、金儲けの道具にしているのが堺の商人《あきゅうど》であろう」

「いかにも、おぬしらしい言い草だ」

柳生宗厳が目をほそめた。

「しかし、槍だけで乱世は治まるか。血を流しあうだけで、民百姓の暮らしは良くなるか。この大和国も、長く土豪《どごう》どうしの小競《こぜ》り合いがつづき、戦乱が絶えたことがない。それもこれも、上に立つ者に国を治めるだけの力がないからだとは思わぬか」

「何が言いたい」

左近は表情を険《けわ》しくした。

「別に……」

「順昭さま亡きあとの筒井家に力がないから、見捨ててもよいというのか。それが寝返り者の言いわけか」

「言いわけではない、世の道理だ」

「道理も糞《くそ》もあるか。おれは茶の湯も好かぬが、おのれの卑《いや》しさを詭弁《きべん》でごまかそうとするやつはもっと好かぬ」

と、左近は吐き捨て、

「茶はいらん。帰る」

大刀をつかみ、気短《きみじか》に腰を浮かせた。

言葉をかわすうちに、釜の湯が沸き立っている。

立ちのぼる白い湯気を見つめながら、

「待て。まだ用がすんでおらぬ」

柳生宗厳が言った。

「じきに、あの方がまいられる。あの方の点前《てまえ》で茶が飲めるなど、なかなかない機会《こと》ぞ」

宗厳がかすむように笑ったとき、牡丹《ぼたん》を描いた書院の襖《ふすま》が音もなくあいた。

反射的に、左近は身構えていた。

襖の向こうに男が立っている。壮年の男であった。

鳶《とび》色がかった瞳《ひとみ》が炯々《けいけい》と光を放ち、左近を射抜くように見すえている。

「これは、弾正さま」

宗厳が男に向かって頭を下げた。

「こやつが左近か」

「はッ」

「噂にたがわず、気骨《きこつ》のある面構《つらがま》えをしておる」

男は言うと、つかつかと書院の間に入ってきた。

柳生宗厳が湯釜の前の亭主の座をゆずり、代わって男がその座に、しごく当然といった傲慢《ごうまん》な態度ですわった。

すでに、男の両鬢《りょうびん》には白いものがまじっている。だが、うちから滲《にじ》み出るように肌の色つやがよく、盛り上がった鼻梁《びりょう》の高い鷲鼻《わしばな》のわきが若々しく脂《あぶら》ぎっていた。

（弾正……）

左近は眉間《みけん》に皺《しわ》を刻《きざ》みつつ、横目で柳生宗厳を睨んだ。

「おれに引き合わせたい男というのは、こやつか」

「いかにも」

宗厳はうなずく。

「信貴山城主、松永弾正久秀《ひさひで》さまよ」

「そうか、きさまが」

「無礼な振る舞いがあれば、わしがこの場でおぬしをたたき斬る。寺のまわりには、伊賀《いが》の忍びどもも伏せておる。不埒《ふらち》な考えは起こさず、おとなしく座につくがよい」

「…………」

宗厳にうながされ、左近はやむなく、つかんだ大刀をもとの場所へもどし、円座にすわりなおした。

弾正が台子《だいす》の上にあった茶入《ちゃいれ》を取り上げた。

その道に心得のない左近にはわからぬが、尻のふくらんだ茄子《なす》型の、数寄者《すきしゃ》が見れば思わずため息を洩らしそうな深い味わいの茶入である。

——九十九髪《つくも》茄子

と呼ばれる、天下の大名物《おおめいぶつ》にほかならない。

そもそも九十九髪茄子は、室町幕府三代将軍足利義満《よしみつ》が所持したものだが、その後、八代将軍義政《よしまさ》から山名政豊《やまなまさとよ》に伝わり、さらにわび茶の祖とされる村田珠光《じゅこう》の手に渡った。

珠光が入手するさい、九十九貫文で買い取ったことから、

「百年《ももとせ》に一年《ひととせ》たらぬ九十九髪《つくもがみ》　我を恋《こ》ふらしおもかげに見ゆ」

という『伊勢物語』の歌になぞらえ、九十九髪茄子と称されるようになった。

茄子型の茶入としては天下第一の逸品で、永禄《えいろく》元年（一五五八）、茶道具の蒐《しゅう》集《しゅう》に尋常《じんじょう》ならざる執念《しゅうねん》を持つ弾正が手に入れた。

その秘蔵の茶入から、奈良の商人松屋久政《まつやひさまさ》からゆずり受けた象牙《ぞうげ》の茶杓《ちゃしゃく》で、弾正は茶をすくった。

茶碗は、これも松屋からの天目《てんもく》茶碗である。

天下の名品ばかりをもちいた、最上のもてなしと言っていい。

弾正は天目茶碗に茶を点《た》て、堆朱《ついしゅ》の台にのせて、

「飲め」

と、左近にすすめた。

左近は茶には目もくれず、弾正をひたと見つめた。

6

「いかがした。わしが毒を盛るとでも思うてか」

黒みがかった唇に皮肉《ひにく》な笑いを浮かべ、弾正が言った。

左近は、双眸《そうぼう》に挑むような光を燃え立たせた。

「敵に茶を馳走されるいわれはない。きさまのせいで、大和国の秩序は乱された」

「わしが国を乱しただと」

「そうだ」

「異なことを言うやつじゃ」

弾正が目を剝《む》いた。

「わしが攻め入らずとも、この大和はいずれ、何者かに食い散らされる運命《さだめ》にあった。国は、もっとも力ある者が盗《と》る。それが乱世の掟《おきて》ではないか」

「ちがう。大和は筒井さまのもとで、平穏に治まっていた。それをかき乱したのは弾正、きさまだ」

「こやつ、かようなことを本気で言っておるのかのう」

弾正が、部屋の隅にかしこまる柳生宗厳のほうにちらりと目をやった。

「なにぶんにも、左近は若うござりますれば。まだ、世間を十分に知らぬものと思われまする」

「さもあろう」

えらの張った顎《あご》を引いて、弾正は深くうなずく。

「古い秩序は腐るものよ。その腐れた秩序こそが、国を乱すもととなる。何よりの証拠に、幕府を見よ。権威たるべき足利将軍家に力がないばかりに、天下は乱れに乱れておる。腐った秩序を崩すのは悪ではなく、それこそ正義だ。そうは思わぬか、左近とやら」

「…………」

「茶が冷めるぞ。飲め」

ふたたび、弾正が言った。人を威圧するような、強い声だった。

胸に込み上げる不快の念をこらえつつ、左近は天目茶碗を片手でつかみ、一息に茶を飲み干した。

「どうだ、敵の点てた茶はうまいか」

「まずい」

吐き捨てるように言うと、左近は唇についた泡を手の甲でぐいと押しぬぐった。

「正直なやつ」

松永弾正は怒ったふうもなく、むしろ愉快そうに笑う。

「じきに、その茶をうまいと感じるようになる。そなたが手にしている天目茶碗、わしは銭七百貫文の大枚《たいまい》で手に入れた」

「それがどうした」

「七百貫文の茶碗、そなたにくれてやってもよい」

「なに……」

「茶碗ばかりでなく、いずれは大和の半分なりともくれてやろう」

「気でも狂ったか」

左近は思わず声をうわずらせた。

「狂うてはおらぬ。わしは筒井の小わっぱを滅ぼし、大和一国を平定する。そののち、京へ攻めのぼり、畿内《きない》を席巻《せっけん》して天下に号令をかける」

「…………」

「井戸城の合戦でのそなたの働き、この目でしかと見とどけた。その力、わしに売れ。代わりに、そなたに半国、柳生に半国、大和を分けてつかわす。そなたと柳生がそれぞれ、わが軍の右と左の先鋒をつとめれば、幕府を倒すこともたやすし」

低く、耳にまとわりつくような声で、松永弾正がささやいた。

「とりあえず、兼殿庄《けんのとののしょう》、安明寺《あんみようじ》庄を手付けに与えよう。筒井城攻略の先導役、つとめてくれような」

「そういう話か」

からになった茶碗に目を落とし、左近はつぶやいた。

「どうだ、悪い話ではあるまい」

弾正が言った。

利をぶら下げれば、食いつかぬ者はいない。それが松永弾正という男の論理であり、その人間の〝欲〟を利用して、ここまでのし上がってきた。

若く、世間知らずの左近とはいえ、うまみのある餌《えさ》を目の前にちらつかせれば、必ずおのれに尻尾を振ってくると信じていた。

左近はうつむいたまま、応えない。

「お受けせよ、左近」

柳生宗厳も横から口をはさんだ。

「おぬしの父、椿井城の豊前守清国どのも、われらの誘いに心を動かしておるようだ。弾正さまがその気になれば、椿井城を攻め落とすなど、赤子《あかご》の手をひねるよりたやすい。ここは、弾正さまにおとなしく従ったほうが、島家のためというもの」

「言うことはそれだけか」

「なんと……」

「おれの答えは決まっている」

　がばと左近が顔を上げた。

　弾正を睨むや、片膝立ちになり、手にした天目茶碗を投げつけた。

　弾正はすんでのところで身をかわしたが、茶碗は床《とこ》の間《ま》の柱に当たり、粉々に砕け散った。

「これが答えだ。おれが欲しいのは、きさまの首だけよ」

　左近は左手で大刀の鞘を引っつかんだ。抜く手もみせず、右足を大きく踏み込んで、弾正に斬りかかる。

（斬った……）

　と、思った。

　が、左近の渾身《こんしん》の一撃は、とっさに柳生宗厳が差し出した枇杷の木刀に食い止められている。

「仕損《しそん》じたかッ」

　かるく舌打ちすると、左近は囲炉裏にかかった手取釜を蹴り、もうもうと白い湯気が部屋に立ち込めているあいだに、縁側から外へ飛び出た。

　素足《すあし》のまま枯山水の庭を突っ切り、塀をよじのぼって暗闇の向こうへ姿を消す。

「忍びどもに追わせまするか」

あとに残された柳生宗厳が、左近の消えた闇へするどい視線を放った。

「捨ておけ」

と、弾正は表情を変えずに言った。

「あやつのせいで、ご秘蔵の松本天目茶碗が砕けてしまいましたな」

宗厳が、床の間に落ちていた茶碗の破片を拾い上げた。

「さようなもの、惜《お》しゅうないわ」

喉をそらせて弾正が笑った。

「それは、瀬戸の陶工に命じて精巧に作らせた贋物《にせもの》じゃ。かようなこともあろうかと、用意しておった」

「さすがは弾正さま」

「しかし」

と、弾正は顎を撫《な》でる。

「惜しい男だが、あれは使えぬ。愚かにも、この世を渡っていくために、何が必要であるかを知らぬようだ」

「たしかに……」

「愚かじゃ。あまりに、愚か」

松永弾正が苦い顔でつぶやいたころ――。

左近はすでに、河原毛の駿馬三日月の背にまたがり、冴えた星明かりに濡れる竜田道をひた走っている。

第三章　落城

1

松永弾正《だんじょう》の筒井《つつい》方への圧迫は、日を追うごとに激しさを増した。

弾正は、藤勝丸《ふじかつまる》のいる筒井城にはあえて手をつけず、まわりの支城からひとつ、またひとつと、時をかけてじわじわ攻め落としていく。

真綿《まわた》で首を絞《し》めるようなやり方は、かえって筒井方の地侍《じざむらい》たちの心に恐怖を与え、動揺を誘った。

左近《さこん》の父島《しま》豊前守清国《ぶぜんのかみきよくに》も、世の流れに抗しきれず、ついに主家を見かぎって松永の軍門に降《くだ》った。

左近は、翻意《ほんい》をうながす使者をたびたび椿井《つばい》城へ送ったが、

「これも島家のためじゃ」

と、聞く耳を持たない。

優柔不断な父を、左近と反《そ》りの合わない後妻のおさいが、陰で糸を引いてあやつっているのは明らかだった。

(不甲斐《ふがい》なき父よ……)

左近の心は冷えた。

島家の家臣のうち、家老《かろう》の下河原修理《しもがわらしゅり》をはじめとする古参《こさん》の臣五十六人は、豊前守清国に従って椿井城に残った。

一方、若当主の左近とともに筒井方で戦う道を選んだ者は、わずか三十三名にすぎない。みな十代後半から二十代の、左近の侠気《おとこぎ》に共鳴する若者たちだった。

下河原修理の息子で槍の名手の平太夫《へいだゆう》も、実父と袂《たもと》を分かち、幼いころから筒井城でともに育った左近のほうに従った。

「弾正ごときは、この槍で」

平太夫は自慢の螺鈿《らでん》の槍の柄《え》をたたき、

「彼奴《きやつ》の首を取り、東大寺の盧舎那仏《るしゃなぶつ》の仏前に供えてくれましょうぞ」

鬚《ひげ》をたくわえた顎《あご》をそらせて豪快に笑った。

若者には背負うものが少ない。そのぶんだけ、未来に対して恐れもない。

自分たちの行く先に待ち受けるのが何であるのか、左近にも、その終生の片腕となる下河原平太夫にもわからなかった。

永禄《えいろく》四年（一五六一）、一月二十八日――。

松永弾正は朝廷から従四位下《じゅしいのげ》に叙《じょ》せられた。

これは、主君の三好長慶《みよしながよし》と同じ位階である。五畿内《ごきない》を制し、丹波《たんば》、播磨《はりま》、淡路《あわじ》、阿波《あわ》、讃岐《さぬき》へ勢力を拡大する長慶と、弾正は位階において肩を並べたことになる。

三好家の実質的権力は、すでに執事の松永弾正が掌握《しょうあく》しはじめていた。

その弾正が、奈良の北郊に新たな城を築いた。

――多聞山城《たもんやま》

である。

ただの城ではない。

巨大な石垣を積み上げ、その上に白壁の長い櫓《やぐら》をつらねている。これは、従来の城には見られない斬新な建築様式である。

弾正が独創した櫓は、

――多聞櫓

と呼ばれ、のちの大坂城や姫路城といった、近世城郭《じょうかく》の先駆けとなった。

城内の御殿は、金泥《きんでい》をふんだんに使った障壁画《しょうへきが》で飾られ、おとずれる者はみな、その華麗さに息を呑《の》み言葉を失った。

信貴山《しぎさん》城と同様に、弾正は城の中心に三重四階の天守をもうけ、その天に近い場所から黄金の鴟尾《しび》をのせた東大寺の大仏殿や興福寺の大屋根を睥睨《へいげい》した。

はるか古《いにしえ》から、長らく大和《やまと》を支配下におさめてきた南都の寺々に取って代わり、

「わしが奈良の王となる」

という、弾正の強い意志のあらわれにほかならない。

宣教師ルイス・フロイスは、その著書『日本史』のなかで多聞山城のことを次のようにしるしている。

――都（京）において美しいものを数多く見てきたが、この城はそれらの大部分とは比べものにならないほど美しい。世界中に、この城の如《ごと》く善かつ美なるものはないと思われる。

弾正はこの多聞山城に本拠を置く一方、信貴山城を河内《かわち》方面への出撃の足がかりとし、両城のあいだを行き来した。

多聞山城の噂《うわさ》は、むろん、筒井城の左近らの耳にも届いた。

「目がさめるように美麗《びれい》な城であるそうな」

家老の松倉右近《うこん》が、自慢の口髭《くちひげ》を撫《な》でながら言った。

「南都の者どもも、あの城には度肝《どぎも》を抜かれておるらしい」

と、同じく家老の森好之《よしゆき》が眉《まゆ》をひそめる。

藤勝丸の傅役《もりやく》だった筒井順政《じゅんせい》が出奔《しゅっぽん》してから、松倉右近と森好之、それに島左近が三本の柱となって、傾きかけた筒井家の屋台骨をささえるようになっていた。

ついこのあいだまで軍議の末席につらなっていた左近が、一躍、家老の一角につらなるところに、いまの筒井家が置かれた苦しい状況があらわれている。

「弾正は、堺《さかい》商人にも親しい者が多いと聞く。かの者どもを通じて、南蛮の新しい知識などを取り入れておるのであろう。それに引きかえ、われら大和在地の者はいかにも古い。世の流れには、しょせん抗すべくもないのであろうか」

森好之がため息をついた。

「森どの」

左近は底光りする目で、森好之を睨《にら》んだ。

「古いとか、古くないとか、そんなことが漢《おとこ》の値打ちに何ほどのかかわりやある」

「しかし、新しきものを取り入れねば、移り変わる世に取り残されよう」

「ふん」

と、左近は鼻を鳴らして笑った。

「新しいと見えるのは、ほんの一瞬にすぎませぬ。新しいものはすぐに古くなる。目先の物事に心をとらわれていては、真実《まこと》のものが見えなくなる。それでは、なりますまい」

「されば、おぬしはいずれに真実があると？」

左近より二歳年上の松倉右近が、興《きよう》をそそられたように聞いた。

「肚《はら》にござる」

左近は即答した。

「肚とな」

「さよう」

と、左近はうなずいた。

「上を吹き過ぎる風に乗るのではなく、その風に吹き飛ばされぬものをしっかりと肚のうちに持つ。そのようにあってこそ、人は人たるのではござらぬか」

「うむ……」

左近の迫力に気圧《けお》されたように、松倉右近が目をしばたたかせた。

松倉右近は左近ほど肚がすわっていない。ただ、職務に対してどこまでも忠実であり、左近にはない用心深さと冷静な思考を持っていた。

「いま、松永弾正には勢《いきおい》があるが、それがいつまでつづくともかぎらぬ。左近の申すとおり、われらは目先のものに心を動かされぬことであろう」

松倉右近がおのれに言い聞かせるように言った。

とはいえ、筒井家が苦しい立場にあることに変わりはない。

2

この年、永禄四年九月——。

信州川中島《かわなかじま》で、上杉謙信《けんしん》と武田信玄《しんげん》による第四次川中島合戦が起きた。

武田の軍師山本勘助《かんすけ》がもくろんだ夜襲《やしゅう》策を謙信が見抜き、妻女山《さいじょざん》を下りて八幡《はちまん》原《ばら》に陣する信玄の本隊に斬り込んだ。この激戦により、信玄の弟信繁《のぶしげ》が討ち死にするなど、両軍多数の死傷者を出している。

また、前年に今川義元を桶狭間《おけはざま》で破り、天下を瞠目《どうもく》させた尾張《おわり》の織田信長は、隣国美濃《みの》の攻略に乗り出しつつあった。

世はまさに戦国乱世のただなかにある。

京では、足利将軍家の力が目をおおうばかりに衰えていた。

将軍の名は有名無実と言ってよく、畿内の実権は三好長慶を長《おさ》とする三好一党と、執事の松永弾正が握っている。

下克上《げこくじょう》の申し子である弾正は、

（いずれ、三好長慶を追い出してくれよう……）

と、胸のうちで策謀をめぐらし、虎視眈々《こしたんたん》と機会をうかがっていた。

弾正が主家に対し、その牙《きば》を剝《む》きだしたのは、永禄六年（一五六三）のことである。

この年、三好長慶の長子義興《よしおき》が、摂津《せっつ》芥川《あくたがわ》城において急死した。二十二歳の若さであった。

『足利季世記《きせいき》』には、

——食物に毒を入れて奉《たてまつ》り、かく逝去《せいきょ》ありと後に聞こえけり。また、松永のわざとも申しける。

とある。弾正の義興毒殺への関与を臭《にお》わせる記述である。

三好義興は聡明な若者で、父長慶の期待を一身に背負っていた。ばかりでなく、長慶が重用《ちょうよう》する弾正の危険な野心を、早くから明敏に感じ取り、

「いかに有能とは申せ、あのような信義なき男は、早々にお側《そば》から遠ざけたほうがよろしゅうございます」

と、父に進言していた。

長慶の身辺《しんぺん》に放っていた諜者《ちょうじゃ》からの知らせで、それを聞きつけた弾正は、

（放っておいては、わが野望のさまたげとなろう……）

と、非常手段に打って出たのだ。

将来を嘱望《しょくぼう》された愛息《あいそく》を失った三好長慶の悲嘆は大きかった。

四十を過ぎたばかりと、まだ老《ふ》け込む年ではないが、めっきり口数が少なくなり、人嫌いになった。心身ともに衰えだした長慶からは、往時の気迫も潑剌《はつらつ》たる壮気も、見るかげもなく失《う》せていた。

弾正はさらに、その主君の心の隙《すき》につけ込んだ。

長慶には、文武両道にすぐれた安宅冬康《あたぎふゆやす》という弟がいた。冬康は裏方として兄をよくささえており、三好家にはなくてはならぬ存在だった。

その冬康について、

「謀叛《むほん》のくわだてがございます」

と、弾正はあるじの耳に吹き込んだ。

むろん、事実無根である。が、長慶はすでに冷静な思考能力を失っていた。

「冬康さまは殿を亡き者とし、三好家当主の座を奪うおつもりでございます。お気をつけなされませ」

などと、あることないこと弾正にささやかれ、病床の長慶は猜疑心《さいぎしん》の塊《かたまり》となった。飯盛山《いいもりやま》城に呼びつけられ安宅冬康は、兄長慶の手の者によって斬殺された。

その二月《ふたつき》後、長慶自身も病《やまい》により、四十三歳で寂しい生涯を閉じている。

(いよいよ、わしの時代が来たか)

弾正はほくそ笑《え》んだ。

諸国を見渡せば、上洛《じょうらく》をめざしていた駿河《するが》の今川義元はすでに亡く、同じく京に旗を樹《た》てんと望む甲斐《かい》の武田信玄も、周囲に上杉謙信、北条氏康《ほうじょううじやす》らの敵を抱《かか》えて動きがとれない。

尾張の織田信長は、桶狭間の戦いで一躍名を揚《あ》げたが、

(あのようなうつけ者、美濃の斎藤を破って上洛するほどの能はあるまい……)

と、弾正は歯牙《しが》にもかけていなかった。

畿内に弾正をおびやかすほどの強大な敵はいない。

長慶の死により、三好家の家督《かとく》は養子になっていた甥《おい》の孫六郎義継《よしつぐ》が継いだ。しかし、義継は十六歳の少年である。

じっさいの政務は松永弾正が取り仕切り、軍事指揮権は三好一門の有力者である三好長逸《ながゆき》、三好政康《まさやす》、石成友通《いわなりともみち》の三人、いわゆる、

——三好三人衆
の手に移った。

松永弾正の野望は、とどまるところを知らない。

この天をも恐れぬ男にとって、主君の長慶以上に邪魔な存在があった。

将軍足利義輝《よしてる》である。

「将軍など、もはやこの世にあったとて何の意味もなかろう」

多聞山城の天守で、奈良の町並みを見下ろしながら弾正はうそぶいた。

かたわらにいるのは、堺商人の今井宗久《そうきゅう》である。弾正から注文を受けた鉄砲百挺《ちょう》と焔硝《えんしょう》二十斤《きん》を届けに来た。

目はしのきく宗久は、堺郊外の金田寺内《かなたじない》の鍛冶《かじ》屋を雇い、自前の鉄砲の大量生産をいち早くはじめている。

「まことに」

宗久は深くうなずく。

「古き権威は影法師のようなものです。そこにはもはや影のみしかないのに、世の人はありがたがって崇《あが》め奉る。形ばかりの抜け殻《がら》に、現身《うつしみ》の人間が振りまわされてはなりませぬ」

「そなたはわかっておるのう」

弾正が歯茎《はぐき》を剝き出して、心地《ここち》よさそうに笑った。

「存分におやりなされませ。古き権威が、長く居座ることこそ悪にございます。川の水は絶えず流れるもの。流れぬ水は淀《よど》み、やがて腐れ果てます。流れを滞《とどこお》らせる古い秩序を壊し、新しき水を世にそそぐのが弾正さまの生きる道」

「わしに古い秩序を壊させ、その隙につけ込んで金儲けしようというのが、そなたの魂胆《こんたん》であろう」

「座や関所は、あきないのさまたげ。それを保護し、利を吸い上げているのが、将軍、朝廷、寺社の権威にすがる卑《いや》しき者どもにございます」

「わしに恐れるものはない」

弾正は猛禽《もうきん》の如き目で東大寺大仏殿の大屋根を睨む。

「そなたの申すとおり、役に立たぬものはことごとく潰《つぶ》す。その手はじめが、越後《えちご》の上杉、尾張の織田信長ら、諸将の上洛をもとめて小ざかしく立ちまわる将軍じゃ」

「そう申せば、大和の筒井はどうなされるおつもりでございます」

ふと思い出したように、今井宗久が言った。

「筒井か」

「弾正さまが捨て置かれているあいだに、当主の藤勝丸は元服《げんぷく》し、藤政《ふじまさ》と名乗りをあらためたやに聞いておりまする」

「それがどうした」

「藤政は筒井城内の筒井筒の井戸から神水《じんずい》を汲《く》み、一族、家臣を招いて茶会を催したとか」

宗久の言う筒井城の茶会は、家老の松倉右近のすすめで開かれたものである。

この席で、十四歳になった若当主の藤政は、

筒井づつ筒井の底の清水かげ
　結ぶ手多き今日の暁雲《しののめ》

という和歌を詠《よ》んでいる。

一族、家臣団の引き締めをはかり、みなで松永弾正に対抗していこうという意が込められていた。

「大和一国は、ほとんどわが手中に落ちている。筒井の小わっぱが何をほざこうが、潰そうと思えば、いつなりともひねり潰すことができよう」

「は……」

「獲物が小ウサギでは、狩りがおもしろうない。それよりも、わしの狙いは野を駆ける大鹿よ」

なだらかな山並みの向こうの薄墨《うすずみ》色の空を、西から東へ、足の早い雲がちぎれ飛ぶように流れてゆく。

3

永禄八年（一五六五）、五月十九日朝――。

松永弾正は息子久通《ひさみち》、三好三人衆とともに軍勢をひきいて上洛した。

清水寺《きよみずでら》への参詣《さんけい》を名目《めいもく》にしていたが、弾正の目的は寺参りなどではない。京に入るや、一万の軍勢は将軍足利義輝のいる二条御所《にじょうごしょ》を急襲した。

かつて新当流《しんとう》の塚原卜伝《ぼくでん》に師事した義輝は、剣の腕におぼえがある。

「むざむざ殺《や》られてなるものかッ」

義輝は足利家伝来の名刀数本を畳に突き立て、刃毀《はこぼ》れするたびに、それを次々と
持ち替えつつ、群がる敵を斬り伏せた。

だが、多勢に無勢である。新手《あらて》の者が泉の如《ごと》く湧いてくる松永勢の前に、まわり
をかためていた近臣《きんしん》たちが一人、また一人と倒れてゆく。

御殿《ごてん》に火がかかったのを見た義輝は、

「もはや、これまで」

と、奥の間《ま》へ入って自害して果てた。享年《きょうねん》三十であった。

この義輝について『穴太記《あのうき》』は、

――天下を治むべき器用あり。

としるしている。

傑出した人物であったからこそ、越後の上杉謙信のように将軍のためなら命を捨
ててもいいと言い出す大名もあらわれたが、それがまた逆に、政治的影響を恐れる

松永弾正によって抹殺《まっさつ》される非運を招いたといえる。

この騒乱のなか、将軍義輝の弟鹿苑寺《ろくおんじ》周暠《しゅうこう》も寺から誘い出されて殺された。また、興福寺一乗院《いちじょういん》の門主であった末弟の覚慶《かくけい》（義昭《よしあき》）は、多聞山城から押し出してきた松永勢の別働隊に囲まれ、寺内に幽閉《ゆうへい》される。が、のちに、ひそかに近江《おうみ》へ逃れている。

——将軍殺し

という大事件は、筒井城の人々を脅《おび》えさせた。

ただ一人、京の凶事《きょうじ》などどこ吹く風と、泰然自若《たいぜんじじゃく》としているのは島左近くらいのものであろう。

左近は二十六歳になった。

歳月は、どこか甘さの残っていた若者の風貌《ふうぼう》を研《と》ぎすまし、精悍《せいかん》なふてぶてしい面構《つらがま》えに変えている。

いつ城を敵に囲まれるかわからぬという逆境——ひりひりとした危機感が、この男を鋼《はがね》の如く強く鍛《きた》え上げていた。

暗くうち沈んだ城内の空気のなか、

「遠駆けにまいりましょう」

左近は、あるじの藤政を誘った。

「かようなときに、遠駆けか」

藤政が驚いたような目をした。

顎の線の細い、目鼻立ちの端正《たんせい》な若者である。興福寺六方衆《ろっぽうしゅう》の流れを汲む筒井家代々のならいに従い、いずれは得度《とくど》して僧形《そうぎょう》になる定めとなっている。

いまはまだ髪を剃《そ》っておらず、藤色の紐《ひも》で結《ゆ》った茶筅髷《ちゃせんまげ》と、同じ藤色の肩衣《かたぎぬ》袴《ばかま》が初々《ういうい》しかった。

「かようなときだからこそ、弓馬《きゅうば》の鍛練《たんれん》を欠かしてはならぬのです」

左近は膝《ひざ》を乗り出して言った。

「しかし、興福寺の一乗院は松永勢に囲まれていると申すではないか。この城のまわりにも、敵の目が光っていよう」

「さようなことを恐れていて、この大和国を弾正の手から取りもどすことができましょうや」

「争いごとは嫌いだ」

「胆力《たんりょく》なき御大将《おんたいしょう》に、いくさはできませぬ。それとも殿は、このまま弾正に、おめおめと城を明け渡してもよいと申されるか」

「それは嫌だ」

「ならば、それがしとともに野を駆けめぐり、弾正の影に脅えている臆病者《おくびょうもの》どもをあざ笑ってくれましょうぞ」

「わしは臆病者ではない」

若い藤政の頰に、さっと血の気《け》が立ちのぼった。

左近は誰にも告げず、若当主の藤政をひそかに城から連れ出した。

大勢の近習《きんじゅう》を従えて遠駆けに出れば、いたずらに人目につくだけである。それより何より、

(慎重居士《しんちょうこじ》の松倉右近が、藤政さまを外へは出させまい……)

左近は思った。

同僚の松倉右近は、藤政を大事にするあまり、あるじを前線には出さず、なるべく城に閉じ込めておこうとするきらいがある。

(それでは、藤政さまがよき漢に育たぬではないか)

左近は松倉右近の方針に逆《さか》らい、あえて藤政を外に連れ出して、筒井家が置かれた厳しい現実を肌で感じさせるようにしていた。

季節は夏である。

蓬々《ほうほう》と生い茂った草に、露が宿っている。風に揺れて群れ咲くヒメアザミの紅紫色があざやかだった。

左近は野のなかを馬で駆けまわり、自在に手綱《たづな》をあやつる。

「これが荒き馬を制するための、水車《みずぐるま》の手綱にござります」

「遠山《とおやま》の手綱は、このようにいたします」

「次なるは漣《さざなみ》の手綱」

「逸《はや》る馬の心を砕《くだ》くには、さまざまに型を変えて乗りこなすことが肝要《かんよう》。その変幻自在の型を野笹《のざさ》と申します」

と、馬術の秘技をつぎつぎと、藤政にたたき込んでいった。その手綱さばきを藤政が真似《まね》て、必死に馬を駆った。

一刻《いっとき》（二時間）も経《た》つころには、藤政の息が上がり、首筋に汗が流れてきた。

「今日のところはこれまでとしよう」

手の甲でしたたる汗をぬぐいながら、藤政が言った。

「されば、最後に駆け比べをいたしましょうぞ」

言い放つや、左近が馬の尻をたたき、まっしぐらに駆けだした。負けじと、藤政もそのあとを追う。

た。

「左近、道が違うのではないか」

と藤政が言ったのは、走りだしてから十町《ちょう》（一キロあまり）も行ったころだった。

4

左近は馬の足並みをゆるめ、

「大事ありませぬ。この道でよいのです」

「しかし……」

「まいりますぞ」

いぶかしげな顔をする藤政に声をかけ、左近はふたたび、北をめざしてまっしぐらに馬を疾駆《しっく》させた。

やがて、主従は樹木におおわれた丘がつらなる一帯にさしかかった。

いや、丘ではない。

古墳である。

左近が藤政を導いていった佐紀《さき》丘陵《きゅうりょう》の南麓《なんろく》には、

神功陵《じんぐう》
成務陵《せいむ》
垂仁陵《すいにん》

など、巨大な前方後円墳が多い。

そのほか、猫塚、塩塚、マエ塚、コナベ塚、ヒシアゲ塚など、大小三百近い古墳があたりに点在していた。

左近は古墳のあいだを縫《ぬ》うように走り、ウワナベ塚と呼ばれる広い濠《ほり》をめぐらした墳丘の近くで馬の歩みをゆるめた。

陽《ひ》はすでに、西に傾きかけている。

こんもりとした塚に茂るクスノキから、ヒグラシの声が降ってきた。

「松倉右近らがわしを探していよう。そろそろ、城へもどらねば……」

「ご案じなさることはありませぬ」

と、左近はあるじを制した。

「すぐそこでございます。約束の刻限にござりますれば、先方が殿を待っておりましょう」

「約束とは何だ」

「………」

「先方とは誰のことじゃ」

重ねて藤政がたずねたが、左近は答えず、塚のわきの竹林のあいだの道を先に立って分け入った。

ようやく左近が馬を下りたのは、山門の傾いた古寺の前に来たときだった。

無住《むじゅう》の寺のようである。

扁額《へんがく》の文字は風雨にさらされて読み取れず、境内《けいだい》も荒廃している。

山門の柱に馬の手綱をつなぎとめた左近に、

「この寺は何ぞ」

やむなく、左近にならって馬から下りた藤政が聞いた。

「かつては寺坊一千といわれるほど栄えた律宗《りつしゅう》の寺にございますが、いまではご覧のとおり、住む者もなく荒れ果てております」

「不気味なところだ」

「臆《おく》されましたか」

「そうではないが……」

藤政があたりを見まわしたとき、奥の本堂の陰から、こちらへむかって近づいてくる者があった。

兜巾《ときん》をつけた山伏《やまぶし》である。

色黒で皺《しわ》の多い、煮ても焼いても食えぬような憎体《にくてい》な面《つら》つきをしている。

その姿を見た左近は、

「おう、兄部坊《このこんぼう》」

と、声をかけた。

「遅かったではないか」

山伏が左近を睨み、それから横にいる藤政に視線を移した。

「こちらが筒井の……」

「殿だ」

左近は威厳のある声で言った。

山伏はかしこまったように、地面に片膝をつく。

「お初にお目にかかりまする。それがし、左近の友垣《ともがき》にて、内山永久寺《うちやまえいきゅうじ》の山伏兄部坊と申します」

「うむ……」

と、藤政は戸惑《とまど》いを隠しきれぬ顔でうなずく。

「左近、この者か。わしを待っていたというのは」

「さにあらず」

左近は首を横に振る。

「この者は、先方とのつなぎの役を果たしただけにございます」

「されば誰が……」

藤政が首をかしげた。

それを聞いた山伏の兄部坊が、

「先刻から、本堂でしびれを切らせて待っておるわい。境内には、人目に立たぬように兵も伏せておるが、くれぐれも用心するがよかろう」

左近に向かってささやくように言った。

「兵だと……。いったい、どういうことだ、左近」

藤政がさっと顔色を白くした。

「三好の兵にございます」

「なに……。三好は敵ではないか」

「はい」

「それがなにゆえ、かようなところに」

「それがしが呼びました」

平然とした顔で左近は言い放った。

「そなた……」

と、藤政は唇《くちびる》を嚙《か》み、

「左近、わしを裏切ったか」

吐《は》くように叫び、刀の柄《つか》に手をかけた。

いつしか、あたりに降りしきっていたヒグラシの声がやんでいる。境内に落ちる左近と藤政の影が長かった。

「お静かに」

左近は揺るぎのないまなざしで、主君を見つめた。

「ここまで来て、じたばたしてもはじまりませぬ。この左近を信じて下さりませ」

「…………」

「臍《へそ》の下に気を集め、肚をすえて前へすすまれることです。さすれば、必ず道はひらけます」

「本堂でわしを待っているのは……」

「三好三人衆の一人、石成友通にございます」

左近は低く押し殺した声で言った。

5

左近は若当主の藤政をかばうように肩をそびやかし、寺の本堂に足を踏み入れた。

奥に影がわだかまっている。

素襖《すおう》姿の侍が十人ほど、威儀を正して居並んでいた。

そのさらに奥、本尊の大日如来《だいにちにょらい》像を背にして、小柄ながらも目つきのするどい口髭の男がいる。

三好方の実力者、石成友通であった。

入ってきた左近たちを睨み、

「待ちかねたぞ」

友通が、やや苛立《いらだ》ったように声を上げた。

「さようでござったかな」

左近は侍たちのあいだを、床を踏み鳴らして大股《おおまた》に横切り、友通の右手前にどっかとあぐらをかいた。

藤政は足がすくんだように、本堂の入り口で立ち止まっていたが、左近に目でうながされ、意を決したように奥へすすんだ。

藤政の顔色が、蠟《ろう》よりも白くなっている。

なぜ敵方の者たちがここにいるのか、わけもわからず、

——肚をすえて前へすすまれよ。

という左近の言葉だけを信じて、石成友通の正面に腰を下ろした。

「約束どおり、藤政さまをお連れ申した」

本堂に朗々と響く声で左近は言った。

「単身、会見に臨《のぞ》まれるという話だったはずだが、どうやら約束をたがえられたものとみえる」

皮肉《ひにく》を含んだ口調でつぶやきつつ、左近は左右の侍たちをジロリと見た。

友通は悪びれもせず、口髭を撫でながら、

「そこもとは、一騎当千《いっきとうせん》のつわものと噂の高い鬼左近。それがし一人では、いささか心もとのうてな。近習どもを連れてまいったまでよ」

「それにしては、境内の木立のかげに、弓矢を持った兵の姿が見え隠れしていたよ

うだが」

「………」

「いずれにせよ、藤政さまの御身《おんみ》にもしものことがあれば、この左近、ただではおかぬ。鬼どころか天魔と化《か》して、方々《かたがた》の首をひとつ残らず戴《いただ》きますゆえ、さよう心得《こころえ》られよ」

「卑怯《ひきよう》な振る舞いはせぬ。今日は話し合いに来ただけだ」

苦々《にがにが》しげに顔をそむけて、石成友通が言った。

「本題に入る前に」

左近は真っ黒にススをかぶった大日如来に目をやる。

「友通どのが本尊を背にされていては、藤政さまが見下ろされているように思われまする。上座《かみざ》、下座《しもざ》をつくらず、同格としていただきたい」

「道理じゃな」

左近の言葉に従い、石成友通が横向きになってあぐらをかいた。

堅くなっている藤政を、

「ささ」

と左近はうながし、友通と向かい合うようにすわらせた。

大日如来を間に挟《はさ》んで石成友通、藤政とそのかたわらに控える左近が相対する形になった。

「話し合いとは何だ、左近」

救いをもとめるように、藤政がちらりと左近を振り返った。

そのあるじに、左近は顎を引いて深くうなずいてみせる。

「藤政さま。ことが洩《も》れるのを恐れて、いままで申し上げませなんだが、じつは、これにある石成友通どのが、わが筒井家と和議を結びたいと仰《おお》せになられましてな」

「和議とな」

藤政が驚いた顔をした。

それもそのはずである。石成友通ら三好三人衆といえば、筒井家を圧迫する松永弾正久秀《ひさひで》の一類ではないか。それがなぜ、いまになって自分たちと和議を結ぼうとするのか――。

「友通どのは、もとは三好家の執事でありながら、主家を食い荒らしておのが野望を達成せんとする弾正に、我慢がならなくなったと申される」

左近の言葉に、

「そういうことだ」

石成友通がうなずいた。

「あの欲深き狼の如き男を野放しにしておいては、先々、ろくなことにならぬ。われらは弾正めにそそのかされて足利将軍殺しの大罪に加担したが、よくよく考えてみれば、あやつに体《てい》よく利用されていただけのこと。将軍を屠《ほふ》ったのと同じ刃《やいば》が、いつわれらに向けられるやもしれぬ」

「それゆえ、われらと……」

膝の上で拳《こぶし》を握りしめる藤政の目を見すえて、

「敵の敵は味方ということよ。筒井家にとっても悪い話ではあるまい」

友通がかすかに笑った。

要は、これまで手を組んで畿内をほしいままに牛耳《ぎゅうじ》ってきた、松永弾正と三好三人衆の内訌《ないこう》である。

たがいの利害が合致しているうちは、弾正と三好三人衆の関係はすこぶる良好であった。だが、邪魔な将軍義輝をのぞき、それぞれの欲心が剝き出しになったとき、かろうじて保たれていた両者の力の均衡《きんこう》が崩れた。

（利によって結びついた関係は、脆《もろ》いものだ……）

胸の底で左近は思った。

その脆さにつけ込み、筒井家存続のために策をめぐらすことが、左近にとっての義でもある。

「松永弾正に対抗するには、この話、受けるのが筒井家にとって最良の道と、それがしは思いまする。藤政さまは、いかがご判断なされます」

「ほかの重臣たちに諮《はか》らぬうちは……」

「鉄は熱いうちに打てと申します。筒井家の当主は、藤政さまでございますぞ」

「わかった。そなたの言葉を信じよう」

藤政は深くうなずいた。

石成友通が、三好長逸、政康ら三人衆の意思を統一し、具体的な条件を詰めることで話はまとまった。

後日——。

筒井藤政と三好三人衆は、たがいに熊野牛王誓紙《ごおうせいし》を取りかわし、ここに和議が成立した。

6

このころ――。

三好三人衆と松永弾正の対立は、決定的となっている。

十一月、石成友通ら三人衆は、飯盛山城で弾正の監視下にあった三好家若当主の義継を高屋《たかや》城に移した。

義継を傀儡《かいらい》とする弾正から切り離し、自分たちの庇護《ひご》のもとに置くためである。

また、阿波にあって、事実上の将軍後継者と目《もく》されていた足利義栄《よしひで》から、

「松永弾正打倒」

の御教書《みきょうじょ》を得ることに成功。弾正を討つ大義を手に入れた。

むろん、一方の弾正も黙っているわけではない。

根来《ねごろ》
畠山《はたけやま》
遊佐《ゆさ》
など、畿内の勢力をつぎつぎ調略《ちょうりゃく》し、これを自陣営に取り込んでいる。

堺商人も、弾正に近い新興の今井宗久らと、従来からの三好三人衆との関係を重視する古参の者たちの二派に分かれ、それぞれに矢銭《やせん》の援助などをおこなっていた。自分たちの推《お》す陣営の興隆と衰退が、そのまま商売に直結するため、堺の町衆も必死である。

「筒井と三好の者どもが手を組みましたな」

多聞山城をおとずれた今井宗久が、平蜘蛛《ひらぐも》の茶釜から立ちのぼる白い湯気に目を細めながら言った。

季節はすでに初冬である。

大和の盆地は朝晩の冷え込みがめっきり増し、乾いた地面に霜柱が立つようになっていた。

「いままで手をつけず、生かしておいてやったというに……。われにひれ伏さず、牙を剝いてきおるとは、筒井の小坊主も愚かなやつよ」

弾正は、玲瓏《れいろう》と澄みわたった空の彼方《かなた》に目をやった。

多聞山城から二里《り》半（約十キロ）、南西の方角に筒井藤政、島左近らが籠《こ》もる筒井城がある。

「されば、いよいよ筒井攻めを」

「わが行く手を邪魔するものは、潰しておかねばならぬ」

「しかし、いまの筒井の背後には、三好三人衆がおりますれば、易々《やすやす》と城を落とすことはかないますまい」

「さて、それはどうかな」

「と申されますと？」

「あやつらは、利にさとい者どもよ。筒井の後詰《ごづ》めをして、うまい餌《えさ》にありつけると思えば動きもしようが、そうでないかぎり、容易には腰を上げまい」

「そのような者どもを信じねばならぬとは、筒井も哀れにございますな」

「哀れか」

弾正は喉《のど》の奥で低く笑った。

「この乱世、他人を信じるような輩《やから》は大馬鹿者よ。人も、ましてや神、仏も信じず、ただおのれのみを信じて、悪に徹した者だけが生き残る。そうではないか、宗久」

「まことに」

湯気を見つめたまま、宗久が表情を動かさずにうなずいた。

「ご出陣は、年明けでございますか」

「いや。明日にでも、兵を繰り出して筒井城を囲む」

「それはまた、性急な」

「天下の情勢は刻々と変わる。噂では、越後の上杉謙信が、わしの将軍殺しに激怒していると聞く。京をめざして諸将が動き出さぬうちに、大和を一挙に手中におさめる」

「既成事実を作っておくのですな」

「鉄砲五十挺、焔硝五十斤、急ぎ用意して届けるように」

「昨今、焔硝の値段は高騰《こうとう》しております。高くつきますぞ」

「抜け目ないやつめ」

弾正はかるく笑った。

「大和統一のあかつきには、関銭《せきせん》の免除と奈良町、今井町の代官職をくれてやる。それでよいな」

「承知いたしました」

深々と頭を下げ、宗久が黒い影絵のように立ち上がった。

冷たく張りつめた冬空の静寂を破って、筒井城の半鐘《はんしょう》が激しく打ち鳴らされた。

十一月の晦《つごもり》――。

「松永勢、来襲ッ！」

城門から駆け込んできた斥候《せっこう》の叫びが、城内に千切《ちぎ》れるように響きわたった。

「来たか」

根来塗の合鹿椀《ごうろくわん》で、朝飯の茶粥《ちゃがゆ》をかき込んでいた左近は、一瞬、箸《はし》を動かす手を止めた。全身に緊張が走る。

が、すぐに表情をゆるめ、唇でニヤリと笑うと、

「もう一杯、粥をくれ」

台所にいた小女《こおんな》に合鹿椀を差し出した。

椀が運ばれてくると、左近は茶粥を胃の腑《ふ》へ流し込み、丈夫な歯で瓜《うり》の奈良漬けをばりばりと嚙みくだいた。

「左近さまッ」

若党が慌《あわ》てふためき、左近に出陣をうながした。

「落ち着け。おまえが慌てたところで、どうなるものでもない」

「しかし、敵がすぐそこまで……」

「心に動揺をきたした者は、みずから敗れる。まずは腹ごしらえだ」

左近は落ち着き払い、茶粥を三杯《たい》平らげた。

やがて、のっそりと立ち上がり、袴《はかま》、小袖《こそで》を脱ぎ捨てると、

「苔丸《こけまる》、甲冑《かっちゅう》をッ！」

小者《こもの》を大声で呼ばわった。

駆けつけた小者の苔丸が、鍛え上げられた左近のたくましい体に、鎧下着《よろいしたぎ》、つづいて甲冑を着せる。

甲冑は、奈良町の甲冑師に頼んで新造したばかりの、黒糸威《くろいとおどし》の当世具足《とうせいぐそく》である。兜《かぶと》のてっぺんには、金色《こんじき》の天衝《てんつき》が高々とそびえ立っている。

装束《しょうぞく》をととのえた左近は、筒井城のなかでもっとも見晴らしのいい、巽櫓《たつみやぐら》の三階にのぼった。

そこにはすでに、松倉右近がいた。

その背中に、

「敵は」

左近は声をかけた。

松倉右近は、厳しい顔つきで振り返った。

「斥候の知らせでは、多聞山城から四千ほどの兵が押し出してきている。信貴山城の方角からは、六千」

「あわせて一万か」

左近の目の奥がするどく光った。

7

「どうする、左近」
松倉右近が左近を見た。
筒井家をささえる、
右近
左近
と呼ばれる二人だが、松倉右近は政務にあたり、軍事は島左近という棲《す》み分けができている。
左近は目の奥を光らせ、
「松永勢を、引きつけるだけ引きつける」

「ほう、それで」

「そこから先の策は、この頭にあり」

太く笑うと、左近は階段のところにいた近習の平群隼人《へぐりはやと》を振り返り、

「敵が塀ぎわに迫ってくるまで、無駄な矢弾《やだま》を放つなと兵たちに命じよ」

歯切れのよい声で指示を下した。

身をひるがえした平群隼人が、飛ぶように階段を駆け下りていく。櫓の下でひかえていた十人ほどの使番《つかいばん》たちが、左近のさしずを物頭《ものがしら》に伝えるべく、背中に差した釣鐘《つりがね》の旗指物《はたさしもの》をなびかせ、蜘蛛《くも》の子を散らすように城中の各所に走った。

筒井城は平城《ひらじろ》である。

正方形の内曲輪《うちくるわ》と外曲輪が、二重の水濠《みずぼり》によって囲まれている。ただし、神仏への信仰が篤《あつ》い大和の城ゆえ、悪疫《あくえき》の侵入口とされる艮《うしとら》（北東）の角が大きく欠いてある。

内曲輪には、城主筒井藤政の御殿などがあり、外曲輪には家臣の屋敷、町人たちが暮らす町屋、寺、神社があった。すなわち、付近一帯に多い、環濠《かんごう》集落の巨大なものと思えばいい。

外濠の内側には、土塁《どるい》が築かれており、その上に塀をめぐらし、要所要所に櫓を

もうけていた。

城の外は、真夏にはハスが美しい花を咲かせる湿地帯と、水田が広がっている。ぬかるみに足をとられるため、城へ近づく道はかぎられていた。

城域の南端を通る、

——竜田道《たったみち》
である。

竜田道は、大和盆地を東西に横断する幹線道路である。信貴山城を発した松永弾正の本隊は、柳生宗厳《やぎゅうむねよし》と高山飛騨守《ひだのかみ》を先鋒《せんぽう》として、この竜田道を西から迫っている。

また、弾正の息子久通の別働隊は多聞山城を出て、鷹山《たかやま》、岡氏らの大和地侍を先鋒に、同じ竜田道を東から筒井城に近づきつつあった。

東西から迫る松永勢あわせて一万に対し、城内に籠もる筒井勢はわずか三千にも満たない。

だが、筒井城は完全に孤立しているわけではない。摂津にいる三好三人衆と同盟を結んでおり、籠城戦が長期化すれば、援軍を要請して後詰めを期待することができた。

（来い、弾正……）

左近は内曲輪の三重櫓の上に仁王立ちになり、竜田道の彼方を睨んだ。

左近の命令どおり、城方の兵たちは敵が半町（五十メートルあまり）の近さに迫っても、鉄砲、弓矢を放たなかった。じっと息をひそめて待っている。

ようやく、先着した松永久通ひきいる別働隊が、喊声《かんせい》を上げながら大手門に攻めかかろうとしたとき、

「いまだーッ！」

左近は大音声《だいおんじょう》とともに、手にした金の采配《さいはい》を振り下ろした。

——ダンッ

と、突如、鉄砲が火を噴いた。

続いて、塀ぎわに駆け寄る先鋒の大和衆めがけ、矢の雨が降りそそぐ。

敵の兵たちが、二重、三重と折り重なるように斃《たお》れていく。

「ひるむなッ！」

敵の物頭が必死に叫ぶが、兵たちの足並みは乱れた。

そこへ、櫓の上から石つぶてが飛んできた。兵たちは陣笠をかぶってはいるが、

石つぶてはそれを吹き飛ばし、頭や肩に当たる。命中した石の衝撃で、手にした槍《やり》を取り落とす者もいた。

さらに左近は、大釜でぐらぐらと沸かした熱湯を、柄杓《ひしゃく》を使って敵の頭に浴びせかけさせた。

悲鳴を上げ、敵兵が右往左往した。

四半刻《しはんとき》（三十分）もたたぬうちに、百人を超える死傷者が出たため、松永久通はいったん兵を引かざるを得なかった。

あとからやってきた松永弾正は、わが子の無策ぶりを叱責《しっせき》した。

「役に立たぬやつめッ！　そなたは下がっておれ」

堺の甲冑師に注文して、特別に誂《あつら》えた黒塗の南蛮胴の具足を身に着けた弾正は、柳生宗厳をそばへ呼んだ。

8

筒井城の城内では、松倉右近が敵先鋒の撃退に気をよくしていた。

右近ばかりではなく、松永勢の来襲に将来への望みを失っていた家臣たち全体の士気が、にわかに高まっている。

「この調子で守りを固めておれば、おっつけ、摂津から三好三人衆が加勢に駆けつけてくれるであろう」

右近は笑った。

「摂津へ使者は？」

「とうに送ってある」

林立する敵軍の旗指物の群れを見下ろす左近の表情は、依然、厳しいままである。

「ならば、あと少しの辛抱《しんぼう》じゃ。三好勢が到着すれば、戦況は一変する」

「そう、思いどおりにいくか」

「おぬし、何を心配しておるのだ」

松倉右近が、左近の目を不審そうにのぞき込んだ。

「城中には、武器弾薬、兵糧《ひょうろう》が十分に用意してある。水も、筒井筒の井戸が涸《か》れぬかぎり困ることはない。おぬしが三好の者どもを味方につけてくれたおかげで、筒井城は安泰《あんたい》ぞ」

「いや」

左近は首を横に振った。

「相手は、あの弾正だ。何を仕掛けてくるか、油断がならぬ。気を引き締め、備えをゆるめずにおくことだ」

「いかさま、松永弾正は奸智《かんち》にたけた男であるからのう」

松倉右近も、ふと眉をひそめた。

西の空から東へ、輪をえがくように鳶《とび》が飛んでいく。

大手と搦手《からめて》に分かれて筒井城を囲んだ松永勢は、それきり仕掛けてこず、不気味な沈黙をつづけた。

不用意に仕掛けて、いたずらに死傷者を出すことを恐れているのだろう。

動きのないまま、その日が暮れようとした。

(今宵《こよい》は雨になるか……)

黒雲の広がった夕空を、左近が見上げたときである。

階段をけたたましく踏み鳴らし、三重櫓へ駆け上がってくる者があった。左近の近習、平群隼人である。

「左近さまッ！」

「どうした」

「い、一大事にございます……」

「どうしたと聞いている」

「松永方から、このような矢文《やぶみ》が大手に射込まれました」

平群隼人が、左近に文を差し出した。

左近は受け取り、折りたたまれた文をひらいて一読した。

目を上げた左近の顔色が変わっている。

矢文は、父の島清国から左近にあてたものであった。

筒井氏を見かぎって弾正の傘下《さんか》に入った清国は、松永勢に加わり、この城攻めに参加していた。

「誰からの文ぞ」

松倉右近が駆け寄ってきた。

「父からだ」

「親父どのか……。して、何と？」

「松永方に降れ、と言ってきている」

「なにッ！」

「応じねば、弾正は見せしめに父を斬首し、島家の椿井城を焼き払うと言っているらしい」

「卑怯な。親父どのはすでに、弾正に忠義を誓っておるではないか。それを、首を斬るというのか」

「相手は将軍殺しの男だ。それくらいは、やりかねぬ」

左近は文を握り締めた。

「おぬし、どうするつもりだ」

「決まっている。藤政さまに忠節を尽くすのが、おれの義だ」

「親父どのを見殺しにする気か」

「………」

松倉右近の問いかけに、左近は下唇を噛んで応《こた》えなかった。

やがて――。

薄闇が立ち込めはじめた筒井城の大手門前に、白装束《しろしょうぞく》に身をつつんだ左近の父清国が引き出された。

父だけでなく、左近の腹違いの弟市丸《いちまる》を胸に抱《いだ》いた継母のおさいもいた。

「左近ッ、助けておくれ」

おさいが叫んだ。

「そなたが城を出なければ、私たちは殺されます。そなたにも、人の血が流れていよう。この身はどうなってもよい。殿を、市丸を、どうか救ってたもれ」

おさいの声は、内曲輪の三重櫓にいる左近の耳には届かない。だが、そのようすは、近習たちが次々と告げてくる。

松永弾正は、いまの筒井城を持ちこたえさせているのが左近であることを、十分に知り抜いていた。

左近さえ切り崩せば、城はたやすく落ちると読んでいるのだろう。

それゆえ、

（おれの情に訴える策に出た……）

おさいの言うとおり、左近とて人の子である。乱世の習いで敵味方に分かれたが、けっして父が憎いわけではない。弾正の策略とはわかっていたが、やはり目の前で父が殺されるのを見るのは忍びなかった。

「藤政さまがお呼びにございます」

城主藤政から、三重櫓に使いが来た。

左近は、松倉右近とともに御殿にいる藤政のもとへおもむいた。

「行くのか、左近」

藤政の柔和な目が、ややうるんだように左近を見つめた。

「わしは幼いときからそなたを知っている。そなたは、血を分けた父を見殺しにできるような男ではあるまい」

「藤政さま……」

すべてを悟《さと》ったようなあるじの言葉に、左近の胸の奥はきりきりと痛んだ。

「しばし、時を下さりませ」

「時を？」

「大手門に出て、弾正と直談判《じかだんぱん》してまいります。それがしは、筒井家を裏切る気は毛頭《もうとう》なし。父や一族の命を質《しち》に取られても、その心は変わらず。もし、それでも弾正が父を殺すと申すなら、その場で弾正の素《そ》ッ首刎《は》ね、それがしも斬り死にするまで」

「それはなるまいぞ、左近」

藤政が顔面を蒼白にした。

「そなたを失ったら、わしは誰を頼みにすればいい」

「これに、松倉右近どのがおられます」

と、左近はかたわらにいる同僚を振り返った。

「わが身にもしものことがあっても、二、三日、城を持ちこたえれば、三好の加勢が来よう。それまで頼む、右近どの」

声を振り絞るように言って、腰から金色の采配を抜き取ると、左近はそれを松倉右近に手渡した。

「おぬし……」

右近が声をうわずらせた。

その目を、左近は見つめる。

「万が一、三好の後詰めが間に合わなんだときは、菅田比売《すがたひめ》神社の床下の抜け穴から、藤政さまを城外へ落としまいらせてくれ」

「しかし、大和国内は敵ばかりぞ」

「葛城《かつらぎ》の山中にある布施《ふせ》城ならば、藤政さまをかくまってくれよう。城主の布施左京進《さきょうのしん》どのは、筒井一族のなかでも志操《しそう》堅固な御仁《ごじん》。古来より、修験《しゅげん》の聖域として守られてきた葛城の山中には、弾正とてうかつに足を踏み込めまい」

「そこまで考えていたか」

松倉右近は、豪放な見かけに似合わぬ左近の用心深さと、深謀遠慮に舌を巻いたようであった。

「されば、藤政さま。どうか、ご武運を」

左近はあるじに深々と頭を下げた。

「死ぬなよ、左近」

「は……」

「生きてふたたび、わしに馬の稽古をつけてくれ」

「御免」

左近は一礼するや、立ち上がって藤政に背を向けた。

9

左近は筒井城の大手門へ向かった。

門の上に築かれた櫓にのぼると、城外に向かって楯《たて》が並べられ、兵たちが緊張した面持《おもも》ちで弓、鉄砲を構えていた。

すでに敵陣へ使者を送り、松永弾正と直談判したいと申し伝えてある。

だが——。

弾正の姿はどこにもなかった。

代わりに、後ろ手に縛り上げられた父の清国と、市丸を抱いた継母のおさいが引きすえられていた。

清国らのまわりを、松永方の兵が取り巻いている。

「弾正はどこだッ！」

左近は叫んだ。

松永の兵たちは、槍の穂先を揃《そろ》えたまま、不気味な沈黙を守っている。

左近が目をいからせ、あたりを睨んでいると、やがて夕闇のなかから一人の男がすすみ出てきた。

柳生宗厳であった。

戦場であるにもかかわらず、重い甲冑は身に着けていない。籠手《こて》と脛当《すねあて》、額《ひたい》に鉢金《はちがね》をつけただけの軽捷《けいしょう》ないで立ちであった。おのが剣の腕への強い自信のあらわれであろう。

「こちらへ下りてまいれ、左近」

宗厳が落ち着きはらって言った。

「上から見下ろされていては、話にもならぬではないか」

「弾正自身が来ぬ以上、話し合いに応じる気はない」

左近の返答に、

「おぬしは血の冷たい男よのう。おのが父親のこの姿を見ても、何も思わぬのか」

柳生宗厳は目を細めた。

左近の心の動きを読みきっている。

こうして大手門まで足を運び、囚《とら》われの身の父を目《ま》の当たりにしてしまった以上、すでに左近のほうが、立場が弱い。左近という男の血の熱さ、それゆえの脆い部分を、宗厳は憎いまでに冷静に見切っていた。

「弾正を呼べ。さもなくば、城の外へは出ぬ」

左近は表情をこわばらせた。

「ならば、こうするまでのこと」

宗厳が腰の刀を抜いた。

身幅の狭い備前刀《びぜんがたな》が、薄闇のなかで紫色に妖《あや》しく霞《かす》み立つ。その刀の切っ先を、宗厳は清国の頬にひたりとつけた。

スッと切っ先が横へ動いた。

清国の頰から血がしたたり落ち、白い浄衣《じょうえ》の衿元《えりもと》をみるみる染めていく。

それを見たおさいが、

「左近ッ、左近ッ」

　狂ったようにがなり立てた。

「そなた、実の父を見殺しにするのですか。この鬼ッ、不孝者……。おまえなど、地獄へ堕《お》ちるがいい」

　その叫びを聞いて、おさいの腕に抱かれていた幼い市丸が、火がついたように泣き出した。

　左近の首筋に汗が湧いた。

　斬ると言ったら、柳生宗厳は必ず父を斬るだろう。

「左近……」

　顔面を蒼白にした清国が、すがるような目で左近を見上げた。

（父上……）

　父の目を見て、左近は覚悟を決めた。

　鬼と呼ばれようが、地獄へ堕ちようが、いっこうにかまわない。だが、人として父を見捨てることだけはできない。

（おのが命と引き換えにするも、またよし……）

　左近は櫓を下り、単身、大手門の外へ出た。

草摺《くさずり》の音を響かせ、ゆっくりと清国たちのほうへ歩いてゆく。

ぽつりぽつりと、大粒の雨が落ちてきた。

と思うと、冷たい風とともに天上を黒雲がおおい、あたりは驟雨《しゅうう》につつまれる。陣羽織を着た左近の肩にも、兜にも、烈《はげ》しく雨がたたきつけた。水しぶきが視界を白くする。

「来たか」

柳生宗厳が、痩《や》せた顎から雨のしずくをしたたらせながら言った。

「約束に従った。父上と義母《はは》上を解き放ってもらおう」

「その前に、刀を捨てよ」

「よかろう」

左近が腰刀を投げ捨てるのを見届け、宗厳が切っ先を引いた。

と同時に、松永方の兵たちが槍をかまえて左近を取り囲む。地を揺るがすように、雷鳴がとどろいた。

「これで、百三十余年つづいた筒井城もおわりだな」

宗厳が笑った。

「おぬしがおらねば、城は落ちる」

「まだ、勝敗が決したわけではない。おれがおらずとも、城の者たちは固く結束しておる。早晩、三好の援軍も到着する」

「あいにくだが、おぬしたちが待っている援軍は来ぬ」

「何ッ」

左近は目を剝いた。

「いいかげんなことを言うな。摂津の三好の者どものもとへ、とうの昔に使者を送ってある」

「その使者、わが手の者が斬り捨てた」

「ばかな……」

「それゆえ、援軍を期待しても無駄なことだ。いまの筒井城は、大海《たいかい》に櫂《かい》もなく放りだされた小舟も同じ」

「汚い手を使いおって……」

左近は宗厳を睨んだ。

「これも軍略のうちよ」

「人の情を逆手《さかて》に取るのは、軍略とは言わぬ」

「何とほざこうが、情にほだされたおぬしの負けだ」

柳生宗厳が目を細めた。

頭上で閃《ひらめ》いた稲光《いなびかり》が、二人の男の顔を青白く浮かび上がらせる。

宗厳の合図で、兵たちが左近に近づき、わっとばかりに群《むら》がって、そのたくましい体に幾重《いくえ》にも縄をかけた。

「殺すなら、殺せ」

左近は石のように表情を消している。

「どうするかは、いくさが終わってから、弾正さまがお決めになろう」

「………」

「この者を、多聞山城へ連れてゆけ」

刀を鞘《さや》におさめつつ、宗厳が命じた。

縄尻をつかんだ物頭に引っ立てられ、左近は雨のなかを歩きだした。

その行く手に、左近のおかげで自由の身となったおさいがあらわれ、

「よいざまだこと。柳生さまが、松永方に忠誠を誓った私たちを、本気で斬るとでも思っていたの」

朱《あか》い唇をとがらせ、嘲《あざけ》るように言った。

「何もかも、柳生としめし合わせた狂言《きょうげん》か」

「これで島家は安泰です。市丸が立派に家を継ぎまするゆえ、そなたは何も案ずることはありませぬ」

「女狐《めぎつね》がッ」

左近は双眸《そうぼう》に怒りを燃え立たせた。

父の清国は——と見ると、顔をうつむけ、左近と目を合わせないようにしている。

「父上、それがしを売ったのですか」

左近は父に向かって声をほとばしらせた。

「父上ッ」

「島家のためだ。許せよ、左近」

清国は逃げるように、息子に背中を向けた。

雨は、ますます烈しい。

筒井城が落城したのは、それから三日後のことである。

城兵たちを束ねていた島左近を失い、頼みの三好の援軍もあてにできなくなった筒井方は、松永軍の猛攻の前にもはや抗するすべを持たなかった。

城主筒井藤政は、家臣の松倉右近らに守られて城を脱出。一族の布施左京進がいる、葛城山中の布施城へ逃れた。

『多聞院《たもんいん》日記』永禄八年（一五六五）十一月十八日の条には、

——筒井六郎殿（藤政）、布施城へ入られおわんぬ。国中心替わりの衆、数多之《あまたこれ》ありと云々《うんぬん》。

と、しるされている。

長く大和に君臨してきた筒井氏は没落し、その家臣たちの多くは、松永弾正久秀の軍門に降った。

ここに、松永弾正は大和一国の平定を果たした。

第四章　お茶々《ちやちや》

1

泉州 堺《せんしゆうさかい》は天下一の商都である。

そもそも、

――堺

という町の名は、ここが摂津《せつつ》国と和泉《いずみ》国のさかいに位置していることに由来している。

堺の商業が盛んになったのは、室町時代の応仁《おうにん》、文明《ぶんめい》年間（一四六七～一四八六）。

堺が台頭するまで、わが国の対明《みん》貿易、すなわち勘合《かんごう》貿易の最大の拠点は摂津の兵庫湊《みなと》であった。応仁の乱から諸国へ飛び火した戦乱に巻き込まれ、兵庫湊が灰《かい》燼《じん》に帰《き》すと、国際貿易の主役の座はやがて堺湊へ移っていった。

日本をおとずれた宣教師ロドリゲスは、堺湊のようすを次のようにしるしている。

——ここは日本の主要な交易都市で、海岸に位置している。西方は海になっており、残る三方は水をたたえた大きな掘割によって囲まれている。当時、この都市は共和国のような形で自治的に治められていた。そして、戦いに勝った者も敗れた者も一様に避難所《アジール》としてこの都市に入り込み、たがいにどのような敵対関係にあっても、なんびとも他の者に危害を加えることなく、すこぶる平和的に暮らしていた。

これにあるとおり、戦国時代の堺は西側に湊がひらけ、南、東、北の三方は水濠《みずぼり》で囲まれていた。その水濠の内側には、土塁《どるい》が築かれ、高塀《たかべい》がつらなっていた。すなわち、海に面した巨大な環濠《かんごう》都市が堺であった。

勘合貿易、のちには南蛮貿易によって財をなした堺の豪商たちは、それぞれ資金を出し合って傭兵《ようへい》をやとい、町の防衛にあたらせた。

町政の運営は、

——会合衆《えごうしゅう》
と、呼ばれる有力者三十六人の合議制によってすすめられた。

堺の商人たちは武力を金で買うことによって、いかなる権力者の支配も受けない独立した自治都市を築き上げたのである。

堺をおとずれた南蛮人は、ヨーロッパの自由貿易都市ヴェネチアになぞらえ、

「東洋のヴェネチア」

と、この町を呼んでいる。

宣教師ロドリゲスも書いているが、当時の堺は麻の如《ごと》く乱れた戦国乱世にあって、戦いの勝者も敗者も自由に受け入れる、一種の避難所となっていた。

戦火に焼かれた京の都からも、僧侶や連歌師《れんがし》、猿楽師《さるがくし》、茶人などが、平和な暮らしをもとめてこの地へ逃げ込み、ために堺は茶の湯をはじめとする文化、芸術の発信地となっていった。

このころ、堺の人口四万人。

畿内《きない》では京に次ぐ第二の大都市である。

その商都堺の目抜き通り、大道筋《だいどうすじ》の甲斐町《かいのちょう》に、間口《まぐち》十六間《けん》（約二十九メートル）

の大店《おおだな》がある。

屋号を、

——納屋《なや》

という。

大和《やまと》一国を制した松永弾正《だんじょう》の御用商人をつとめ、このところ、堺の豪商のなかでも隆盛《りゅうせい》いちじるしい今井宗久《そうきゅう》の店である。

もともと薬種《やくしゅ》あきないをしていたが、明国からの買いつけのつながりで、火薬の原料となる焔硝《えんしょう》もあつかうようになり、諸国の大名への鉄砲の急速な普及とともに、みずから金田寺内《かなたじない》に自前の鉄砲製造工場をもうけるまでに商売をひろげた。

宗久は茶の湯の師である武野紹鷗《たけのじょうおう》の娘を妻にし、茶人としても知られている。

紹鷗の門下には、同じ堺商人の、

津田宗及《そうぎゅう》

千宗易《せんのそうえき》(利休《りきゅう》)

がいた。

広大な屋敷の奥には、離れの茶室があり、商売相手の武将や、数寄《すき》仲間の茶人をまねいての茶会がしばしば催されている。

その茶室に、肩をいからせた一人の客がいた。

島左近《しまさこん》である。

「そう、恐ろしげな顔をせずともよかろう。肩の力を抜き、一服の茶を娯《たの》しまれるのも一興《いっきょう》」

茶室の隅《すみ》に切られた炉《ろ》の前に座した今井宗久が、口もとにかすかな微笑をふくんで言った。

炉にかけられた四方釜《よほうがま》から、白い湯気が立ちのぼっている。あたりは静寂に満ち、しゅんしゅんと湯の沸き立つ音と、庭先に飛んできたジョウビタキの声しか聞こえなかった。

「なぜ、助けた」

湯気ごしに、左近は宗久を睨《にら》んだ。

目が血走っている。

松永方の奸計《かんけい》にはまり、つい昨日まで、多聞山城《たもんやま》の牢につながれていた。その左近を牢から出し、堺へ連れてきたのが、いま目の前にいる今井宗久であった。

「助けたわけではない」

宗久は柄杓《ひしゃく》で茶釜の湯をすくい、

「松永どのに銭一千貫文《かんもん》を払い、貴殿《きでん》の身を買った」

こともなげに言うと、膝元《ひざもと》に置いた灰被天目《はいかつぎてんもく》に、しずかに湯をそそいだ。

一分《いちぶ》の隙《すき》もない、みごとな手さばきで茶を点《た》てる。

「服されよ」

朱塗《しゅぬ》りの天目台に茶碗をのせ、宗久が左近の前にすすめた。

「作法を知らぬ」

「作法など、ただの形。貴殿の流儀で好きにいたされればよい」

「……………」

ちょうど、喉《のど》が渇いていた。

茶の湯など、戦場の厳しさを知らぬ者の道楽と思っているが、渇きを癒すものと思えば、出された茶を断る理由はない。

左近は茶碗を片手でつかみ、酒をあおるように一息に茶を飲み干した。

苦《にが》かった。

だが、苦さのあとに、口中に清涼《せいりょう》な気が立ちのぼってくる。

「どうだ、うまいか」

「苦いな」

「水は宇治橋《うじばし》の三ノ間から汲《く》んだもの。茶は、宇治上林《かんばやし》の初昔《はつむかし》」

「茶の話など、どうでもよい。おれを買ったと言ったな」

左近は茶碗を置き、切りつけるように相手を見た。

「いかにも」

「しかも、銭一千貫文」

「金田寺内の鉄砲、五十挺《ちょう》が買える値だ。なかなか、よい値づけであろう」

「正気か」

「正気も、正気。わしはよい道具には金を惜《お》しまぬ」

と言うと、宗久は手元へ引き寄せた灰被天目を布でぬぐい、台子《だいす》の上にもどした。

「どういう魂胆《こんたん》だ」

相手が相手だけに、左近は警戒心をいささかもゆるめていない。

「あの松永弾正が、金と引きかえにおれを野に放つとは思えぬ」

「弾正さまは、利にさときお方よ。筒井《つつい》城が落ちた以上、貴殿がもどる場所はどこにもない。弾正さまにとっては、貴殿はもはや用済み。殺してもよいが、それより銭で売ったほうが矢銭《やせん》の足しになるとでも、お考えになったのであろう」

「買ってどうする」

左近は問うた。

「聞くまでもあるまい。道具は、役に立ってこその道具よ。貴殿には、銭一千貫文分、たっぷり働いてもらう」

「おれを、荷を守る傭兵にでもしようというのか」

「察しがよい。畿内に鳴り響いた島左近ほどの剛《ごう》の者を、納屋の傭兵頭《がしら》にできるのであれば、一千貫文はけっして高くない。そうは思わぬか」

今井宗久が乾いた声で笑った。

2

宗久の屋敷の、
――めがね蔵
で、左近はそれから数日を過ごした。
宗久のところにかぎらず、堺の豪商の屋敷には、三階建ての大きな蔵が多い。蔵というより、塔のように見える。堺ではそれを、めがね蔵と呼んでいる。

蔵の三階にある物見部屋から湊に近づく船を見張り、人より早くいいあきないをするためである。

年の瀬が近い。

商家ならではの、慌しい暮れの雰囲気が、蔵の二階で寝そべっていても肌身につたわってくる。

今井宗久は、左近が店の外へ出ることを禁じなかった。左近ほどの男、逃げ出す気になれば、止めても無駄だとわかっているのだろう。

しかし、左近は逃げなかった。

宗久に命を救われたことはたしかである。受けた恩は、返す義理がある。

それに、たとえ逃げたとしても、

(宗久の言うとおり、おれが行く場所はどこにもない……)

左近は思った。

筒井城落城後、主君筒井藤政《ふじまさ》のゆくえは杳《よう》として知れない。

城を出るとき、左近は朋輩《ほうばい》の松倉右近《うこん》に、

——万が一のときは、藤政さまを、抜け穴を使って葛城《かつらぎ》山中の布施《ふせ》城へ落としまいらせよ。

と言い置いてきた。

だが、藤政が無事に布施城へ到達できたという保証はどこにもない。生きているか、死んでいるか――いや、首尾《しゅび》よく命を永らえていたとしても、

（おれは、筒井城を捨ててきた身だ。どの面《つら》下げて、藤政さまにお会いすることができるか……）

左近の胸は暗く塞《ふさ》がれた。

敵にひとしい今井宗久の雇われ者になるのは本意ではないが、いまはそれ以外、行く道が見えない。

「くそッ！」

低くうめき、左近は冷たいめがね蔵の板床から身を起こした。

血が鬱《うっ》している。じっとしていると、頭がおかしくなりそうだった。

めがね蔵の外へ出ると、革袴《かわばかま》をはいた牢人《ろうにん》風の男が立っていた。髭《ひげ》が濃い。納屋の傭兵の一人であろう。

「どこへ行かれる」

「気晴らしをしてくるだけだ」

「それがしもお供《とも》つかまつる」

男は、宗久から見張りを命じられているものとみえる。

左近が表通りの大道筋へ出ると、男も少し遅れてついてきた。

通りには、

能登屋《のとや》

臙脂屋《べにや》

天王寺屋《てんのうじや》

など、三十六人会合衆に名をつらねる表店《おもてだな》商人の店が建ち並んでいる。

軒行灯《のきあんどん》や二階の窓に、色あざやかなギヤマンが嵌《は》め込まれているのは、南蛮貿易で富を築いた豪商の屋敷であろうか。

大道筋を北へ歩いていくと、大小路《おおしょうじ》とまじわる四ツ辻に出る。辻には高札場《こうさつば》があり、俵物《たわらもの》を積んだ荷車や、荷駄《にだ》などがしきりに行き交《か》っていた。

海の匂《にお》いがする。盆地の大和にはない、新鮮な潮のかおりである。

あてもなく大小路を歩いているうちに、いつしか堺の湊に出た。

このあたりの海岸は遠浅なため、小さな船は出入りできるが、千石《ごく》近い大船は湊に入ることができない。

大船は沖に錨《いかり》を下ろして停泊したまま、艀《はしけ》を使って荷の揚げ下ろしをするのである。

白波の立つ沖合に、博多、薩摩《さつま》あたりの商人の持ち船とおぼしき大船を何艘《そう》ものぞむことができた。

左近はしばらく腕組みをしたまま、海を眺めていた。

半刻《はんとき》（一時間）は立ちつくしていたかもしれない。

振り返ると、見張りの傭兵がうすら寒そうな顔をして両手をこすり合わせていた。いつしか、風に冷たい霙《みぞれ》がまじりだしている。

「帰るぞ」

左近は男に声をかけると、来た道を引き返した。この先のことを考えるだけで、体ばかりでなく、心《ここ》も凍えてきた。

暗闇に引きもどされるような思いで、左近は納屋の臙脂《えんじ》色ののれんをくぐった。

そのまま、通り庭を抜けて、めがね蔵へもどろうとしたが、

「だめなものはだめです」

「そこを何とか……」

「あんたのお父上には、うちもさんざん迷惑を蒙《こうむ》っているんです。薬種が欲しいんだったら、銭を持って出直して来て下さい」

聞くともなしに、押し問答が耳に飛び込んできた。

見ると、店の間《ま》で納屋の手代《てだい》が、まだ二十歳《はたち》前とおぼしき若い娘を冷たくあしらっていた。

3

「必ず代金を工面《くめん》してまいりますから、今度だけ、何もおっしゃらずに薬種を分けて下さいませ。さもないと、父の診《み》ている患者さんが……」

娘が、納屋の手代に切羽《せっぱ》詰まったまなざしを向けていた。

睫《まつげ》が長く、瞳《ひとみ》が濡れるように黒い。

まぶたはやや厚ぼったい一重《ひとえ》だが、すっきり通った鼻筋と引き締まった口もとに、凛《りん》とした涼やかな気品がある。

「困りますなあ、お茶々《ちゃちゃ》どの。銭も払わず、薬種だけ持っていかれては、あきないになりまへんわ。北庵《ほくあん》先生に、よくよく料簡《りようけん》をあらためるよう、あんたさんから言って聞かせるとええ」

「ご存じのとおり、父はあのような気性《きしょう》でございます。病《や》んでいる人を見ると、黙って放っておけぬのでございます。お金はきっと、わたくしが……」

「そないなこと言うて、この年の瀬に、どうやって銭を工面なさろうというんです」

「それは……」

娘が顔を真っ赤にしてうつむいた。

年ごろの娘だというのに、地味な縹《はなだ》色の無地の小袖《こそで》を着ている。それでも、こぼれるような若さが匂うのは、娘のすがしい美しさのせいだろう。

白い指先が小刻《こきざ》みに震《ふる》えているのが、左近の目にいじらしく映った。

「わかったら、さっさと帰った、帰った。うちの店も忙しいんや」

「おい、待て」

思案をめぐらすより早く、左近は店の間に歩み出ていた。

義《ぎ》侠《きょう》心《しん》のあつい男である。

(事情はよくわからぬが……)

ともかく、若い娘が困《こう》じ果てているのを黙って見過ごすことはできない。

「お武家さんは、めがね蔵のお客人……」

手代が驚いた顔をした。

どうやら今井宗久は、店の者たちに左近のことを大事な客だとでも言い含めているらしい。

「娘御《むすめご》が、こうやって頼み込んでいるではないか。納屋ほどの大店、薬種の一斤《きん》や二斤、無償《ただ》でくれてやっても身代《しんだい》はびくともすまいに」

左近は手代を睨みすえた。

その眼光のするどさに、手代もさすがに腰を引いた。

「一斤や二斤と申されますが、北庵先生が使うのは、どれも明国渡りや南蛮渡来の高価な薬種ばかり。それも代金をさっぱり支払わぬとあっては、よい顔ができぬのも当然でございましょう」

「北庵というのは、そなたの父か」

左近は娘のほうを向いた。

「はい」

と、娘が顎《あご》を引いてうなずいた。

「奈良の興福寺で医者をやっております」

「寺医者か」

「ではございますが、興福寺のお坊さまばかりでなく、頼まれれば奈良の町人衆の診立《みた》てもおこのうております」

「寺の者よりも、町人を無償で診るほうが多かろう」

手代が皮肉《ひにく》っぽく言って、耳のうらを掻《か》いた。

「北庵先生は、もともと将軍家の高名な御典医《ごてんい》、竹田定加《じようか》さまの高弟《こうてい》。あれだけの腕があるのなら、銭のない貧乏人など相手にせず、京、堺の物持ちでもご診察なさったらどんなものです。それこそ、お嬢さんも、いまみたいなご苦労をせずにすむというもので」

「父は……。薬を買うお金もなく、困っている方こそ、まっさきに助けたいと思っているのです」

「薬を買う金がないのは、ご自分のほうでしょう」

「………」

遠慮会釈《えしやく》のない手代の言葉に、娘は下唇《したくちびる》を嚙《か》み、うつむいてしまった。

「人の命は金で買えるものではあるまい」

左近は娘の肩を持つように言った。

損得を抜きにして貧しい者に施療《せりよう》するという娘の父の話に、左近は胸に響く俠《きよう》気《き》を感じはじめている。

「つまらぬことを言うな。このおれに免じ、薬種を分けてやれ」

「納屋は、施《ほどこ》しであきないをやっているわけではございませぬ」

「銭を払えばよいのであろう」

「は、はい……」

「おれがこの体で、薬種の代金を肩代わりする。それで文句はなかろう」

「お武家さんが体で払うと申されましても、手前の一存では……」

手代が困惑しきった顔をした。

「話はおれが、宗久とじかにつける。おまえは黙って、この人に所望《しょもう》どおりの薬種を出してやれ」

左近の迫力に押されたのか、手代は渋々ながら、奥の薬種箱のところへ行き、何種類か薬種を選んで紙につつんだ。

「ほんとうに、他所《よそ》の店ではめったに手に入らぬ高価な薬種でございますよ。勘定のほうは、きっちりお願いいたしまする」

なおも文句を言いつつ、手代は娘に薬種の包みを手渡した。

それを見届けた左近は踵《きびす》を返し、めがね蔵へ引き揚げようとした。

「しかし……」

「あの……。どなたか存じませぬが、ありがとうございます」

左近のあとを追いかけてきた娘が、頬をあからめながら頭を下げた。

「父に、あなたさまのことを話しとうございます。どうか、お名前を」

「礼など無用だ」

「でも……」

「おれはどうせ、納屋のあるじの今井宗久に銭一千貫文で買われた身。その一千貫文が、一千一貫文になろうが、一千二貫文になろうが、たいしたちがいはあるまい。騒ぐほどのことではない」

「いいえ、お名前なりとお聞きしておかねば、わたくしが父に叱《しか》られます。なにとぞ」

顔を上げた娘の瞳は、左近がはっとするほど輝きが強く、山上の湖のように澄んでいた。

「島左近という」

「左近さま……」

「そなたは？」

「北庵法印《ほういん》の娘、茶々と申します」

それが、左近の生涯をささえる運命の女人《によにん》との出会いであった。

4

「ようやく、その気になってくれたようだな」

今井宗久が、うすい唇に皮肉な笑みを浮かべて言った。

左近は笑わない。

宗久の居間に、岩にでもなったような厳しい顔つきで端座《たんざ》している。

「北庵の娘のために、一肌《ひとはだ》脱ぐ決意をしたそうな」

「娘のためではない。貧しい者どもに無私の心で施療をおこなっているという医者の意気に感じた」

「言いわけせずともよい。お茶々どのは、なかなかの美人。おぬし、あの娘に惚《ほ》れたのであろう。恩を売って、歓心を買う気か」

「ばかな」

左近は吐《は》き捨てた。

「おれは、おまえのような損得ずくで生きている商客《しょうかく》の徒とはちがう。あくまで、義のためよ」

「きれいごとを言う」

宗久は笑う。

「その義も、先立つものがなければ果たすことができまい。何よりの証拠に、おぬしは腕をわしに売り、引きかえに義とやらを手に入れようとしている」

「何が言いたい」

「うわべをどれほど美辞麗句《びじれいく》で飾っても、しょせんこの世は、人の欲で動いているということよ。出世したいと願うのも欲。惚れた女を得たいと思うのも欲。城を盗《と》り、一国のあるじになりたいというのも、また欲。公卿《くぎょう》であれ、武将であれ、本性はわれら利に生きる商客の徒と変わらぬ」

「おれはそうは思わぬ」

左近は宗久を睨んだ。

「この世には、損得勘定だけで量《はか》れぬものがある」

「どうかな」

「ここで、おまえと愚《ぐ》にもつかぬ水かけ論をする気はない。望みどおり、傭兵頭になればよいのであろう」

「わしはおぬしの、その単純明快なところが気に入っている」

宗久がうっすらと目を細めた。

「さっそくだが、おぬしに一働きしてもらいたい」

「どのような役目だ」

「年明け早々、鉄砲と焔硝を注文主のもとへ運ぶ。その荷を、道中、納屋の傭兵隊をひきいて守ってもらう」

「注文主とは、松永弾正か」

「いや。弾正さまがお買い上げになる鉄砲の数など、たかが知れている。今度の買い手は、もっと大きい。わしは、そのお方こそが、諸国の群雄にさきがけて上洛《じょうらく》を果たし、天下に号令をかけるものと見込んでいる」

めったに感情をあらわさぬこの男にはめずらしく、言葉に熱を込めて言った。

「えらく惚れ込んだものだな」

さきほどとは逆に、左近が皮肉な目を宗久に向けた。

「たしかに、わしはそのお方に惚れている。女に惚れるよりも、思いは深いかもしれぬ。なにせ、そのお方に納屋の将来と身代《しんだい》を賭けておるでな」

「どこの誰だ、その男は?」

「尾張《おわり》の織田上総介《かずさのすけ》信長」

「信長……」

「さよう」

宗久は、近ごろ南蛮から伝わってきたという煙草《タバコ》を銀ギセルの雁首《がんくび》に詰め、火をつけてうまそうに吸った。

(信長か……)

部屋にただよう薄紫色の煙を、左近は見つめた。

この梟商《きょうしょう》、松永弾正の御用商人ではあきたらず、尾張の織田信長とも抜かりなく手を結んでいるらしい。

桶狭間《おけはざま》合戦で今川義元を撃破して以来、信長は尾張の隣国美濃《みの》の攻略に時をついやしている。

宗久の言うとおり、その男は、

「美濃平定のちは、まっすぐに京をめざす」

と公言し、みずからの花押《かおう》に、

——麟《りん》

の一文字を用いはじめていると聞く。

「麟」とは「麒麟《きりん》」の謂《いい》で、至治《しち》の世にあらわれると言われている伝説の霊獣にほかならない。

　天下統一を果たし、麒麟が降臨《こうりん》する世を招来する——信長という男は、花押に「麟」の一文字を使うことで、自身の意志を高らかに宣言したのである。

（信長とやらに……）

　果たしてそれだけの器量があるのかどうか、これまで主家の存亡にしか関心のなかった左近にはわからない。

　だが、人一倍利にさとい堺商人の宗久が、納屋の将来と身代を賭けるとまで言い切るのだから、それなりに見どころがあるのであろう。

　いずれにせよ、左近の身の上にはかかわりのないことであった。

「荷を護衛して、尾張へ無事に送り届ければよいのだな」

「さよう」

　宗久はうなずき、

「積み荷は鉄砲が三百挺、それに焔硝百斤。道中の峠《とうげ》には、荷を狙う野盗《やとう》のたぐいが待ち構えていよう」

「わかっている」

「荷駄隊には、手だれの傭兵を二十人ばかりつける」

「ふん……」

「わしも新年の所用をすませたら、織田さまへのご挨拶《あいさつ》のために、すぐにあとを追いかけるでな。頼りにしておるぞ」

今井宗久が鼻先で笑い、キセルの雁首を煙草盆にたたきつけた。

5

納屋の荷駄隊が堺を出立《しゅったつ》したのは、木枯らしの吹きすさぶ師走《しわす》の下旬であった。

馬は三十頭。その背に、振り分けの荷が積まれている。

荷の中身は、宗久が金田寺内の鋳物師《いもじ》に製造させた鉄砲三百挺をはじめ、火薬の原料となる焔硝、弾丸に使う鉛、それに信長へ献上する茶道具や金銀も積み込まれていた。

その荷駄を守るのは、島左近ひきいる傭兵隊である。

傭兵たちは、前身頃《まえみごろ》が鳩《はと》の胸のように盛り上がった、揃《そろ》いの鎧《よろい》に身をかためている。

――南蛮胴

と呼ばれる、西洋から伝来した異形《いぎょう》の鎧である。従来の鎧にくらべ、鉄板が厚く、その形状から銃弾が貫通しにくくなっている。

南蛮胴を身に着けた左近は、黒鹿毛《くろかげ》の馬にうちまたがり、大身《おおみ》の槍《やり》を脇にたばさんで隊列の先頭をゆく。

河内《かわち》、大和の国ざかいの竹内峠《たけのうち》を越えると、眼下に大和盆地がひろがった。

（藤政さまはどうなされているか……）

左近の胸に、あるじの面影《おもかげ》がよぎった。

筒井城が落城したあと、藤政は松永方の追及の手を逃《のが》れ、大和の山中へ潜伏したと噂《うわさ》に聞いた。

いまは旧主のもとへ駆けつけることはできないが、

（いつの日か必ず、藤政さまのもとへもどりまする……）

左近は心中、ひそかに誓った。

納屋の荷駄隊は、大和盆地を東西に横断する横大路《よこおおじ》をすすみ、途中、一向衆《いっこう》の環濠集落で、大和の米の集散地として栄える今井町で一泊。

翌日は、桜井から三輪山《みわやま》の裾野《すその》をめぐり、伊賀《いが》国を通過して伊勢《いせ》湾へと抜ける、

――伊勢道へ入っていく。

「みな、用心せよ」

伊賀の山間部に差しかかったあたりで、左近は配下の傭兵たちに声をかけた。

伊賀は、古くより隠国《こもりく》と呼ばれる。まわりを屛風《びょうぶ》のような山々にかこまれた別天地で、谷々にはそれぞれ、忍びの技を得意とする地侍《じざむらい》たちが蟠居《ばんきょ》している。

いわゆる、

――伊賀者

である。

独立不羈《ふき》の気風が強く、野盗のたぐいも多かった。彼らにとっては、高価な鉄砲や金銀を積んだ納屋の荷駄隊は、宝の山のようなものである。

左近は傭兵たちに命じて、銃に火薬と鉛弾を詰め、銃身に槊杖《さくじょう》を差し込んで突き固めさせた。火縄に火を点《つ》け、谷あいから襲ってくる者があれば、いつなりとも発砲できるように準備をととのえておく。

左近は周囲にするどい視線を放ちつつ、全身に緊張をみなぎらせて馬をすすめた。

（来るなら、来い……）

という気持ちである。

身のうちに、鬱屈《うっくつ》した思いがわだかまっている。

野盗を相手に一暴れして、

（この胸のつかえを、思うさま晴らしてくれよう）

槍を抱《かか》えた腕がうずうずと鳴っていた。

左近の闘気に恐れをなしたか、あるいは最新の火器に守られた荷駄隊に襲撃の隙を見いだせなかったのか、何ごともなく、一行は無事に伊賀国を通過。青山峠を越えて伊勢国へ出た。

伊勢の海辺をすすむと、潮の匂いが濃い。

津

神戸《かんべ》

四日市《よっかいち》

と宿場を結び、桑名《くわな》から船に乗りかえ、七里《しちり》ノ渡しで伊勢湾を横切って、熱田《あつた》社門前の宮《みや》の宿《しゅく》に着く。

そこはすでに、尾張国である。

船を降りたあと、ふたたび荷を馬に積み替え、埃《ほこり》まじりの寒風のなか、木曾街道をひたすら北上した。

織田信長の居城《きよじょう》のある尾張小牧山《こまきやま》に着いたのは、泉州堺を出てから、五日目のことだった。

6

——小牧山は濃尾《のうび》平野のただなかに、椀を伏せたように隆起する小丘陵である。

水の豊富な山で、タブノキやクスノキといった暖地性の常緑樹におおわれており、真冬でも緑が濃い。

信長がそれまでの清洲《きよす》から、この小牧山に居城を移した最大の理由は、美濃攻めのためである。

尾張、美濃の国ざかいまで、わずか二里半（約十キロ）。

視界をさえぎる障害物がないため、木曾川対岸の美濃の村々を指呼《しこ》の近さに望むことができた。

尾張平定を果たした信長が、美濃攻略に取りかかってから、すでに四年の歳月が流れている。

当初、信長は西美濃からの攻略をめざしていた。だが、斎藤氏の被官竹中半兵衛による稲葉山城乗っ取り事件で美濃国内が混乱すると、手薄になった東美濃への侵攻作戦に切り替え、美濃東南部を手中におさめて、斎藤龍興《たつおき》の足元をおびやかしつつあった。

永禄《えいろく》九年（一五六六）、正月――。

信長はその小牧山城で、参賀の礼を受けていた。

元旦は、織田信次《のぶつぐ》、同信包《のぶかね》らの一門衆、林秀貞《ひでさだ》、柴田勝家《かついえ》、佐久間信盛《のぶもり》らの宿老衆が御前《ごぜん》に参じ、信長は彼らに三献《さんこん》の酒を与えるのが慣例となっている。その後、みなに雑煮《ぞうに》がふるまわれ、菓子が下げ渡された。

二日には、前田利家《としいえ》、佐々成政《さっさなりまさ》、丹羽長秀《にわながひで》、池田恒興《つねおき》らの馬廻《うままわり》衆、小姓《こしょう》衆に、同様の儀式がとりおこなわれる。

信長のもとへ、堺商人今井宗久が新年の賀をのべに参上したのは、三日の夕刻のことだった。

宗久は、左近が運んだ鉄砲三百挺と、焔硝、鉛を納め、白天目《はくてんもく》茶碗や肩衝茶入《かたつきちゃいれ》といった茶道具、金十枚、延べ銀十枚を信長に献上した。

儲けが吹き飛ぶほどの高価な献上の金品だが、それでも、

(十分、元は取れる……)

と、宗久は思っている。

松の障壁画を背にしてすわった信長は、すこぶる上機嫌であった。

平素、酒は呑《の》まぬ男だが、正月のことゆえ杯《はい》を重ねたのか、色白の細おもての顔がやや紅潮している。

「いよいよ、美濃一国を平定なされる日も近《ちこ》うございますな」

宗久は言った。

「加治田《かじた》城の佐藤紀伊守《きいのかみ》、右近右衛門《うこんえもん》父子が、織田さまに臣従を誓ったやに聞いております。斎藤一門の、斎藤新五郎もついに宗家《そうけ》を見かぎったとか」

「地獄耳じゃな」

信長が表情を動かさずに言った。

「耳の早さが、商人《あきゆうど》の命にござりますれば」

「ふむ……」

「一門のなかに離反者が出るとは、斎藤氏はすでに内部から崩れだしておりまする

な。稲葉山城が陥落する日も近うございましょう」

「美濃が片づいたら、わしは一気に京をめざすぞ」

「いよいよ……。上洛にございますな」

　宗久の双眸《そうぼう》が輝いた。

「この納屋、その日を一日千秋《いちじつせんしゅう》の思いで待ちわびておりました」

「そなたは、さきに大和一国を掠《かす》め取った、松永弾正に肩入れしておったのではないか」

「松永さまは、ただの商売相手にございます。わたくしは、織田さまにすべてを賭けております る」

「世辞《せじ》や追従《ついしょう》は好かぬ」

「いえ、世辞でも、追従でもございませぬ。天下統一の大仕事は、気宇壮大《きうそうだい》なこころざしを持った者にしか成し得ませぬ。わたくしの見たところ、そうした大きなこころざしの持ち主は、天下広しといえども、織田さましかおられませぬ」

「上洛するとなれば、松永は敵だ」

　信長は青みがかった目で、宗久をするどく見た。

「そういえば、松永勢に逐《お》われ、奈良一乗院《いちじょういん》を逃れた前《さきの》将軍義輝《よしてる》の弟覚慶《かくけい》（のちの足利義昭《よしあき》)から、わがもとへ使いが来た」

「ほう、覚慶さまから……」

「一刻《いっこく》も早く、上洛を果たし、三好一党、松永弾正を京から追い払ってくれと言ってきた。どのみち、わしだけでなく、誘いに乗ってきそうな諸国の大名に、手当たりしだい声をかけているのであろうが」

「して、織田さまは何とご返答なされたのでございます」

「上洛のあかつきには、この信長、軍勢をひきいて覚慶さまに供奉《ぐぶ》つかまつる所存と申し送っておいたわ。京へ乗り込む格好の大義名分となろう」

「返す返す、その日がいまから待ちどおしゅうございます」

「宗久」

「は……」

「そなたの後ろにおる、憎体《にくてい》な面つきの男は何者だ」

信長が、視線を下段ノ間に投げた。

「さきほどから、頭を下げもせず、大きな眼《まなこ》でこのわしを見ておる」

「あれなる者は」

と、宗久が肩越しに振り返った。

「わたくしの店の傭兵頭にございます」

「そのような者を、なぜここへ連れてまいった」

「じつは、あの者、松永勢に滅ぼされた大和筒井家の元家老《かろう》にございます」

「筒井の家老だと」

「島左近清興《きよおき》と申します。これ、左近。織田さまにご挨拶せぬか」

宗久が、さきほどから憮然《ぶぜん》とした表情ですわっている左近に声をかけた。

左近は唇を真一文字《まいちもんじ》に引き結んだまま、上段ノ間の信長に向かって無言で頭を下げた。

「大和では、鬼左近と申し、畿内に聞こえた剛の者にございます。ご上洛のあかつきには、お役に立つこともあろうかと存じ、連れてまいった次第にございます」

「左近か」

信長はうすい唇をかすかにゆがめ、

「その不敵な面、覚えておこう」

突き放すように言った。

7

小牧山の城下に五日ほど滞在したのち、今井宗久の荷駄隊は東海道をさらに東へ下《くだ》った。

「三河《みかわ》の岡崎城へゆく」

宗久は左近に言った。

「岡崎というと、城主はたしか松平……」

「家康さまだ」

宗久は、南蛮胴の当世具足《とうせいぐそく》に身をかためた左近と並んで馬をすすめている。

尾張から三河にかけての街道は、領主の織田信長と松平（この年十二月、徳川と改姓）家康が同盟を結んでいるだけに、比較的治安がよく、警戒心の強い宗久も肩の力を抜いていた。

「信長さまのご推挙で、納屋の鉄砲を家康さまがお買い上げ下さることになった。小牧山まで出てきたついでに、岡崎城へもご挨拶に伺《うかが》おうと思うてな」

「商人とは、誰にでも愛想《あいそ》よく振る舞うものだ」

松永弾正の御用商人でありながら、信長とも手を結ぶ宗久に対し、左近は皮肉を込めて言った。

「客に喜ばれてこそ、商客の徒。銭を払《はろ》うてくれる客は、相手が誰であろうと大事にせねばならぬ」

　宗久がふんと鼻先で笑った。

「家康とは、どのような男だ」

　左近は聞いた。

　さして興味があったわけではない。ことのついでに聞いただけである。よもや三十年後、その男が自分の運命を変える宿敵になろうとは、このときの左近は思ってもいない。

「ひとことで言って、苦労人だな」

「苦労人……」

「三河の松平家は、西を尾張の織田氏、東を駿河《するが》の今川氏に挟《はさ》まれた弱小勢力であった。当然、いつもまわりの顔色をうかがって生きねばならぬ。家康さまは幼くして織田家へ人質《ひとじち》に出され、政情が変わると、今度は今川家の人質となった。この乱世、力なき家に生まれるというのは不幸なことだ」

「人の幸不幸は、家のせいではあるまい。ましてや、世の中のせいでもない。どのような星のもとに生まれようと、運命を切り拓くのはおのれ自身ではないか」

左近はかたわらにいる宗久にではなく、みずからの胸に刻みつけるように言った。

「おぬしの申すとおりだ」

宗久がうなずいた。

「家康さまは自身の力で逆境を乗り越えて独立を果たし、信長さまもまた、生きるか死ぬかの桶狭間合戦に勝利して今日がある。となると、この乱世、最後に笑うのは、もっともしぶとく、運命をあきらめなかった者か」

「それは、天のみぞ知ることだ」

哀《かな》しいほどに青く晴れ上がった冬空を見上げて、左近はうそぶいた。

小牧山を出て三日後、納屋の荷駄隊は岡崎城下へ到着した。

宗久が家康のもとへ挨拶に登城しているあいだ、左近は城下の茶店で田楽《でんがく》を食いながら時間をつぶした。

三河には、

――女

が多いといわれる。

戦国時代、諸国に知られる名産品となった三河木綿《もめん》の機織《はたお》り、綿摘《わたつ》みのためで、日銭を目当てに各地から女手が集まってくる。

茶店にも、何がおかしいのか、ころころと笑いながら焼き餅を食べている若い娘たちがいた。

ふと、女人の面影が胸をかすめた。

左近が薬代の肩代わりをした、奈良の医者の娘である。

（お茶々どのといったか……）

たった一度、納屋の店先で会ったきりだったが、ひたむきなまなざしが、あざやかな印象を左近に残していた。

左近は、年が明けて二十七歳になった。

この歳まで、恋というものをしたことがない。

筒井家の若当主藤政を守るのに必死で、恋などする余裕はなかった。また、継母のおさいを間近で見てきただけに、女というものはうわべこそ綺麗《きれい》だが、本性は冷酷で、どこまでも小狡《こずる》い生き物だと思っている。

だが、あのお茶々という娘だけは、

（ほかの女とはちがう、何かを持っている……）

それが何であるかは、女に不慣れな左近にはわからない。ただ、お茶々とその父北庵の、貧しい者たちに身を捨てても医を施そうとする姿勢が、左近の胸に強く響いたことだけはたしかだった。

夕刻近くなって、左近は岡崎城から下城した宗久と合流した。

宗久は機嫌がよかった。

「思わぬ商売をした」

「挨拶に行っただけではなかったのか」

「家康さまの家老、酒井忠次《ただつぐ》どのから、鉄砲を二百挺調達してくれと注文があった。急いでおられるようなので、とりあえず手持ちの二十挺を納めることにした」

「荷駄に積んできた鉄砲はすべて、小牧山に置いてきたのではないか」

「傭兵に装備させた二十挺がある」

「それを売り払おうというのか」

左近は目を剝《む》いた。

「ほかに何がある」

と、宗久は南蛮渡来の煙草を詰めたキセルをうまそうに吹かした。煙草はこのころ、ようやくわが国に伝わりはじめたもので、薬種商をいとなんでいる宗久は、人にさきがけていち早く愛用している。

「愚かなことだ」

顔をゆがめ、左近は吐き捨てた。

「鉄砲を手放して、帰りの警固はどうする。荷はすべて売り払ったが、代わりに大金を積んでいる。餓狼《がろう》の群れに、裸で飛び込むようなものではないか」

「われら商人《あきゅうど》にとっては、商機を逃すほうがよほど愚かだ」

「ばかな……」

「帰りは野盗の多い伊賀路ではなく、遠回りして近江路《おうみじ》をゆく。それならば、賊に襲われる気遣いも少なくなろう」

「どうなっても、おれは知らぬぞ」

「おぬしの、その大身の槍は何のためにある。賊から荷駄隊を護るのが、傭兵の仕事であろう」

ふうっと煙を吐き出し、ふてぶてしく笑う宗久を見て、

「話にもならぬ」

左近は舌打ちした。

8

今井宗久の荷駄隊が三河岡崎を発《た》ったのは、それから三日後のことである。

東海道を引き返して尾張へ入った一行は、熱田神宮前の宮の宿から伊勢桑名へ船で渡り、ふたたび荷を馬に積み替えて、東海道を西へすすんだ。

四日市

石薬師《いしやくし》

亀山

と宿場をつなぎ、関宿《せきじゅく》に至ると、鈴鹿《すずか》の連山が間近に迫ってくる。街道ぞいの水場には、こんこんと清らかな水があふれ、あたりはにわかに山気《さんき》が濃くなった。

東海道は、その鈴鹿の山並みが撓《たわ》んだ、

——鈴鹿峠

を越えていかねばならない。

峠を越えると、近江国である。

地侍が蟠踞する伊賀越えにくらべると、近江路は遠回りになるが、守護《しゅご》大名の六《ろっ》角承禎《かくじょうてい》の勢力圏にあるため、道中は比較的治安がよい。

関宿からさらにすすみ、坂下《さかした》宿を過ぎると、俗に二十七曲がりと呼ばれる険路が待っている。馬があえぎ、口から泡を噴くほどの急坂であった。

（このまま、何ごとも起こらねばよいが……）

黒鹿毛の馬で隊列の先頭をゆく左近は、あたりに油断なく目を光らせた。

鈴鹿の山は冬枯れている。

霜柱の立つ白茶けた道に、時おりそこだけ明かりをともしたように、真っ赤な藪《やぶ》椿《つばき》の花が落ちていた。

振り仰ぐと、稜線《りょうせん》の上に、抜けるように晴れ渡った碧空《あおぞら》が凛と冷たく冴《さ》えている。吐く息が白く凍《こご》え、さすがの屈強な納屋の傭兵たちも、寒さと疲労で坂をのぼる足取りが重くなった。

「少し、休んでゆくか」

隊列のなかほどを馬ですすんでいた今井宗久が、左近に声をかけてきた。

「この先の地蔵堂の脇に、清水が湧いている場所がある。馬も人も、一息つかせたほうがよかろう」

「いや、それはならぬ」

左近は首を横に振った。

「できるだけ早く、この峠を越えてしまうことだ。みな、疲れで用心がゆるんできている。このようなときに、野盗に襲われたらひとたまりもない」

「さればこそ、休息が必要なのではないか」

異論をとなえる宗久に、

「この隊列をあずかっているのはおれだ。荷主といえども、道中は警固の頭であるおれの命《めい》に従ってもらう」

左近は断固とした口調で言った。

地蔵堂を過ぎ、なおいっそう厳しい上り坂がつづいた。

時が経《た》つにつれ、さきほどまで晴れ渡っていた空に、東のほうから灰色の雲がひろがり、にわかに風が木立を揺らしはじめる。

一行が、峠道の七合目あたりにさしかかったときだった。

突然、

――ヒョッ
と、音がした。

と同時に、前方から一筋《ひとすじ》の矢が飛来した。矢は先頭にいた左近の横をかすめ、後ろにいた傭兵の南蛮胴の胸に当たった。南蛮胴は分厚く、前身頃が鳩の胸のように盛り上がっているため、矢は突き刺さらず、斜めにはじけ飛んで地に落ちる。

「野盗だーッ！」

傭兵が叫んだ。

「ものども、落ち着け」

左近は馬上で大身の槍を構えつつ、矢が飛んできた方向を睨んだ。

道の脇の斜面に、大岩があった。

その岩のかげに、袖無しの胴着を着た蓬頭垢面《ほうとうこうめん》の男の姿がある。

あたりを見まわすと、野盗は一人ではない。

ざっと数えて三十人はいた。こちらの傭兵よりも、あきらかに人数が多い。

（まずいな……）

左近は舌打ちした。

野盗は十人以下の集団で襲ってくることが多いのだが、岩かげに身をひそめているのはめったにない大人数である。獲物を狙って見張りをしていた野盗の一味が、峠をのぼる納屋の荷駄隊を発見し、

——こいつは大物……。

とばかり、喜び勇んで仲間を呼び集めたにちがいない。

雨あられと矢が降ってきた。

徒士《かち》の傭兵が、防備の手薄な腋《わき》の下や内股《うちまた》を射抜かれ、二人、三人と倒れた。

騒ぎに驚き、荷を積んでいた馬が高くいななないて暴れだす。

鉄砲があれば、苦もなく追い散らせるところだが、今井宗久が三河岡崎で売り払ってしまったために、それもなかった。

「言わぬことではないわッ」

左近は、荷のかげに身をひそめている宗久を睨んだ。

だが、いまは内輪揉《うちわも》めをしている場合ではない。

「矢を放てッ!」

左近は叫んだ。

傭兵たちが弓に矢をつがえ、斜面の上にいる野盗の群れに向かって射かけた。

その矢をかいくぐり、野盗たちが喊声《かんせい》を上げながら、手に手に長刀《なぎなた》や大刀を振りかざして街道へ駆け下りてくる。

9

「みな、離れるなッ！」

左近は傭兵たちに向かって叫んだ。

白兵戦となった場合、兵は、

（餅のように……）

一団となって固まらなければならないというのが、左近が実戦の経験から導き出した兵法である。

ばらばらになれば、個々の戦いになり、人数の多いほうが勝つ。寡勢《かぜい》の不利をはね返すには、一糸《いっし》乱れぬ統率のとれた集団行動が必要だった。

納屋の傭兵たちは、左近の指示で三人ずつが小集団になり、斬り込んでくる野盗を槍の穂先をそろえて突き上げた。

目を血走らせて突っ込んできた野盗が、腹を刺され、もんどりうってクマザサの藪へ転げ落ちていく。

野盗たちは荷をめがけて群がろうとするが、厚い槍の壁に防がれ、容易に近づくことができない。

「相手は烏合《うごう》の衆だ。蹴散《けち》らせ、蹴散らせッ！」

大音声《だいおんじょう》を発して傭兵たちを励ましつつ、左近はみずから馬上で大身の槍を振るい、敵を突き伏せ、薙《な》ぎ倒し、手当たり次第に次々と屠《ほふ》っていく。

あまりの凄《すさ》まじさに、

「あいつは何者だ」

百戦錬磨《れんま》の野盗たちが、驚きおびえ、左近を遠巻きにした。

と、そのときである。

斜面の上から石つぶてが飛んできた。

ガン

ガン

ガン

と、傭兵たちの南蛮胴に石つぶてがぶち当たる。

矢弾《やだま》をはじく南蛮胴だが、石には弱い。厚い鉄板がえぐれるようにへこみ、衝撃が兵たちの体に直接つたわった。

兜《かぶと》に石つぶての直撃を受けた者は、そのまま昏倒《こんとう》して気を失う。石つぶてを浴びた衝撃で体勢をくずし、足を踏みはずして谷へ転がっていく者もいた。

左近も、南蛮胴の背中と肩に石つぶてを浴びた。

あやうく槍を吹き飛ばされそうになったが、かろうじてこらえ、馬の背中に低く身を伏せる。

あたりを見まわすと、それまで統率のとれていた傭兵たちの足並みに乱れが生じている。ここぞとばかり、野盗たちが荷へ向かって群がりつくのが見えた。

「何とかせよ、左近ッ」

今井宗久が叫んだ。

さすがに血相《けつそう》が変わっている。

「目先の利に飛びつき、身を守る鉄砲まで売り払ったおのれの愚かさに、ようやく気づいたか」

この期《ご》におよんでなお、左近は冷静さを失っていない。

「理屈はよいッ。荷を……」

「荷よりも命であろう」

宗久に向かって大刀で斬りつけてきた野盗を、左近は槍でかるく払った。男の体が宙へ跳ね上げられ、一回転して背中から地面に落ちる。

そのあいだにも、野盗たちはわらわらと荷の略奪にかかっている。

大きな獲物を仲間に独り占めされてはならじと思ったか、斜面の上にいた野盗たちが、石つぶてを投げるのをやめ、先を争うように一気に街道へ駆け下りてきた。

荷の側では、浅ましく野盗どうしの戦利品の奪い合いまではじまっている。

「今ぞッ！」

左近は馬から飛び下りた。

大身の槍を構え、野盗の群れに向かって突進した。

――リャーッ！

気合もろとも、左近の槍が繰り出された。

野盗の腹から背中を、大身の槍がつらぬいた。左近が槍の柄《え》を引きもどすと、ほとばしるように血煙が上がる。

呼吸をととのえる間もなく、左近は斜め横から来た野盗の足元を大身の槍の穂先で薙ぎ払った。

男が木《こ》っ端《ぱ》のように横に飛び、地にうずくまって動かなくなる。

左近は縦横無尽に槍を振るった。

野盗たちはその迫力に気圧《けお》され、一方的に追いまくられて、ただ逃げまどうばかりである。

混乱におちいっていた傭兵たちも、ようやく態勢を立て直し、槍の穂先をそろえて反撃をはじめた。

こうなると、相手はしょせん野盗の集団である。

「それーッ！　押せ、押せーッ！」

左近の大音声が、峠に三度響きわたるころには、野盗たちは蜘蛛《くも》の子を散らすように逃げ去っていた。

鈴鹿の山に静寂がおとずれた。

峠道を下からのぼってくる、幾組かの旅人の姿が目に入った。

「やはり、たいした腕だな。左近」

今井宗久が、満足げな笑みを唇に浮かべて歩み寄ってきた。

「そなたの申すとおり、命あってこそのあきないだ。礼を言うぞ」

「礼などいらぬ」

左近はそっけなく言った。

「そうはゆかぬ。手当をはずまねばな」

「宗久」

と、左近は相手の目を見た。

「そなたの命、何千貫だ」

「そのようなもの、銭では買えぬ」

「そうか」

「それがどうした」

「銭で買えぬのが命なら、これでおれの身請《みう》け料も帳消しだな」

「何……」

「おれを千貫で買い取ったのであろう。そのあと少し増えたが、命を救ったのと引きかえならば、そちらにも損はあるまい」

「そういう勘定か」

苦い顔をしている宗久をその場に残し、左近は黒鹿毛の馬にまたがった。

「峠を越えれば、野盗の気遣いもなかろう。おれの仕事はここまでだ」

「待て、どこへゆくつもりだ」

宗久が馬上の左近を見上げた。

「決まっている」

左近の視線は、峰々のはるか彼方《かなた》を向いている。

「筒井藤政のところか」

宗久の問いには応えず、

「さらばじゃ」

左近は低く告げると、馬の尻を平手でたたき、小雪の舞いはじめた鈴鹿峠をまっしぐらにのぼりだした。

第五章　復活

1

大和《やまと》と河内《かわち》の国ざかいに、屛風《びようぶ》の如《ごと》くつらなる峰々がある。

北の二上山《ふたかみやま》から、南の金剛山《こんごうざん》にいたるその山系を称して、

――葛城山《かつらぎさん》
と呼ぶ。

わが国の修験者《しゆげんじや》、すなわち山伏《やまぶし》の祖とされる役小角《えんのおづぬ》は、この葛城山中で荒行《あらぎよう》を積み、異能の呪力《じゆりよく》を身につけたという。

山中には山伏の行場《ぎようば》ともなる櫛羅《くじら》の滝、不動の滝などの大小の滝が点在し、巨岩が積み重なった窟《いわや》もある。

その葛城山の中腹の急峻《きゅうしゅん》な尾根に築かれた、

――布施《ふせ》城
に左近《さこん》はいた。

あたりは一面の雪景色である。

気候温暖な大和国のなかにあっても、このあたりは雪が多く、山に吹きつける湿気を含んだ風によって、葉を落とした雑木林が樹氷となって凍りつく。

永禄《えいろく》九年（一五六六）の春はまだ浅いが、

（じきに、雪の下から草や木々が芽吹きだす……）

左近は思った。

「おう、左近。ここにおったか」

吐《は》く息を白く凍《い》てつかせながら、松倉右近《うこん》が声をかけてきた。

「藤政《ふじまさ》さまがお探しであったぞ」

「そうか」

左近は頰をゆるめた。

鈴鹿峠《すずかとうげ》で賊の襲撃から荷駄《にだ》を守り、今井宗久《そうきゅう》に借りを返した左近は、その足で葛城山中の布施城に身をひそめる主君筒井《つつい》藤政のもとへ駆けつけた。

――よくぞもどってくれた、左近……。

藤政は涙を流し、手をしっかりと握りしめて左近の帰還を喜んだ。

左近は藤政を見かぎって筒井城を去ったわけではない。松永弾正《だんじょう》の仕掛けた罠《わな》にはまり、心ならずも藤政の元を離れた。

堺《さかい》の今井宗久の元に飼われているあいだも、左近は一日たりとて主君を忘れたことはなかった。その心は、藤政にも通じていたらしい。

（やはり、わしのお仕《つか》えするお方は藤政さま一人だ……）

左近はその思いをいっそう深くしていた。

「殿はいずれに？」

「二ノ丸館の地炉《じろ》ノ間《ま》におられる」

松倉右近とともに、左近は布施城の二ノ丸館へ足を向けた。

布施城は、筒井藤政を庇護《ひご》した布施氏の居城《きょじょう》である。尾根にそって、東西に五町《ちょう》（約五百五十メートル）近く細長い曲輪《くるわ》がつらなり、両側は谷が深く切れ落ちた天然の要害になっていた。

曲輪からは見晴らしがよく、北に大和国中《くんなか》の平野を遠望することができる。筒井家復興の狼煙《のろし》を上げるには、まさに絶好の立地といえた。

藤政は、地炉ノ間で囲炉裏《いろり》にあたっていた。

ここ二、三日、風邪気味で、籠《こ》もったような咳《せき》をしている。もともと体はそう強いほうでなく、葛城山中の厳しい寒さがこたえたのであろう。

左近が入っていくと、

「待ちかねたぞ」

藤政は青白い顔に、ほのかな血の気《け》を立ちのぼらせた。

「お寝《やす》みになっておられたほうがよろしいのではございませぬか。まだ、お顔の色が悪うございますぞ」

「寝ているような場合ではない。先刻、三好《みよし》三人衆より使者が来た」

「三好より……」

「うむ」

藤政が、弾《はず》むようにうなずいた。

さきの筒井城落城のとき、三好長逸《ながゆき》、三好政康《まさやす》、石成友通《いわなりともみち》の三好三人衆は、筒井家救援の兵を差し向ける約束を取りかわしながら、ついに大和へ姿をあらわすことはなかった。

彼らが動かなかったのは、援軍をもとめた左近の使者を、松永弾正の意を受けた柳生宗厳《やぎゅうむねよし》が途中で斬り捨てていたためである。

その結果、筒井城は孤立無援となり、松永弾正の前に膝《ひざ》を屈することとなった。

「そのほうがおらぬあいだ、右近が摂津《せっつ》の三好三人衆とのあいだをひそかに行き来し、打倒弾正に向けた話し合いをつづけていた。のう、右近」

左近と肩をならべて囲炉裏端にあぐらをかいた松倉右近に、藤政が視線を向けた。

右近が無言でうなずく。

「して、かの者どもは何と？」

左近は聞いた。

「使者の話によれば、いよいよ三好三人衆が大和へ兵を送り込んでくるそうだ」

「それは、まことでございますか」

「うむ。三好三人衆としても、弾正をこのまま畿内《きない》でのさばらせておくわけにはいかぬのであろう」

「三好一党の兵は、少なく見積もっても五千じゃ」

松倉右近が左近に向かって言った。

「谷々に散り散りになっている、わが筒井の兵を糾合《きゅうごう》すれば、それだけで二千は下らぬ。これに三好三人衆の軍勢五千を加えれば、多聞山《たもんやま》城の弾正と、十分戦いになる」

「三好が動き出すのはいつでございます」

左近はふたたび、藤政に目を向けた。

「春、この葛城の峰々に、岩ツツジや海棠《かいどう》の花が咲きだすころだ」

「間もなくでございますな」

「左近」

と、藤政が濡れるような瞳《ひとみ》で左近を見つめた。

「このような大事のとき、そなたが近くにいてくれてよかった」

「殿……」

「采配《さいはい》は、そなたが振るってくれような。筒井家再興の軍勢をまかせられる者は、そなたしかおらぬ」

「もったいなきお言葉」

感動に打ち震《ふる》えながら、左近は深々と頭《こうべ》を垂れた。

2

左近は大和盆地の村々をまわり、筒井の旧臣たちに再挙のくわだてを説《と》いてまわった。

筒井城の陥落以来、筒井旧臣は各地に逃げ散り、息をひそめていたが、新たな大和の覇者となった松永弾正の前に完全に屈服したわけではない。むしろ、再挙の日を待ち望んでいたといっていい。

「三好三人衆がわれらの加勢にやってくる。ともに力をあわせ、松永弾正を大和から追い払おうぞ」

左近の力強い言葉は、鬱《うつ》していた男たちの心に火を点《つ》けた。

「そうか、三好が来るか」

「いつまでも、よそ者の弾正の好き勝手にはさせぬ」

「喜んで、藤政さまのもとへ馳《は》せ参じようぞ」

筒井の旧臣たちは、左近の呼びかけに応じ、立ち上がる旨《むね》を約定《やくじょう》した。

再挙の兵は、またたく間に集まった。その数、ゆうに二千を超える。

河内高屋《たかや》城の三好三人衆から、

「松永与党の畠山《はたけやま》、遊佐《ゆさ》を討ち取りしだい、ただちに大和国へ出陣する」

と、布施城に使者がやってきたのは、一月末のことである。

これを受け、左近らは手初めに、

——美濃庄城《みのしょうじょう》

を攻める方針をかためた。

美濃庄城は、現在の奈良県大和郡山《こおりやま》市にある。松永弾正の本拠、多聞山城の支城のひとつである。

陥落した筒井城の北東一里《り》（約四キロ）に位置しており、居館《きょかん》とその南側の集落を二重の濠《ほり》でかこった平城《ひらじろ》であった。

もとは筒井氏の一族の美濃庄氏が城主をつとめていたが、いまは松永方の将士が城を守っている。

「美濃庄城を奪い返し、ここを多聞山城攻めの拠点としよう」

左近は決起した筒井の旧臣たちに言った。

美濃庄城から多聞山城までは、北へわずかに一里半。再挙の狼煙を上げるには、うってつけの場所であった。

二月三日――。

筒井勢は、暁闇《ぎょうあん》のうちに布施城を発した。

先鋒《せんぽう》は島左近、二陣森好之《よしゆき》、三陣松倉右近、本陣に筒井藤政、後備えに中坊秀祐《なかのぼうひですけ》という陣立てである。

大和各地から集まってきた旧臣を加え、二千に膨《ふく》れ上がった筒井勢は、葛城山の斜面を下り、下《しも》ツ道《みち》を北上して美濃庄城へ迫った。

城を守る城兵は五百。

立ちこめる朝靄《あさもや》のなか、攻城戦がはじまった。

筒井勢は守りの手薄な南側の集落に火矢を放ち、まず、これを炎上させて城を丸裸にした。

先鋒の左近は、兵たちに付近の民家から板戸を駆り集めさせ、それを敷きつめて濠の突破をはかった。

外濠を押し渡ったところで、城方から銃弾の雨が降りそそいできた。攻める筒井勢も必死なら、守る美濃庄城の城兵たちも必死である。

全軍の先頭に立って指揮をとる左近のすぐ後ろで、味方の兵が一人、また一人と、のけぞりながら倒れてゆく。

「ひるむなッ！　すすめ、すすめーッ！」

馬上の左近は声を嗄《か》らして叫び、金色《こんじき》の采配を振るった。

全身の血が沸騰《ふっとう》した。

恐れるものは何もない。戦場の焔硝《えんしょう》の臭《にお》い、刃物を打ち合わせる金属的な響きが、鼻腔《びこう》に、耳の鼓膜《こまく》に、いや全身に沁《し》みついている。

（また、戦場へもどってきた……）

その喜びが、左近の胸を熱くした。

筒井勢の猛攻は、丸一日つづいた。城方もよく耐え、その日の戦闘は日没とともにおわった。

——美濃庄城危うし。

の報は、すぐさま急使によって、多聞山城にいた松永弾正のもとへもたらされた。

ちょうど、今井宗久と商談をしていた弾正は、

「筒井めが……。性懲《しょうこ》りもなく、モグラ穴から首を出しおったか」

不快げに顔をゆがめた。

「先鋒は誰じゃ」

弾正は使者に問うた。

「島左近にございます」

「なに、左近……」

弾正の顔色が変わった。

「宗久、これはどういうことだ。あの者は、そなたが一千貫で買い、納屋《なや》の傭兵《ようへい》にしたのではなかったのか」

「さようなこともござりましたな」

宗久は曖昧《あいまい》に口を濁《にご》した。

「それがなぜ、筒井の勢におる」

「かの者、過日、店の蔵を押しあけ、金品《きんぴん》を奪い取っていずこともなく逃亡いたしたのでございます。まことに、手におえぬ男でございまして」

むろん、真っ赤な嘘である。自分が左近に命を救われて野に放したなどとは、このしたたかな堺商人は口が裂けても言わない。

「あやつならやりかねぬ」

弾正は眉間《みけん》の皺《しわ》を深くした。

「して、いかがなされますので」

今井宗久が上目づかいに弾正を見た。

「美濃庄へ後詰《ごづ》めにゆく。一度ならずわしに逆《さか》らったことを、骨の髄《ずい》まで後悔させてくれるわ」

松永弾正は、ただちに出陣準備を命じた。

筒井城に入っている嫡男の松永右衛門佐《うえもんのすけ》久通にも、美濃庄城への加勢をうながす使者を送った。

松永弾正ひきいる四千の軍勢が、美濃庄城の後詰めにあらわれたのは、翌四日、巳《み》ノ刻（午前十時）である。筒井城の松永右衛門佐の軍勢もこれに加わり、松永勢はあわせて五千の大軍となった。

「来たか」

美濃庄城の北を流れる地蔵川ぞいに展開した松永の大軍を見て、左近は不敵な笑いを唇《くちびる》に浮かべた。

松倉右近が、左近の陣へ駆けつけてきた。こちらは緊張の面持《おもも》ちである。やや、顔が青ざめてさえいる。

「どうする、左近。このまま、弾正と決戦か」

「いや」

左近は首を横に振った。

「いまはまだ、そのときではない」

「されば……」

「三好三人衆が加勢にあらわれるまで、ことを急《せ》いてはならない」

「おぬし、肚《はら》が太くなったようだな」

松倉右近が、まばゆいものでも見るような目で左近を見た。

「苦労すれば、人はおのずと変わろうというものじゃ。ここはいったん、美濃庄城の囲みを解き、一里南の横田あたりまで退《ひ》いて、ようすを見るべきであろう」

「わかった」

筒井勢は、すぐに退却をはじめた。その動きを見た松永勢は追撃の動きを示したが、深追いはしなかった。

松永弾正は美濃庄城へ兵糧《ひょうろう》を入れ、守備兵を千余に増強すると、その日のうちに多聞山城へ引き揚げていった。

――多聞山より打ち出で、筒井衆二十余討ち取りおわんぬ。美濃庄に人数これを残し置き、霜台《そうたい》（松永久秀《ひさひで》）は多聞山へ帰陣しおわんぬ。

と『多聞院日記《たもんいんにっき》』はしるしている。

3

二月十七日、泉州《せんしゅう》へ攻め入った三好三人衆は松永方の畠山、遊佐の一党と合戦におよび、大勝利をおさめた。翌日、三好三人衆は河内高屋城へもどり、首実検をおこなった。

この報を聞いた左近は、

「いまが攻めどきぞッ！」

雄叫《おたけ》びを発し、みずから先鋒となって筒井城へ攻め寄せた。

筒井城は、かつての筒井氏の本拠にほかならない。落城後は、松永右衛門佐があずかり、一千の兵とともに駐留していた。

二千の筒井勢は城を取り囲み、総攻撃を開始した。

筒井城奪還は、左近らの悲願である。兵たちの士気はすこぶる高い。

「われらの城を取りもどすのだッ！」

左近は降りそそぐ矢弾《やだま》のなか、声を張り上げて味方を叱咤《しった》し、阿修羅《あしゅら》の如く筒井城に迫った。

だが、多聞山城の松永弾正も、

「そう易々《やすやす》と、奪い返されてなるか」

と兵を送り込み、隙《すき》をついて兵糧入れを敢行して、筒井城を援護する。

戦いは一進一退を繰り返し、やがて満開の桜が散り、初夏の青葉が萌《も》え立つ季節になった。

城攻めの指揮をとる左近のもとへ、

「三好三人衆が、大和へ加勢にまいりますッ！」

と知らせが届いたのは、ちょうどそのころである。

「三好がついに腰を上げたか」

床几《しょうぎ》に座した左近は、待っていたとばかりに膝を打った。

「これで、一気に弾正を追い詰めることができるな」

松倉右近も頬を紅潮させている。

「三好三人衆の軍勢と、われらが勢をあわせれば、筒井城はもとより、弾正の多聞山城も奪うは易《やす》し。この大和から松永勢を一掃《いっそう》しようぞ、左近」

「勝負だ」

左近は口もとに不敵な笑いを刻《きざ》むと、決然と立ち上がった。

四月十一日――。

三好三人衆の勢五千余が国境を越え、大和国へあらわれた。筒井勢は、奈良近郊でこれに合流。三好・筒井連合軍は、七千余の大軍に膨れ上がった。

連合軍は、そのまま松永弾正のいる多聞山城へ迫り、気勢を上げた。

これに対し、弾正は城門をぴたりと閉ざし、多聞櫓《やぐら》の上から敵の大軍を眺め下ろして静観のかまえをみせた。

「閉じ籠もっておるなら、それもまたよし。そのあいだに、こちらは美濃庄城などの松永方の支城を攻め落とし、多聞山城を孤立させるまで」

左近は積極果敢に動きだした。

奈良の大安寺《だいあんじ》杉山に陣をもうけた筒井・三好の連合軍は、十三日、美濃庄城へ攻め寄せた。

七千余の大軍にかこまれた美濃庄城は、必死の防戦むなしく、二十一日に開城。

左近らは勝ちいくさの勢いに乗り、ふたたび筒井城を包囲した。

松永弾正が多聞山城に籠もっている以上、筒井城の松永右衛門佐らは、もはや援軍と兵糧入れを期待できない。

筒井・三好連合軍は持久策をとり、城方をじわじわと追い詰めていった。

一月《ひとつき》もすると、筒井城内の兵糧不足は深刻になり、炊飯《すいはん》の煙も目に見えて少なくなってきた。

「あと一息じゃな」

夕陽に照り映《は》える城を見つめ、松倉右近が言った。

「籠城は援軍の望みがあるからこそ、兵たちも飢えを耐え抜くことができる。弾正が動かぬなら、城方が音《ね》を上げる日も近かろう。だが、やつのことだ」

と、左近は多聞山城のある北の方角を振り返った。

「このまま、黙って手をこまねいているとも思われぬ」

「来るか」

「座して、城が奪い返されるのを待つような男ではあるまい」

左近は低くつぶやいた。

数日後、松永弾正が動いた。

貝が殻《から》を閉ざした如く多聞山城に籠もっていた弾正は、突如、手勢とともに城を打って出て、河内方面へ向かった。

「河内へだと……」

左近は驚いた。

（やつめ、逃げたか……）

左近は弾正が筒井城の救援に駆けつけるものと思っていたが、弾正という男の精神構造は、左近が考える武士《もののふ》のそれとは大きく異なっているらしい。敵と味方の兵数を勘定し、自分が不利と見るや、無駄ないくさはせずに風をくらって逃亡する。

武士としての意地や誇りよりも、何より、

——生き延びる

ことが優先される。生きてさえいれば、状況しだいで、また盛り返す機会もめぐってくる。三好家の執事から成り上がった弾正ならではの思想であろう。

（おれは弾正を見あやまっておったわ）

だが、それは左近らにとって嬉《うれ》しい誤算であった。

松永弾正が大和から姿を消したことにより、筒井方はおおいに勢いづいた。

三好三人衆は河内高屋城へ引き揚げたものの、噂《うわさ》を聞きつけた旧臣たちが二百、三百と加勢にあらわれ、筒井勢は四千近くにまで膨れ上がった。

六月八日、松永右衛門佐らは城を明け渡して逃走。左近らは、念願だった筒井城の奪還に成功した。

島左近と松倉右近の両家老《かろう》にみちびかれ、筒井藤政は半年ぶりにおのが城へもどった。

4

「まことにめでたい、まことに」

松倉右近の目もとが、こころもち赤らんでいる。右近ばかりでなく、雌伏《しふく》のすえに筒井城帰還を果たした島左近の胸にも、熱く込み上げてくるものがあった。

「しかし、めでたいとばかりも言っておられぬ。河内へ去った松永弾正が、いつまた大和へ侵入してくるかしれぬぞ」

「今日ばかりはよいではないか、左近。祝いの奈良酒も、このとおり用意してある。さようでございますな、藤政さま」

右近の問いかけに、上座にすわった筒井藤政がかすかな笑みを浮かべてうなずいた。

池を望む筒井城の月見櫓の広間には、左近、右近をはじめ、森好之ら重臣の面々、福住宗職《ふくずみむねもと》、山田順清《じゅんせい》、慈明寺《じみょうじ》順国《じゅんこく》、布施左京進《さきょうのしん》、井戸《いど》良弘《よしひろ》ら一門衆が集まっている。

右近が用意した奈良酒が、根来塗《ねごろぬり》の大杯になみなみと注《つ》がれ、それが上座《かみざ》から順送りに回し呑みされた。

みな、心地よさそうに酔っている。

井戸良弘が高砂《たかさご》の謡《うたい》と舞いを披露《ひろう》し、芸達者な布施左京進が古式ゆかしい蘭陵《らんりょう》王《おう》の舞楽《ぶがく》を舞った。

「左近もひとさし舞わぬか」

黙って酒を呑《の》んでいる左近に、あるじ藤政が声をかけた。

「それがしはおのおのがたと異なり、無芸にござりますれば」

「無芸ではあるまい。そなたの芸の花は、戦場でこそ咲くものだ」

「恐れ入りましてございます」

苦難をくぐり抜けた主従の心の絆は、これまで以上に強く結ばれていた。左近には何より、そのことが嬉しかった。

「この座を借りて、みなに伝えておきたいことがある」

藤政が家臣一同を見渡した。

「何でござりましょうや。めでたい嫁取りの話でございますかな」

早くも、松倉右近はしたたかに酔っている。

筒井藤政は、今年十八歳になった。

とうに妻を迎えていてもおかしくない年齢だが、十一歳のときに松永勢が大和国に乱入して以来、休む間もなく戦いの日々を生きてきたため、落ち着いて嫁取りを考える暇さえなかった。

「そのようなことではない」

藤政が色白の頰をほのかに染めた。

「こたびの筒井城帰還を機に、わしは得度《とくど》しようと思う」

「おお……」

と、家臣たちのあいだからどよめきが起こった。

「筒井家代々の慣例に従って、髪を剃《そ》られるのでございますか」

慈明寺順国が聞いた。

筒井一族はそもそも興福寺の衆徒（僧兵）であるため、当主となった者は得度して髪を剃るならわしになっている。筒井家に生まれた男子にとって、得度の儀式は成人のあかしでもあった。

「そろそろ、わしも一人前の男。この大和の民《たみ》が安《やす》んじて暮らしていけるよう、仏の慈悲で国を治めたい。松永弾正の跳梁《ちょうりょう》を二度と許さぬためにも、髪を剃って決意をしめすべきであろう」

「よきご覚悟にございます」

ひと回りたくましくなったあるじの言葉に、左近は深くうなずいた。

「しかし、得度なさるのもそう簡単なことではございませぬぞ」

慈明寺順国が眉《まゆ》をひそめた。

「筒井一族の得度式は、奈良の興福寺でおこなうものと決まっております。興福寺近くの多聞山城には、いまだ松永の留守兵が立て籠もっておりますれば、うかつにお近づきになるのは危険であろうかと」

「そのような雑魚《ざこ》ども、取るにたらず。この左近が蹴散《けち》らしてくれるわ」

左近はニヤリと笑った。

筒井藤政が麾下《きか》五千の兵をひきいて奈良の町へ入ったのは、その年、九月二十五日のことである。

これを見た多聞山城の松永勢は、大手門をひらいて城から出撃。東大寺転害《てがい》門の西方で、島左近、山田順清、井戸良弘ら筒井勢の先鋒と合戦におよんだ。

時の勢いは筒井方にある。

大将のいない松永勢は一方的に押しまくられ、四半刻《しはんとき》（三十分）も戦わぬうちに城門のうちへ逃げ込んだ。

筒井勢は奈良の大安寺杉山などに陣を張り、篝火《かがりび》を焚《た》いて気勢を上げた。このとき、藤政は郷民への乱暴狼藉《ろうぜき》を禁じる高札《こうさつ》を、町の各所に立てさせている。

同月二十八日――。

筒井藤政は興福寺成身院《じょうしんいん》において、得度式をとりおこなった。戒師《かいし》は宗慶権大《そうけいごんだい》僧都《そうず》。

以後、藤政は、

――陽舜坊順慶《ようしゅんぼうじゅんけい》

と、名乗りをあらためる。法体《ほったい》の大名、筒井順慶の誕生である。

髪を剃り、墨染《すみぞめ》の衣をまとって金襴《きんらん》の袈裟《けさ》を着けたあるじの姿を、

（ご立派になられたものよ……）

左近はひときわ感慨深い思いで見つめた。

秋篠寺《あきしのでら》の裏山に陣を布《し》く左近のもとに、思いがけぬ客がたずねてきたのは、得度式の翌日であった。

5

客は、左近の見知らぬ男であった。

歳は五十なかばといったところだろう。髪を剃り上げ、朽葉《くちば》色の十徳《じっとく》を着ている。小柄だが、骨格はがっちりとし、顎《あご》のえらが頑固そうに張り出していた。

「そなたが島左近か」

男が遠慮のない目で、左近をじろじろと見た。

「お手前は？」

「興福寺の寺医者にて、北庵《ほくあん》と申す者」

「北庵どの……」

左近は首をかしげた。

どこかで聞きおぼえのある名ではあった。しかし、とっさに思い出すことができない。

「卒爾《そつじ》ながら、それがしはお手前を存じ上げぬが」

「当たり前じゃ。わしもそなたに会うのは、今日がはじめてだ」

「さようか」

「今日はそなたに借りを返しにきた」

怒ったように言うと、北庵なる医者は十徳のふところに手を突っ込み、革袋を取り出した。

「これに銭二貫文《かんもん》ある。囲碁仲間の多聞院英俊《えいしゅん》を拝み倒して、ようやくこれだけかき集めてきた。残りも早々に返すゆえ、以後、わしの娘に近づくな」

「娘……」

と言われて、左近ははたと思い出した。

「もしや、お手前はお茶々《ちゃちゃ》どのの父上か。堺の納屋で、薬の代金を踏み倒そうとした……」

「踏み倒してなどおらぬわ。こうして銭を持参したではないか。それより、おぬしこそ、盗んだものを返すがよい」

「おれが盗みを……」

左近には、ますますわけがわからない。

「聞くが、このおれが北庵どのからいったい何を盗んだ」

「しらばくれおって」

北庵が目尻を吊《つ》り上げた。

「そなた、納屋で恩着せがましく薬の代金を肩代わりして、お茶々を蕩《たら》し込もうとはかったであろう。おなごの心を金で盗むとは、さても憎きやつよ」

「待て、おれは……」

「身におぼえがないとは言わせぬぞ。そなたと堺で会ってから、お茶々のやつめ、ようすがうろんじゃ。空を見上げてため息をつくかと思えば、にわかにふさぎ込むこともある。口をひらけば、二言めにはそなたの噂話ばかりじゃ。興福寺成身院で得度した筒井順慶さまに付いて、島左近なる男も奈良へ乗り込んできたと聞いたゆえ、父親として物申しにまいったまで」

北庵が左近を強く睨《にら》んだ。

どうやら相手は、とんでもない思い違いをしているらしい。

「ならば、おれも言わせてもらう」

ようやく事情が呑み込めてきた左近は、銭の入った革袋をそのまま北庵に突き返した。

「この金は受け取れぬ」

「なぜじゃ」

「俠気《おとこぎ》が汚《けが》されるからだ」

「なに……」

「おれは、貧しい者どもに無私の心で施療をしているという北庵どのの心意気に感じ、薬の代金を肩代わりした。そこには一片《いっぺん》の私心もない。娘御《むすめご》に下心があるように言われるのは、迷惑千万《せんばん》。北庵どのとて、何かの見返りが欲しくて病人を診立《みた》てておるのではあるまい」

「当たり前じゃ。苦しんでいる者を救うのが、医師の天命よ」

「おれも同じだ。筒井順慶さまをお助けし、この大和国に安寧《あんねい》をもたらすのが天命と信じている」

「そなた……」

と、医師の北庵が毒気を抜かれたような顔をした。

「わしは人から変わり者と言われているが、この信義なき時世、そなたも相当の変わり者じゃのう」

「あるじに忠義を尽くすのが変わっているか」

「それはそうだ。いまは親が子を殺し、子が親を殺し、力なき主君は野心ある臣《しん》に追われる下克上《げこくじょう》の世ではないか。忠義などという言葉、絶えて久しく耳にせなんだわ」

「この広い天下、おれのような変わり者が一人くらいいてもよかろう」

「たしかにめずらしい」

北庵はまばらに生えた顎鬚《あごひげ》を撫《な》で、

「そなた、おもしろき男じゃな」

口もとをふっとほころばせた。

「お茶々がそなたに一目惚《ひとめぼ》れした気持ち、何やらわかるような気がしてきた」

「北庵どの、それは誤解だ……」

「いや、よい」

と、北庵が左近を手で制した。

「わしはそなたが気に入った。ただし、人に施《ほどこ》しを受けるのは好かぬ。やはり、この銭は受け取ってもらう」

「いらぬ」

「受け取れと申すに」

「いらぬものはいらぬ。納屋への借金は、この腕で返した。どうしても気がすまぬというなら、銭の代わりにうまい酒でも吞ませてくれ」

「酒か」

とたんに北庵の目が輝いた。

「そなた、いける口か」

「まあ、人並みには」

「ならば、いまから家《うち》へ来い。お茶々の手料理を肴《さかな》に、一献《いっこん》酌み交わそうではないか」

話は意外な方向へ発展してきた。

はじめは狷介《けんかい》そうに見えたが、根はよい男であるらしい。娘を可愛《かわい》がっている父の気持ちも伝わって、話しているうちに左近は胸の奥がじんわりとぬくもってくるのを感じた。

「それはよいが、いまは多聞山城の松永勢と対陣している最中《さなか》だ。順慶さまに無断で陣を離れるわけにはいかぬ」

左近は言った。

「なんの、腰抜けの松永の者どもなど、そなたがおらずとも恐るるに足らぬであろう。それに、わしの家は順慶さまがおられる成身院のすぐわきじゃ」

「ほう……」

「お茶々が喜ぶぞ。わしについてまいれ」

決めつけるように言うと、北庵は背を向けて歩きだした。

6

北庵のすまいは、興福寺塔頭《たっちゅう》成身院の北隣にあった。

草葺《くさぶ》きの切り妻屋根をのせた白い漆喰壁《しっくいかべ》の母屋《おもや》と、瓦屋根の竈屋《かまや》（台所）がつらなった大和棟《やまとむね》の家である。

とりわけ立派な構えというわけではないが、大きな柿の木や菊の籬《まがき》がある庭の手入れが気持ちよく行き届き、住む人のぬくもりを感じさせた。

井戸端にかがんで、青菜を洗う若い娘の姿があった。

お茶々である。門をくぐってきた左近の姿を見て、

──あッ
と、驚いた表情になった。小袖《こそで》の裾《すそ》からのぞく白い脛《はぎ》がまぶしい。

「待ち人を連れてきてやったぞ」

北庵が言った。

「あの……」

　と言ったきり、娘はすぐには返事もできない。

「何をしておる、さっさと酒の支度をせぬか。わしは借りた金の代わりに、この男に酒を馳走《ちそう》する約束をした。大事な客人に、粗相《そそう》があってはなるまいぞ」

「はい」

　弾《はず》むようにうなずくと、お茶々が青菜を入れた籠《かご》をかかえて立ち上がった。

　差し向かいで酒を呑みながら、左近と北庵はさまざまな話をした。北庵は変わり者と思われているが、奈良はもとより京の貴顕《きけん》、畿内の大名、小名のあいだにも名医として知られているらしい。

「そなた、いまの世をどのように思う」

　燗鍋《かんなべ》の酒をすすめつつ、北庵が左近に言った。

　左近は朱盃《しゅはい》に酒を受け、

「どのようにとは？」

　と、聞いた。

「この血なまぐさい乱世のことじゃ。このような乱れた世が、いつまでもつづいてよいと思うか」

「深く考えたことはない。おれが考えているのは、筒井城にご帰還なされた順慶さまのことだけだ」

「そなたは一途《いちず》じゃな。しかし、そなたほどの器量の持ち主、大和一国にとどまっているのはいかにも惜《お》しい。天下をめざそうと考えたことはないのか」

「このおれが、天下か」

「そうじゃ」

「そのようなものはいらぬ」

「ほう……」

北庵がめずらしいものでも見るように、目をしばたたかせた。

「ただし、竜になりたいと思ったことはある」

「竜とな」

「南大和の霊場、竜門《りゅうもん》岳にある竜門の滝をのぼりきった鯉《こい》は、竜になるという言い伝えがある。おれもその故事にならい、滝のぼりに挑んだことがあった」

「して、首尾《しゅび》は？」

「残念ながら、いまだ果たしてはおらぬ。それゆえ、ここでこうして北庵どのと酒を酌み交わしている」

「なるほど……。そなたならいつか、滝をさかのぼって竜となり、天を駆けめぐることもあるやもしれぬ」

惚れぼれとしたまなざしで、北庵が着衣の上からでもわかる左近の鍛《きた》え上げたたくましい体を見た。

語り合ううちに、お茶々が酒肴《しゅこう》の膳《ぜん》を運んできた。

「急ごしらえなので、お口に合うかどうかわかりませぬが」

膳の上には、落ち鮎《あゆ》のアメ炊きやら、粟麩《あわぶ》の田楽《でんがく》やら、湯葉と青菜の煮びたしといった、心づくしの手料理がならんでいる。

「父がこのような気性《きしょう》ゆえ、いつも貧乏に追われておりますが、みなが治療代がわりに魚や菜を置いていってくれるので、日々の糧《かて》にだけは事欠きませぬ」

お茶々が言った。

「北庵どの、ご妻女は？」

「お茶々が生まれるとすぐ、病《やまい》で死によった。よう気のつく、辛抱《しんぼう》強い働き者の女での。他人の施療にかまけて、おのが女房の死に目に立ち会ってやれなんだのが、わしのただ一つの悔いよ」

北庵の小さな目がふとうるんだ。偏屈《へんくつ》そうに見えて、案外、涙もろいところもあるらしい。

「それはそうと、左近どの。そなた、女房はおるか」

北庵が盃のふちを嘗《な》めながら聞いた。

「いや、松永弾正との戦いに精一杯でそれどころでは……」

「ならばちょうどよい。このお茶々を嫁に貰《もろ》うてはくれぬか」

「父上、何をおっしゃいます」

思いもかけない北庵の言葉に、左近よりも、横で話を聞いていたお茶々が慌て顔になった。

「よいではないか。そなた、左近どのに惚れているのであろう」

「それは……」

「わしもこの男なら、婿《むこ》にしても悪くはない。一生、愉快な酒が呑めそうだ」

「酔っておられるのですね、父上。左近さまもご迷惑しておられます」

お茶々が恥じらうように目を伏せた。

その姿を、

（いじらしい……）

と、左近は思った。

この父娘《おやこ》と話していると、胸の底がほのぼのとあたたまってくる。絶えて久しく経験したことのない感情である。

思えば左近は、実父の清国《きよくに》と継母のおさいに手ひどい裏切りを受けて以来、肉親との縁を断《た》ち切っていた。

いまの左近は天涯孤独《てんがいこどく》である。だが、それで、

——悔いなし
と思い定めている。

左近には、自分を心から頼りにしてくれるあるじの順慶がいた。松倉右近以下の朋輩《ほうばい》がいた。

敵の松永方についた父のことなど、夢にも思い出さぬようにしているが、左近も鬼ではなく生身《なまみ》の人間である以上、どこかに一抹《いちまつ》の淋しさはあった。

北庵とお茶々の父娘には、その心の空洞を埋めてくれる何かがある。落ち鮎のアメ炊きを噛《か》みしめながら、左近は不思議な運命を感じていた。

それからしばしば、左近は興福寺成身院わきの北庵宅へ出入りするようになった。

このころ、松永勢との攻防はいっとき小休止状態にあり、左近の身辺につかの間

の平穏がおとずれていた。

左近がお茶々を妻に娶《めと》ったのは、その年、永禄九年（一五六六）の暮れのことである。

左近二十七歳。お茶々十九歳。

ほどなく、お茶々は左近の子を身ごもったが、その喜びにひたっているどころではない大きな嵐が、大和国におとずれようとしていた。

第六章　大仏炎上

1

年が明けて永禄《えいろく》十年（一五六七）になると、堺《さかい》に逃《のが》れていた松永弾正《だんじょう》がふたたび蠢動《しゅんどう》をはじめた。

弾正は、三好《みよし》三人衆の台頭に不満を抱《いだ》く三好家惣領《そうりょう》の義継《よしつぐ》（長慶《ながよし》の養嗣子）と結び、これを旗頭《はたがしら》に奉じて大和信貴山《やまとしぎさん》城へ帰還した。

四月十一日、弾正はさらに多聞山《たもんやま》城へ兵をすすめ、同時に息子久通《ひさみち》が西方の眉間《みけん》寺《じ》城に入るなど、劣勢を挽回《ばんかい》すべく活発な動きをみせている。

これに対し、三好三人衆は河内《かわち》から大和に一万余の軍勢をすすめ、奈良近郊の天《てん》満《ま》山に布陣。

筒井《つつい》順慶《じゆんけい》、島左近《しまさこん》の主従も、三好三人衆と連携《れんけい》する形で大乗《だいじよう》院山《いんざん》に陣を布《し》いた。

「弾正め。性懲《しようこ》りもなく、大和に舞いもどってきおったか」

僧形《そうぎよう》の順慶は白い裹頭頭巾《かとうずきん》をかぶり、法衣《ほうえ》の上に当世具足《とうせいぐそく》を着込んでいる。

筒井城を追われていた流浪《るろう》の暮らしの間に、どちらかと言えば脆弱《ぜいじやく》だった順慶も、すっかり武将らしくなっていた。

「なんの、もはや弾正の好き勝手にはさせませぬ」

めずらしく興奮した声で言ったのは、松倉右近《うこん》である。

「仏の国と言われるこの大和で、寺社を敵にまわせばどのような仕儀になるか、あやつも今度という今度こそ身に沁《し》みて思い知るでありましょう」

右近の言うとおり、大和の古い権威である興福寺は、他国から乗り込んできた松永弾正に抵抗する姿勢をみせている。弾正が彼らの既得《きとく》権益をみとめず、その古臭さ、頑迷固陋《がんめいころう》な体質を冷笑したためである。

それに対し、興福寺の衆徒の流れを汲《く》む順慶は、行事のたびごとに寄進をするなどさまざまに気を遣い、寺社勢力との融和をはかった。

左近などは腹の底で、

（何かにつけて、めんどうな奴らだ……）

と、権威を笠に着て威張《いば》り散らす寺や神社の者たちを小うるさく思っている。

だが、順慶の地道な働きかけが功を奏し、興福寺、東大寺をはじめとする大和の寺社の大半が、筒井家に味方すると申し出てきた。ことに興福寺は、筒井勢への兵糧《ひょうろう》の提供まで約束している。

「このいくさ、必ず勝ってみせましょうぞ」

左近は、新緑に萌《も》え立つ大和の青い山並みを睨《にら》んだ。

三好三人衆の一人石成友通《いわなりともみち》から、大乗院山の筒井陣へ使者が来たのは、その翌日のことである。

石成友通は、

「こたびの出陣は、弾正の息の根を止めるためのもの。いまのまま、敵と対峙《たいじ》しているだけでは意味がない。ついては、われらが東大寺の大仏殿に陣を布くことができるよう、筒井どのに口を利《き》いていただきたい」

と、要請してきた。

東大寺は、松永弾正のいる多聞山城とは指呼《しこ》の近さにある。

その距離、わずか十余町《ちょう》。

三好三人衆は弾正の息の根を止めるため、多聞山城の喉首《のどくび》に位置する東大寺の大仏殿に陣を移し、ここを拠点に総攻撃を仕掛けたいと言ってきたのである。

使者の口上《こうじょう》を聞いた順慶は、

「ばかな……」

と、秀麗《しゅうれい》な眉《まゆ》をひそめた。

戦略上、東大寺に陣を構えることは、たしかに理にかなっている。しかし、東大寺はただの寺ではない。

天平《てんぴょう》時代、聖武《しょうむ》天皇の詔《みことのり》によって建立《こんりゅう》された国家鎮護《ちんご》の寺である。本尊の金銅製の盧舎那仏《るしゃなぶつ》は、足かけ九年の歳月をかけて鋳造《ちゅうぞう》され、威容をほこった。

朝廷の篤《あつ》い保護を受けた東大寺は、あまたの僧侶と広大な荘園《しょうえん》を有し、その境《けい》内《だい》には盧舎那仏をおさめる大仏殿のほか、

法華堂《ほっけどう》（三月堂）

二月堂

念仏堂

戒壇院《かいだんいん》

など、壮麗な七堂伽藍《がらん》が甍《いらか》を並べた。

たっている。

源平時代に兵火にかかったものの、鎌倉将軍源頼朝らの助力で再興し、現在にい

「大仏殿を陣にしようなどとは、正気《しょうき》の沙汰《さた》か。源平の騒乱のときの如《ごと》く、大仏に火がかかったなら何とする」

僧門にあるだけに、順慶は東大寺を戦いに巻き込むことに大きな抵抗がある。

「案ずることはござりませぬ。いかな弾正とて、大仏に火をかけるような罰当《ばち》たりな真似《まね》はいたしますまい。それより何より、敵に機先を制される前に、われらが多聞山城を押しつつんで焼き払うと、わがあるじは申しております」

石成友通の使者は言った。

「どう思う、左近」

順慶が左近を見た。

「弾正は、世間のものさしでは測れぬ男。いくさに勝つためなら、何を仕出《しで》かすかわかりませぬな」

「わしもそう思う」

「しかし、いまは石成どのの申されるとおり、弾正の息の根を止めることが何より先決。迷っている暇はありませぬ。いまたたいておかねば、ふたたび弾正に筒井城

を奪われることにもなりましょうぞ」

「それはならぬ」

「ならば、ご決断を……」

左近に背中を押され、順慶はようやく肚《はら》を決めた。

筒井順慶の依頼を受けた興福寺の仲立ちにより、東大寺別当《べっとう》の西室公順《にしむろこうじゅん》が三好三人衆に東大寺布陣《ふじん》の許可を与えた。

これを受け、三好三人衆は天満山から東大寺に兵をすすめ、二月堂をはじめ、念仏堂、大仏殿回廊に布陣した。

この動きを見た松永方も黙ってはいない。

城門を開いて多聞山城から押し出すや、大仏殿近くの戒壇院を占拠。

両軍、たがいの息遣いがわかるほどの近さで睨み合った。

五月十八日、松永弾正は、

「奈良坂の寺をことごとく焼き払えッ！」

と、命《めい》を下《くだ》した。

多聞山城へつづく奈良坂近辺の寺を、三好方の拠点にさせぬためである。

これにより、戒壇院の授戒堂《じゆかいどう》をはじめ、般若寺《はんにやじ》、文殊堂《もんじゆどう》、仏餉屋《ぶつしようや》、妙光院《みようこういん》、観《かん》音院《のんいん》などが、ことごとく灰燼《かいじん》に帰《き》した。

2

六月に入り、梅雨《つゆ》が明けても、東大寺の大仏殿、二月堂近辺に陣を構える三好三人衆と、多聞山城に立て籠《こ》もる松永勢の睨み合いはつづいた。

左近ら筒井勢は、東大寺後方の大乗院山で戦況を見守っている。

夏の闇が深い。

山の端《は》に陽《ひ》が沈んでも、奈良盆地の底にわだかまった暑気は去らず、じっとしているだけで首筋に汗が湧いた。

「ご家老《かろう》、お客人にございます」

左近のもとへ人がたずねてきたのは、そよりとも風が吹かない蒸し暑い夜のことだった。

「客だと」

「はい」

近習《きんじゅう》の下河原平太夫《しもがわらへいだゆう》がうなずいた。

「この夜分、いったい誰だ」

「それが、頭巾《ずきん》で顔を隠しておりまして……。名を問うても、左近どのに会えばわかるの一点張りです」

「ふむ」

左近は顎《あご》を撫《な》でた。

得体《えたい》の知れぬ者に、うかつに会うのは危険であった。松永勢が放った刺客《しかく》であるかもしれない。

「あの……」

「どうした、平太夫」

「顔を隠してはおりますが、あのお声はひょっとして、平群竹庵《へぐりちくあん》どのではございますまいか」

声をひそめるようにして、平太夫が言った。

平群竹庵は、左近の実父島豊前守清国《ぶぜんのかみきよくに》に仕《つか》える古参《こさん》の家老である。茶の湯の心《こころ》得《え》があるなかなかの数寄者《すきしゃ》で、酔うとどこで習い覚えたか、剽《ひょう》げた身振り手振りで田楽《でんがく》を踊り出す癖があった。

むろん、左近も平太夫もよく知っている。二年前、左近が松永方についた父清国と袂《たもと》を分かってからは会っていないが、子供のころ、水練や竹馬の手ほどきをしてくれた竹庵に祖父のような親しみを覚えていた。

「いまごろ、竹庵がわしに何用であろうか」

「いかがなされます」

「身分を隠してまで会いに来るとは、何かよほどの事情があるにちがいない」

左近は、大乗院山陣中の仮小屋で平群竹庵と対面した。

竹庵は僧侶のように頭を剃《そ》り上げている。

目に脅《おび》えたような翳《かげ》があり、落ち着かないようすであたりを気にしていた。

「父上はご壮健か」

左近はつとめておだやかな声で聞いた。

過去のいきさつはあるが、何といっても血を分けた実の父である。継母のおさいはともかく、父清国に対しては、左近は憎んでも憎みきれない複雑な感情を抱いていた。

「は……」

と、竹庵が口ごもった。

「どうした。父上の身に、何ごとかあったのか」

「それが……」

言いかけて目を伏せたきり、竹庵は黙り込んでしまった。膝《ひざ》の上で握りしめた皺《しわ》だらけの拳《こぶし》が、小刻《こきざ》みに震《ふる》えている。

しばしの沈黙ののち、

「左近さまッ」

と、意を決したように竹庵が顔を上げた。

「なにとぞ、殿をお助け下されませ」

「助けるとはどういうことだ」

「このままでは、殿のお命が危のうございまする。殿をお救いできるのは、左近さましかおられませぬ」

「何を申しているか、わけがわからぬ。落ち着いて事情《わけ》を話せ」

「殿をあのような目にお遭《あ》わせしようとは……。わが身の力なさが、つくづく口惜《くちお》しゅうございます」

悔《くや》し涙をこぼす平群竹庵の口から、左近は驚くべき話を聞いた。

それによれば——。

左近の父清国は左近らが筒井城を奪還してから、主家を裏切ったことをしきりに後悔し、松永方との距離をしだいに置きはじめるようになったという。

これに猛反発したのが、後妻のおさいであった。

「いまさら、何を迷うておられるのです。弾正さまあっての島家ではございませぬか。そのようなお気の弱いことでどうなさいます」

おさいにしてみれば、清国が左近を呼びもどし、わが子市丸《いちまる》に代えてふたたび跡継ぎの座にすえるのではないか——という強い危機感があったのであろう。おさいは夫に無断で松永弾正のもとへ使いを送り、ことの子細《しさい》を訴えた。

これに応《こた》え、弾正はすぐさま清国の行動を監視する目付《めつけ》を送り込んできた。

弾正の信任篤い唐人《かろうど》左京《さきょう》という若侍で、血の色が透《す》けるように肌白く、ぞくりとするほどの美男であるという。

「その唐人左京なる者と奥方さまが、いつしか、わりない仲になりまして……」

竹庵の話では、おさいは左京とはかり、清国を椿井《つばい》城内の一室に幽閉《ゆうへい》して、市丸に家督《かとく》をゆずるよう強く迫った。

清国が拒《こば》むと、怒ったおさいは食事さえろくに与えぬようになり、苦しむ夫を尻目に、これみよがしに若い左京と戯《たわむ》れるようになった。いまでは、清国は日に一度だけ運ばれる粟粥《あわがゆ》で、かろうじて命をつないでいるのだという。

「そなたたち老臣が付いていながら、何としたことだ」

左近は思わず声を荒らげた。

「面目次第もござりませぬ。さりながら、奥方さまの背後には、松永弾正が付いておりますれば……。いまのわれらに、何ができましょうや」

平群竹庵が力なく肩を落とした。

「赦《ゆる》さぬ……」

「左近さま」

「生かしてはおかぬ。おさいも、そして弾正めも……」

目もくらむような激情に、左近は我を忘れた。

3

大和椿井城の御殿の奥座敷に、伽羅《きゃら》が薫《た》かれている。

室内にただよう薫香《くんこう》のなか、薄紫の煙に巻かれるように睦《むつ》み合う男と女がいた。

「奥方さまはお美しゅうございます……」

女の耳元で男が低くささやいた。

女は肌に脂《あぶら》がのりきった妖艶《ようえん》な中年増《ちゅうどしま》だが、男のほうは若い。椿井城主島豊前守清国の後妻おさいと、松永弾正から遣《つか》わされた目付の唐人左京である。

「そなたは口がうまい」

豊かな乳房を揉《も》みしだかれ、おさいが耐えかねたように眉間に皺《しわ》を寄せた。

「私など、そなたから見れば盛りを過ぎた姥桜《うばざくら》……」

「そのようなことはございませぬ。奥方さまは毒のように妖《あや》しく美しいお方だ」

「毒……」

「食らえば身を滅ぼすのがわかっているのに、それでも食らわずにおられぬ罪つくりな毒」

「かわゆいことを」

おさいが男の腰に腕をからませた。

「城内の者どもが、われらのことを何と言うておるか、そなた存じておるかえ」

「いえ」

「知らぬわけがなかろう」

「それがしには、奥方さまのことしか目に入りませぬゆえ」

「ふふ……」

と、おさいが喉の奥で笑った。

「不埒《ふらち》にも男を引き入れ、お家を我がものにせんとする奸婦《かんぷ》。私が殿に毒を盛っていると、陰で噂《うわさ》している者もおるようじゃ」

「奥方さまの毒ならば、盛られた男も本望《ほんもう》というもの」

「そうよのう……。どだい清国どのは、少し旗色が悪くなったくらいで、あれやこれやと気を揉むような性根《しょうね》の定まらぬ男。あのようなお方に舵取《かじとり》をまかせていては、この椿井城を持ちこたえられませぬ。島家のためにも、役立たずには身を引いていただかねば」

「島家のため、でございますか？」

「島家を継ぐ、かわいいわが子市丸のため……」

「本音を仰《おお》せられませ」

「誰はばからず、そなたとこうして睦みたいからじゃ。清国どのがおらぬようになれば、われらに白い目を向ける老臣《おとな》どもを城から一掃《いっそう》してくれよう」

「奥方さまには、松永弾正さまが後ろ盾《だて》についておられます。思いのまま、存分におやりなされませ」

「存分に……」

「これ、このように」

唐人左京の唇《くちびる》が、おさいの耳たぶに触れた。かるく息を吹きかけられただけで、おさいは熱い湯でも浴びたように身もだえする。


「一日も早く、市丸さまを島家のご当主になさることです」

「わかっています……」

「ゆくゆく、弾正さまは、市丸さまを松永家の馬廻組頭の一人にお取り立てになる
ご所存とうかがっております」

「まことかえ」

「弾正さまは約束をたがえるお方ではござりませぬ」

「頼もしや」

おさいが甘えるように鼻を鳴らしたとき、御殿のおもてのほうで物音がした。

唐人左京の動きが止まった。

「どうしたのです」

「いま、人の悲鳴が……」

「空耳であろう。この夜分、城にたずねてくる者などあるまい」

「それがしの耳には、たしかに」

「何も聞こえぬ。さだめし、古塚《ふるづか》のあたりをうろつく野犬であろう」

おさいは男を引き寄せようとしたが、

「見てまいります」

唐人左京は目の奥をするどく光らせ、枕元の太刀《たち》をつかんで片膝立ちになった。

そのとき、城門のほうから、

「敵襲じゃーッ！　出合え、出合えーッ！」

叫び声が響いてきた。

同時に矢が飛びかう音、刀を抜き合わせる音が耳に飛び込んでくる。騒然とした気配が、夜の静寂を破った。

「敵とは、いったい何者じゃ」

おさいがうろたえた目を唐人左京に向けた。

「わかりませぬ。三好三人衆の手勢か、それとも筒井の者か」

「もしや……。左近ではあるまいか」

声をうわずらせ、おさいが男にしがみついた。

唐人左京はおさいを突き放すと、素肌に小袖《こそで》を羽織って廊下へ駆け出た。

椿井城の表御殿では、甲冑《かっちゅう》姿の左近が鬼の形相《ぎょうそう》で荒れ狂っている。

「赦さぬ、赦さぬ……」

念仏のように唱えながら、まわりに群《むら》がる敵を槍《やり》で突き伏せ、薙《な》ぎ払い、勝手知ったる建物を、奥へ奥へとすすんだ。

抵抗するのは、松永弾正から差し遣わされた唐人左京の手の者がほとんどで、古くからの島家の家臣たちは、乱入したのが嫡男《ちゃくなん》の座を逐《お》われた若殿の左近と知って、手向かいらしい手向かいをしない。

「父上ーッ！　左近にございます」

大声で呼ばわりながら、左近は草摺《くさずり》の音を響かせて父清国の姿を探した。

その左近のゆく手に、色のなま白い若侍が立ちはだかった。

「きさまが唐人左京か」

左近は男を睨んだ。

男は返答をしない。音もなく刀を抜き、腰を低くして右八双《はっそう》にとる。柳生《やぎゅう》から剣を習ったおぼえがあるらしく、構えに隙《すき》がない。

左近は槍の穂先をまっすぐ相手に向けた。

「おさいを蕩《たら》し込み、父上を幽閉させたは弾正の差し金《がね》か」

「蕩し込んだのではない。女のほうから、わしに仕掛けてきたのよ。腰抜けのそなたの父では物足りぬと言うてな」

　唐人左京が女のように紅《あか》い唇を長い舌で嘗《な》めた。

「椿井城はじきに弾正さまのものじゃ。悪あがきはせぬがよかろう」

「ほざけッ！」

　左近が繰り出した槍を、唐人左京は軽々と身をひらいてかわした。かわしながら、左近の腕を狙って斬り下ろす。

　すんでのところで、左近は槍ごと体を引いた。

　長さ一間《けん》半の手槍だが、御殿のなかでは屋外のように自在に振りまわすというわけにはいかない。

　それを見越したように、唐人左京が左近の左へ、左へとまわり込んだ。

「ちょうどよい。そなたの首を弾正さまへの手土産《てみやげ》に持ち帰ってくれようぞ。ここで年増女の機嫌をうかがっているよりも、そのほうが恩賞も大きかろう」

「口の減らぬやつめッ！」

　瞬間、左近はぐいと踏み込んだ。

唐人左京の腋《わき》の下を、槍の穂先がかすめる。

「ちッ」

舌打ちして、唐人左京が後ろへ跳びすさった。

なおも左近が踏み込もうとしたとき、背後でばたばたと足音がした。肩越しに振り返ると、おさいが寝ぼけまなこの市丸の手を引いて、部屋を出てきたところであった。

一瞬、左近の注意がそれた。その隙を見て、唐人左京がものも言わずに斬り下ろしてくる。

ぱっと花びらのように血潮《ちしお》が散った。

不覚にも、左近は肩に浅手《あさで》を負っていた。

「おのれッ」

鮮血を目にし、かろうじて保っていた心の平静がはじけた。

勝ち誇ったように、つづけざまに斬り込んでくる唐人左京の刀を、左近は槍の柄《え》で受け止めた。そのまま、巻き込むように槍先を旋回《せんかい》させる。

刀が飛んだ。

すかさず左近は踏み込み、相手の腹に槍の穂先を突き入れた。

柄を引くと、唐人左京の体が、朽《く》ち木のようにゆっくりと後ろへ斃《たお》れた。

「お前、よくも……」

おさいが目を吊《つ》り上げながら、左近に武者振《むしゃぶ》りついてきた。

反射的に繰り出した槍が、女と、その後ろにいた幼い市丸の腹をふかぶかと刺しつらぬいた。

満身に返り血を浴びた左近は、茫然《ぼうぜん》とその場に立ちつくした。

4

奈良興福寺の多聞院英俊《たもんいんえいしゅん》が残した『多聞院日記』には、

――島の庄屋
が平群郡の「島城」に乱入し、継母など一族九人を襲って、そのほとんどを惨殺《ざんさつ》したとしるされている。

記事にあるとおり、継母のおさいと異母弟市丸は左近の手にかかって殺され、城内に軟禁されていた父豊前守は大和国外へ逃れた。

左近は、継母に乗っ取られようとしていた椿井城を、みずからの力で奪い取った。

下克上《げこくじょう》の戦国乱世、一族を屠《ほふ》って島家当主の座をつかみ取った左近の行為は、けっして異常なことではない。

甲斐《かい》の武田信玄《しんげん》は父信虎《のぶとら》を逐って家督を簒奪《さんだつ》し、尾張《おわり》の織田信長、のちの世の伊達政宗《だてまさむね》も、血を分けた兄弟を殺して惣領の座を確立している。

しかし、

(市丸の、あのときの目……)

椿井城奪還から日が経《た》つにつれ、左近の胸の底には重い霧が立ち込めてきた。

左近は情に篤い男である。

情が濃いからこそ、父を苦しめるおさいの非道な振る舞いに激高《げきこう》し、椿井城乱入の一挙におよんだ。

だが、松永弾正の手先と密通したおさいはともかく、何の罪もない弟の命まで奪おうとは思っていなかった。

領内の混乱をおさめたのち、左近は身重《みおも》の妻お茶々《ちゃちゃ》をともなって椿井城へ入った。

極端に口数が少なくなっている。

　お茶々の給仕で茶粥《ちやがゆ》を食べていても、井戸端でざぶざぶと水を浴びていても、慚《ざん》愧《き》の思いが左近を苦しめた。

　産《う》み月が近づいているお茶々に対しても、態度がよそよそしくなり、夫らしい気遣いの言葉ひとつかけることさえできなかった。

「ご自分をお責めなさいますな」

　日々、ふさぎ込んでいく左近を見かねて、お茶々が言った。

「いまは乱世でございます。わたくしにも、お腹《なか》のこの子にも、いつ市丸どのらと同じ運命がおとずれるやもしれませぬ」

「茶々……」

「辛《つら》いことでありましょうが、すべてを乱世の現実と受け入れねばなりますまい。そのような世がお嫌《いや》であれば、あなたさまの力で変えるよりほかないではありませぬか」

「子を持つと、おなごは強くなるものだな」

　左近は驚きの目でお茶々を見た。

　ついこの間まで、自分が守ってやらなければ、細枝のようにぽっきり折れてしまいそうだったか弱い娘が、見違えるばかりに強くなっている。

「それはそうです。この世に、たったひとつだけの命を授かったのですもの」

「そなたの言うとおりかもしれぬ」

ごろりと床に寝そべり、左近は目に見えて大きくなってきたお茶々の腹を、いとおしむように撫でた。

「守るべきものは、おのれの力で守らねばならぬ。それには、世を変えるしかないか」

「あなたさまなら……」

「できると思うか」

「はい」

お茶々が、夫への全幅《ぜんぷく》の信頼を込めた表情でうなずいた。

(世を変える……)

新しい命の鼓動《こどう》を感じながら、左近の胸に、いままでになかった不思議な活力が芽生《めば》えようとしていた。

消える命もあれば、また生まれくる命もある。それは自然《じねん》の理《ことわり》であり、その者の持って生まれた運命を変えることはできない。

しかし、この乱世は人が造ったものである。

それならば、

（乱世をおさめることができるのも、また人しかおらぬ……）

市丸、おさいをはじめ、椿井城の争乱で死んだ者たちの供養を左近はあえてしなかった。形ばかりの供養など、恨《うら》みを呑《の》んで死んでいった者たちは望んでおらぬであろう。

逃げることなく、恨みを身に受け、累々《るいるい》たる屍《しかばね》の向こうに、

（おれはおれの道を見つけてみせる……）

左近は決意をかためた。


夏が過ぎ、秋になっても、東大寺周辺に陣取った筒井・三好三人衆連合軍と、多聞山城の松永弾正は対陣をつづけている。

しかし、十月に入り、筒井勢は大乗院山の陣を引き払い、本拠の筒井城へ引き揚げた。筒井勢の足軽《あしがる》と三好軍の足軽が、水場の確保をめぐって口論となり、筒井方に十人を超える死傷者が出たためである。

筒井順慶は、三好三人衆に謝罪をもとめたが、

「道理はこちらにあり」

として、三好方はこれに応じなかった。

怒った順慶は全軍に撤退を命じ、三好三人衆との関係は険悪になった。

「筒井が去っただと」

柳生宗厳《むねよし》から一報を聞いた多聞山城の松永弾正は、唇をゆがめて笑った。

「はい」

「敵が勝手に仲間割れしてくれるとはのう。わしには運があるようじゃ」

「さようにございますな」

顎を引いてうなずくと、柳生宗厳は油滴天目《ゆてきてんもく》茶碗の茶を、背筋を伸ばして静かに喫《きっ》した。

「三好三人衆のうち、石成友通もわが松永方に付いた飯盛山《いいもりやま》城主松山安芸守《あきのかみ》の鎮圧のために、河内へもどっております。いまこそ、三好の息の根を止める、またとない機会かと」

「じゃな」

弾正は目の奥を底光りさせた。

「もう一服どうだ」

「頂戴《ちょうだい》つかまつります」

宗厳が頭を下げた。

松永弾正は隣室にひかえた茶坊主に、茶を点《た》てるよう命じた。

「それは、それとして」

「は……」

「織田信長の動きはどうじゃ」

「抜かりなく、探らせております」

「かの者が、稲葉山《いなばやま》城の斎藤龍興《たつおき》を急襲し、美濃《みの》平定を果たしたのは、八月のことであったな」

「信長は、唐《から》の周《しゅう》国が岐山《きざん》から起きて天下統一を成し遂《と》げた故事にちなみ、城の名を稲葉山から岐阜とあらためたとのよし」

「岐阜か」

「のみならず、妙心寺《みょうしんじ》僧沢彦宗恩《たくげんそうおん》のすすめにて、天下布武《ふぶ》の朱印を用いはじめておるとも聞きおよびます」

茶坊主が二服目の茶を運んできた。

茶碗はさきほどの油滴天目ではなく、砧青磁《きぬたせいじ》である。それを、柳生宗厳は押し

いただくように両手で受け取り、

「美濃が併呑《へいどん》されたとなると、信長の上洛《じょうらく》への道は、思いのほか近《ちこ》うございますな」

冷静な口調で言った。

「やはり、奴めの狙いは天下か」

「さよう。越前一乗谷《えちぜんいちじようだに》の朝倉義景《よしかげ》のもとに身を寄せている、前将軍《さきの》足利義輝《よしてる》さまの弟、義昭《よしあき》さまと頻繁《ひんぱん》に連絡を取りあっていると聞きおよびます」

「小わっぱめ、やりおるものよ」

弾正は声もなく笑った。

「織田とのつなぎ、密にしておけ。そう易々《やすやす》と上洛できるとも思えぬが、のちのち使えるやもしれぬ」

「抜かりなく、手を打っておくのでございますな」

「金の臭《にお》いを嗅《か》ぎつけたか、堺の今井宗久《そうきゅう》も信長のもとへしきりに出入りしておるようじゃ。われらも、流れに乗り遅れるわけにはいかぬ」

「は……」

「その前に、まずは三好をかたづけておかねばのう」

弾正はそのするどい視線を、多聞山城の眼下《がんか》に見える東大寺大仏殿に向けた。

5

松永弾正が夜襲《やしゅう》を仕掛けたのは、十月十日のことである。

五日前から東大寺戒壇院を占拠していた松永勢は、東大寺の穀屋《こくや》で夜露をしのいでいた三好勢に向かって一斉に鉄砲を発射。

突然の襲撃に、驚き慌てたのは三好の兵たちであった。こちらも鉄砲で必死の応戦をするが、堺商人の今井宗久と結んで早くから火器の装備をすすめていた松永勢にくらべ、その数は少ない。

圧倒的な鉄砲の威力に追い立てられた三好勢は、穀屋を捨て、より堅牢な造りの法華堂に立て籠もった。

「逃すなッ。追えーッ！」

松永弾正は吠《ほ》えた。

平素は奈良の古寺らしい静けさにつつまれている法華堂で、両軍入り乱れての激戦が繰り広げられた。

庭の籬《まがき》の菊が蹴《け》散《ち》らされ、境内に鐘の音《ね》ならぬ、兵たちの喊声《かんせい》と悲鳴、刃と刃を打ち合わせる音が鳴り響いた。

寝込みを襲われた三好勢は、ここでも劣勢を挽回できず、法華堂からも追われて裏山へ逃げ込んでゆく。

「めざすは、敵本陣じゃ！」

弾正は穀屋と法華堂を焼き払うことを命じ、さらに軍勢をひきいて、三好三人衆の三好長逸《ながやす》と三好政康《まさやす》が腰をすえる東大寺大仏殿に向かって駆け下った。

熾烈《しれつ》な攻防戦が展開された。

松永勢は押し気味に戦いをすすめるが、三好勢が大仏殿の回廊を楯にしているため、自慢の鉄砲の火力を思うように発揮することができない。

「ええいッ、邪魔だ！　大仏殿にも火を放ていッ！」

業《ごう》を煮やした弾正は、目尻を吊り上げて叫んだ。

しかし、下《げ》知《ち》を受けた柳生宗厳がさすがに顔色を変えた。

「さようなことをなさって、まことによろしいのでございますか」

「大仏を焼いて何が悪い。しょせんは人の手で造った銅《あかがね》の塊《かたまり》ではないか」

弾正は目の奥を光らせた。

「東大寺の盧舎那仏は、天平勝宝《しょうほう》の世に聖武天皇が国家鎮護の祈りを込めて鋳造されたもの。霊験《れいげん》あらたかな御仏《みほとけ》にございます。それに火をかけては、仏罰が……」

「恐ろしいか」

「はい」

柳生宗厳は合理的精神の持ち主だが、仏の国と言われる大和の生まれだけに、神仏への尊崇の念は人並みに持っている。

「馬鹿めが」

顔をゆがめると、弾正は喉をそらせて哄笑《こうしょう》した。

「敵はわれらが仏罰を恐れて手も足も出せぬと、たかをくくっておる。それが狙い目よ」

「さりながら……」

「素《そ》ッ首、刎《は》ねられたいか。疾《と》く、命に従えッ！」

二人が押し問答をしているうちに、

「大仏殿に火がかかったぞーッ！」

彼方で声が上がった。

弾正が手を下すまでもなく、三好勢が大仏殿の近くに立てかけていた小屋掛けに火が燃え移り、それが朱塗りの回廊に飛び火して、一気に燃え広がったのである。

回廊は紅蓮《ぐれん》の炎につつまれた。

銀色の火の粉《こ》が天に舞い上がり、夜空を焦《こ》がす。

炎はまたたくまに大仏殿に移り、火の海となった。やがて、三国無双《むそう》と言われる大伽藍《だいがらん》がガラガラと音を立てて崩れだす。

このときのさまを、『多聞院日記』は次のようにしるしている。

——大仏殿たちまち焼けおわんぬ。猛火天に満ち、さながら雷電の如し。一時《いちじ》に頓滅《とんめつ》しおわんぬ。釈迦像《しやかぞう》(大仏)も湯にならせ給《たま》いおわんぬ。

東大寺の大仏は、源平合戦のさいにも一度焼けている。それから三百八十七年後、ふたたび騒乱の渦に巻き込まれ、炎のなかで湯の如く溶け崩れたのである。

その日、寅《とら》ノ刻(午前四時)——。

筒井城の大手口にある屋敷で寝《やす》んでいた島左近は、時ならぬ異様な気配に目覚めた。

外では、

——ホウ、ホウ……。

と、梟《ふくろう》が鳴いている。

かたわらで寝息を立てているお茶々を起こさぬよう、左近はむっくりと身を起こし、障子《しょうじ》をひらいて縁側へ出た。

相変わらず、梟の声がする。

声は庭木の梢《こずえ》からではなく、ツツジの植え込みのなかから聞こえた。

「兄部坊《このこんぼう》か」

左近は低く押し殺した声を放った。

「おうさ」

と応え、植え込みをかき分けて姿をあらわした者があった。

柿色の鈴懸《すずかけ》を着た山伏《やまぶし》である。

顔が黒くすすけており、目ばかりがぎらぎらと光っていた。

左近とはかねてより昵懇《じっこん》の仲の、内山永久寺《うちやまえいきゅうじ》の山伏兄部坊である。

「このような刻限に、どうした」

「のんびり朝寝をしている場合ではないぞ、左近」

いつもは剽《ひょう》げた兄部坊の声が、怒気《どき》を含んでいる。

よくよく見れば、兄部坊の鈴懸は袖が破れており、錫杖《しやくじよう》をつかんだ右腕に血が滲《にじ》んでいた。

「何があった」

左近は縁側から飛び下り、兄部坊の側に片膝をついた。

「大仏が焼けた」

「大仏が……」

「夜半、松永弾正の軍勢と三好三人衆の軍勢が、東大寺にて合戦におよんだ。大仏殿と法華堂のほか、念仏堂、唐禅院《とうぜんいん》、四聖坊《ししようぼう》、安楽坊《あんらくぼう》、深井坊も類焼し、寺は灰燼に帰した。おれはちょうど深井坊に寄宿していて、巻き添えを食ったところよ」

「ばかな」

「おのが目で、見てみるがいい」

兄部坊が錫杖の先で、北東の方角をしめした。

そちらには、奈良の町がある。

（おお……）

左近は茫然と立ちつくした。

まだ夜明け前の闇の底が、血のように真っ赤に染まっている。

6

夜明けを待たず、左近は主君筒井順慶のもとへ駆けつけた。順慶もすでに、大仏炎上の急報を受けている。

顔色が青かった。

筒井家そのものが興福寺の衆徒（僧兵）の出であるだけに、順慶が受けた衝撃ははかり知れない。

「大仏を焼いたは弾正か」

「いえ。松永勢の夜襲に、三好の陣が混乱しておるうちに、はずみで火がかかったと聞きおよんでおります」

「どちらでも同じことよ」

温厚な順慶が、端正な顔にめずらしく血の色をのぼらせた。

「弾正さえ大和へ踏み込んでおらねば、大仏も焼けることはなかったではないか。あやつのために、大和一国は蹂躙《じゅうりん》された」

「は……」

「弾正、許すまじ。この国に、あやつを留め置いてはならぬッ！」

順慶は火を吐《は》くように叫んだ。

筒井城では、ただちに出陣準備がはじまった。

大仏殿が炎上したあと、三好長逸、三好政康は、本拠地の摂津《せっつ》、河内へ撤退している。しかし、軍勢の一部は大和国内に残留しており、多聞山城へ引き揚げた松永弾正を牽制《けんせい》していた。

筒井勢は、その三好三人衆の残留部隊と合流。草摺の音を響かせて奈良坂を駆けのぼり、多聞山城への総攻撃を開始した。

大仏を焼かれた筒井順慶の怒りは烈《はげ》しい。軍勢に加わる大和生まれの将士たちの胸にも、弾正への憎しみが渦巻いている。

攻撃は熾烈をきわめ、弾正は門を閉ざして城に閉じ籠もるしか打つ手がなかった。

年が変わり、永禄十一年（一五六八）になっても、筒井方の優位は変わらない。

このころ――。

三好三人衆は、阿波《あわ》にいた十一代将軍義澄《よしずみ》の孫の、

――義栄《よしひで》

をかつぎ出し、朝廷に征夷大将軍の宣下《せんげ》をなさしめている。室町幕府十四代将軍足利義栄である。

前将軍義輝の横死《おうし》から三年近くを経て、ようやく空位になっていた将軍が定まったことになる。

「いまこそ、弾正の息の根を止めるときでございますな」

左近は、主君順慶に言った。

「弾正は後詰《ごづ》めをあてにできる味方もなく、多聞山城から一歩も動けませぬ。このあいだに信貴山城を落とし、弾正を孤立させるのが上策かと」

「弾正が滅べば、大和に平穏がおとずれような」

「はい」

「大仏を再建し、寺々に往時の栄えを取りもどすのだ」

眉間に厳しい縦皺を刻んでいた順慶の顔に、久々に明るい光が射した。

「されば、左近。信貴山城攻めの指揮は、そなたにまかせよう」

「承知つかまつりました」

左近は平群谷《へぐりだに》の椿井城にもどり、城攻めの策を練った。

松永弾正と息子久通は、多聞山城に立て籠もっている。信貴山城は天険の要害とはいえ、守りは手薄で兵の数も少なかった。

左近は兄部坊を呼んだ。

「信貴山城に夜襲《やしゅう》をかける。ついては、おまえたち山伏の力を借りたい」

「仏敵弾正を倒すためなら、われら内山永久寺の山伏は喜んで手を貸すであろう」

「ありがたい」

六月二十九日、暁闇《ぎょうあん》——。

島左近は手勢二千を二手に分け、北と南から尾根づたいに信貴山城へ迫った。

それに先立って、夜陰《やいん》にまぎれて城中に忍び入った内山永久寺の山伏たちが、武器蔵、米蔵に次々と火を放ってまわり、守備兵を混乱におとしいれる。

「それ、左近ッ。門をあけるぞッ！」

錫杖を振るって松永の雑兵《ぞうひょう》を薙ぎ倒した兄部坊が、閂《かんぬき》を抜いて内側から城門をあけ放った。

島勢が城内にどっと乱入した。

左近はみずから軍勢の先頭に立ち、全身に返り血を浴びながら、一人、また一人と敵を屠っていった。

開戦から一刻《いっとき》（二時間）あまり——。

信貴山城は落城した。

これにより、大和に風雲を巻き起こした松永弾正の拠点は、わずかに多聞山城を残すのみとなった。

松永方に従っていた大和国人《こくじん》の多くも、日を追うごとに、手のひらを返した如く筒井方へなびきはじめている。

だが、左近にはひとつ気がかりなことがあった。

「どうした、左近。浮かぬ顔をして」

筒井城内の渡り廊下で、松倉右近が声をかけてきた。

外は雨が降りしきっている。

この年は天候が不順で、なかなか梅雨が明けない。

「本日は、信貴山城陥落の祝いの茶会をわが殿が催される。武功第一のおぬしが、さような浮かぬ顔では、殿も秘蔵の黄天目《きてんもく》茶碗を茶会でご披露《ひろう》される甲斐があるまい」

「気になるのだ」

雨に打たれる壺庭のツワブキの葉を見下ろし、左近は低くつぶやいた。

「気になるとは何が？」

「織田の動きよ」

「織田……」

「うむ」

「何を言い出すかと思えば」

松倉右近が高笑いした。

「織田信長といえば、天下に名高いうつけ者であろう。先年、やっとのことで美濃平定を果たしたばかりの田舎《いなか》大名ではないか」

「上洛の噂がある」

「単なる噂に過ぎぬ。美濃を盗《と》ったからといって、京への道がひらけたわけではない。通り道の近江《おうみ》には、六角承禎《ろっかくじょうてい》あり。それに、織田が上洛に動き出すとなれば、越後《えちご》の上杉、甲斐の武田ら、東国の有力大名も黙ってはいまいて」

「それでも、あの男は動く。そのとき、大和に何が起きるか……」

茫漠《ぼうばく》たる不安を胸に秘めつつ、左近はツワブキの葉を凝然《ぎょうぜん》と見つめつづけた。

第七章　信長上洛《じょうらく》

1

大和《やまと》の擾乱《じょうらん》をよそに、遠く離れた美濃《みの》国では、混沌《こんとん》とした畿内《きない》の情勢に一石を投じる新たな動きがはじまっている。

「京へ攻めのぼる」

金華山《きんかざん》の山頂に築かれた岐阜城の三階櫓《やぐら》から、西の方角を眺め下ろしてつぶやいたのは織田信長である。

越前一乗谷《えちぜんいちじょうだに》に寓居《ぐうきょ》していた足利義昭《よしあき》を、信長が美濃の立政寺《りゅうしょうじ》に迎えたのは、この永禄《えいろく》十一年（一五六八）、七月二十五日のこと。義昭を奉じて将軍位に就《つ》けることを名分に、信長はいよいよ上洛戦に乗り出そうとしていた。

「大和柳生谷《やぎゅうだに》より、柳生宗厳《むねよし》なる者がまかり越しておりまする」

青ずんだ目で彼方を見つめる信長に、前髪の小姓《こしょう》が告げた。

「柳生宗厳……」

「はッ」

「多聞山《たもんやま》城主、松永弾正《だんじょう》久秀《ひさひで》が配下の一人じゃな」

「そのように申しております」

「よし、会おう。これに連れてまいれ」

信長は小姓に命じた。

信長のもとには、美濃平定を果たすかなり以前から、堺《さかい》商人の今井宗久《そうきゅう》が出入りしている。宗久を通じて、さまざまな情報を仕入れているため、信長は畿内周辺の武将たちの動静にくわしい。

わずかな軋《きし》みの音も立てず、三階櫓の最上階に目つきのするどい痩身《そうしん》の男がのぼってきた。

「そなたが柳生か」

信長は射るような視線で宗厳を見た。

「お初にお目にかかりまする」

柳生宗厳は跪《ひざまず》き、信長に向かって深々と頭を下げた。

「そのほうよりの書状、しかと受け取っておる」

「恐れ入りましてございます」

宗厳は顔を上げず、背中を緊張させたまま言った。

「松永弾正が、わしに助けをもとめておるのだな」

「はい」

「先だっては、筒井《つつい》の者どもに信貴山《しぎさん》城を攻め落とされたと聞いている」

「織田さまのご加勢を頂戴《ちょうだい》できますれば、たちどころに城を奪い返すでありましょう。のみならず、大和国内から筒井の勢力を一掃《いっそう》してご覧にいれまする」

「他力本願か」

信長がうすい唇《くちびる》に冷笑を浮かべた。

「弾正は東大寺の大仏を焼き払ったそうだが」

「あれは、三好《みよし》方の火が移ったものにございます。わがあるじが命じたわけでは……」

「どちらでもよい」

「は……」

「大仏は焼かずとも、あるじの三好長慶《ながよし》を死に追いやり、将軍義輝《よしてる》を弑《しい》したことはまぎれもなき事実じゃ」

「そのような者は信じることができぬと、織田さまはさようにおっしゃりたいのでございますか」

柳生宗厳はゆっくりと頭を上げた。

信長の白皙《はくせき》の顔が、思いのほか近くにあった。

「さようなことは申しておらぬ」

信長は扇を手の内で弄《もてあそ》び、

「おのれの行く道に立ちふさがる者があれば、相手が将軍であれ何であれ、容赦《ようしゃ》なく除く。わしと弾正めは、案外、似ておるのやもしれぬ」

ひいでた鼻のわきにかすかな皺《しわ》を寄せた。

「誰に請《こ》われずとも、わしは近々、軍勢をひきいて上洛する」

「頼もしきお言葉……」

「上洛の暁《あかつき》には、わが加勢と引きかえに弾正は何を差し出すつもりじゃ」

「金でも銀でも、何なりとお望みのものを」

「金銀などいらぬ」

「されば」

「命を差し出せと言えば、弾正は差し出すのか」

「ご冗談が過ぎましょう」

剣の達人だけあって、宗厳は肚《はら》がすわっている。信長のきわどい言葉にも、背筋を伸ばして微動だにしない。

信長は興《きょう》ざめしたように、柳生宗厳に背中を向けた。

「いまのままでは、弾正は身ぐるみ剝《は》がれて大和国から追い出されるであろう」

「は……」

「それを助けよと言うのだ。進物《しんもつ》の値は一国にもひとしかろうと、弾正めに申し伝えよ。よいな」

「承りましてございます」

宗厳はふたたび頭を下げた。

信長の上洛戦がはじまったのは、その年、九月七日のことである。

その嵐は、柿の実が朱《あか》く色づきはじめた大和国にもおよぼうとしていた。

2

織田信長は、尾張《おわり》、美濃、北伊勢《いせ》の軍勢を動員した。同盟を結ぶ三河《みかわ》の徳川家康の軍勢をあわせ、四万の大軍をひきいて岐阜城を発する。

不破《ふわ》の関を越え、南近江《みなみおうみ》へ入った信長は、途中、妹お市《いち》を嫁がせている義弟の浅井長政《あざいながまさ》と合流。軍勢をさらに膨《ふく》らませ、行く手に立ちはだかる六角承禎《ろっかくじょうてい》の支城、

――箕作《みつくり》城

を攻め落とした。

つづいて、六角氏の本拠観音寺《かんのんじ》城を包囲し、これを陥落《かんらく》させる。織田軍のすすむ道に、もはや行く手をはばむ敵対勢力はいない。

九月二十六日――。

信長は京に入った。

岐阜城を発してから二十日足らず、電光石火の上洛劇であった。

信長の上洛は、畿内の情勢に大きな地殻変動をもたらした。

それまで京を実効支配していた石成友通《いわなりともみち》、三好長逸《ながやす》、三好政康《まさやす》の三好三人衆は、

織田軍に追われ、山城国《やましろ》の勝竜寺城《しょうりゅうじ》、木津城《きづ》、摂津国《せっつ》の芥川城《あくたがわ》、越水城《こしみず》、河内国《かわち》の高屋城《たかや》、津田城《つだ》などに立て籠《こ》もって劣勢挽回《ばんかい》の機会をうかがった。

しかし、上洛から三日後、信長は勝竜寺城の石成友通を撃破。そのまま宇治川に沿って摂津国へ進軍したため、恐れをなした芥川城の将兵は、一戦もまじえることなく城を捨てて逃げ出した。

信長は足利義昭とともに芥川城に入り、ここに腰をすえて摂津、河内の攻略を強力に推《お》しすすめてゆく。

「三好三人衆が逃げ去っただと……」

その一報を左近《さこん》が聞いたのは、織田軍入京の激震が畿内を駆けめぐってから、わずか十日後のことだった。

「何かの間違いではないか」

左近は、情報をもたらした山伏《やまぶし》の兄部坊《このこんぼう》の胸ぐらをつかんだ。

「苦しいぞ、手を放せ」

兄部坊が色黒の顔をゆがめた。

「すまぬ」

左近が柿色の鈴懸《すずかけ》をつかんだ手をゆるめると、

「口ほどにもない、腰抜けどもよ。このまま畿内にとどまっていても、織田軍の勢いには抗しがたしと思ったのであろう。泉州《せんしゅう》堺からさっさと船に乗り込み、四国の阿波《あわ》へ渡ってしまいおったわ」

兄部坊は皮肉《ひにく》な口ぶりで言った。

「となると、いまの畿内は？」

「織田の天下じゃな」

「あの男が……」

左近はうめいた。

納屋《なや》の今井宗久に傭兵《ようへい》としてやとわれていたとき、左近は宗久の供《とも》をして、尾張の小牧山《こまきやま》城にいた信長と顔を合わせたことがある。

宗久は信長を高く買い、当時から肩入れしていたようだが、よもやこれほど早く京に旗を樹《た》てようとは、さすがの左近も思ってはいなかった。

（そうか、あの傲岸不遜《ごうがんふそん》な面構《つらがま》えをした信長が……）

筒井氏と同盟関係にある三好三人衆が四国へ追われたことで、大和国の情勢も予断をゆるさない。

「筒井家はどうするつもりだ」

　兄部坊が聞いた。

「多聞山城の松永弾正は、早くも柳生宗厳を信長のもとへ使者として差し向けたと申すぞ」

「弾正が……」

「やることに抜かりがないわ。もっとも、いまは織田に頼るしか、弾正めが大和で生き延びる道はないのであろう。織田が弾正に味方すれば、筒井家にとっては厄介《やっかい》なことになろうぞ」

「わかっている」

　左近はさっそく、主君筒井順慶《じゅんけい》のもとへおもむき、兄部坊から得た三好三人衆逃亡の情報を報告した。

「信じられぬ……」

　順慶も、三好三人衆の弱腰には落胆《らくたん》を禁じ得ないようすである。

「すでに、松永弾正めが織田に接近をはかっているようにございます。織田が弾正と手を組み、大和へ兵を向けるは必定《ひつじょう》。早急に、手を打たねばなりませぬな」

「策はあるか、左近」

「四国へ逃れたとはいえ、三好三人衆もこのまま引き下がっているとは思えませぬ。また、諸国の力ある大名も、織田の動きを黙って放ってはおかぬはず。まずは、阿波の三好三人衆と密に連携《れんけい》をとり、織田の大和侵攻に備えることでございますな」

「上洛したとはいえ、織田の基盤はまだ弱い。冷静に情勢を見定めながら、敵の勢いが衰えるのを待つのじゃな」

「それが兵法にございます」

左近は言った。

そのころ――。

松永弾正は今井宗久とともに、摂津芥川城に織田信長をたずねていた。

弾正が信長への献上品として用意したのは、秘蔵の茶入《ちゃいれ》、

――九十九髪茄子《つくもなす》
である。

平蜘蛛《ひらぐも》の茶釜とともに、弾正がことのほか愛玩《あいがん》し、数寄者《すきしゃ》のあいだに知られた天下の大名物《おおめいぶつ》であった。

「惜《お》しい……」

九十九髪茄子を献上するにあたり、松永弾正はわが身をねじ切られるような苦悶《くもん》の表情を浮かべた。

それほど、弾正は茶道具に執着《しゆうちやく》している。

「命を差し出すようなものじゃ。やはり、信長に頭を下げるのはやめようか」

最後の最後まで、九十九髪茄子に未練を残す弾正に、

「何を申されまする。茶入ひとつで大和一国を取り戻せれば、安いものではございませぬか」

今井宗久が言った。

宗久自身は、舅《しゆうと》の武野《たけの》紹鷗《じようおう》より伝来した松島の茶壺と澪標《みおつくし》茄子《なす》の茶入を、信長への献上品に用意している。

――心なき茶人
と、数寄者仲間に陰口をたたかれるだけあって、宗久は茶道具をたんなる道具と割り切っている。

「あたら、天下の名品を……。そなた、惜しゅうはないのか」

弾正が血走った目で宗久を見た。

「大事の前の小事にございますれば。物惜しみをしていては、織田さまの心をつかむことはできますまい」

「そなた、やはり商人《あきゅうど》だの」

弾正は皮肉な顔でつぶやいた。

織田信長と、松永弾正、今井宗久の対面は、芥川城の御殿でおこなわれた。

陣中ゆえ、信長は南蛮胴具足を身に着け、南蛮渡来の黒ビロードの外套《マント》をまとっている。

白砂に片膝《かたひざ》をついた弾正と宗久は、献上品の目録を信長の小姓に差し出した。

——松永弾正は我が朝無双《ちょうむそう》のつくもがみ（九十九髪茄子）進上申され、今井宗久これまた、隠れなき名物松島の壺ならびに紹鷗茄子（澪標茄子）を進献。

と、『信長公記《しんちょうこうき》』にはある。

信長は、底光りのするするどい目で目録を一瞥《いちべつ》し、

「そのほうが弾正か」

と、白砂の上に視線を投げた。

「なるほど、噂《うわさ》どおり憎体《にくてい》な面構えをしておる」

「恐れ入りましてございます」

弾正は喉《のど》の奥からせり上がる不快の念を必死に嚙《か》み殺し、頭を下げた。

「そちは将軍殺しの大罪をおかした男だ。この場で、首を刎《は》ねられても文句は言えまい」

「は……」

「さりながら、死を覚悟でわがもとへ来《きた》り、九十九髪茄子の茶入を差し出した。その心掛け、殊勝《しゅしょう》なり」

「ははッ」

「大和国には、三好一党に加担する輩《やから》が多いと聞く。大和一国をそなたの切り取り次第とするゆえ、われに刃向《はむ》かう者どもを平《たい》らげよ」

甲高《かんだか》い声で言うと、信長は床几《しょうぎ》から立ち上がり、外套をひるがえして御殿の奥へ消えていった。

3

上洛からわずか十日あまりのうちに、信長は畿内の大半を支配下におさめた。

信長に奉ぜられた足利義昭は、室町幕府第十五代将軍に就任。信長は摂津石山本願寺、泉州堺などに矢銭《やせん》を課し、近江の大津、草津などに代官を置くことを将軍より許された。

それと併行して、新たに織田領に組み入れられた畿内の領国割りもおこなわれている。

摂津国　和田惟政《これまさ》（芥川城）

伊丹親興《いたみちかおき》（伊丹城）

池田勝正《かつまさ》（池田城）

河内国　三好義継《よしつぐ》（若江《わかえ》城）

畠山高政《はたけやまたかまさ》（高屋城）

大和国　松永久秀（多聞山城）

山城国　細川藤孝《ふじたか》（勝竜寺城）

京奉行《きょうぶぎょう》には、重臣の佐久間信盛《のぶもり》、丹羽長秀《にわながひで》を登用。さらに、近ごろ織田家でめきめきと頭角をあらわしている木下藤吉郎秀吉を抜擢《ばってき》した。

大和国については、実質的には筒井家の支配下にあるが、信長は属将となった松永弾正に、

——切り取り次第なり

と、みずからの力で国をもぎ取ることをうながした。

「信長め、馬鹿にしておるわ」

多聞山城へ帰還した松永弾正は、不快の念をあらわにした。秘蔵の九十九髪茄子茶入を攫《さら》われたうえに、公衆の面前で将軍殺しの大罪人と名指しされた怒りが、まだおさまっていない。

「よろしいではございませぬか」

柳生宗厳が言った。

「信長が弾正さまを都合よく使おうとするなら、こちらも信長の威を利用するまでです」

「ふん……」

「織田軍の上洛で、大和の国人衆《こくじんしゅう》は動揺しております。誘いをかければ、たやすくなびいてまいりましょう」

「風向きが変わるか」

「はい」

「大和を盗《と》るためなら、いまは毒をも呑《の》まねばな」

弾正はすぐさま、柳生宗厳を筒井方に付いていた国人たちのもとへ、使者として差し向けた。

織田軍の大和侵攻をちらつかせて脅《おど》しをかけると、菅田備前守《すがたびぜんのかみ》秋山右近《うこん》ら、少なからぬ者が恭順の意をしめし、

「織田さまに、なにとぞよしなに」

と、執《と》り成しをもとめてきた。

国人衆が次々と切り崩されていくのを見て、筒井一族の小泉四郎左衛門《しろうざえもん》までが松永方に走った。

これに力を得た弾正は、十月六日、多聞山城を発し、筒井城を包囲した。

時の勢いとは恐ろしいものである。

ついこの間まで存亡の危機にあった弾正が、逆に筒井方を火の如《ごと》く攻め立てている。

「阿波へ渡った三好三人衆とは、連絡が取れぬか」

法衣《ほうえ》の上に甲冑《かっちゅう》を着込んだ筒井順慶が、悲痛な声を上げた。

「かの者どもは、あてにはできませぬ。ここは、われらだけで何としても城を死守

せねば。のう、左近」

松倉右近が、ともに主君の前にはべる島《しま》左近を見た。

「おぬしに何かよい知恵はないか」

順慶も、藁《わら》にもすがるような眼差《まなざ》しを左近に向ける。

これまで、筒井家が幾多《いくた》の苦難を乗り越えてきたのは、左近の機略と胆力《たんりょく》あったればこそだった。

「残念ながら、ござらぬ」

左近は石のように硬い顔をして言った。

「時の勢いは、弾正にござる。敵の後ろに織田があり、こちらには加勢が期待できる味方もないとあっては、もはや打つ手はござりますまい」

「左近……」

「殿」

と、左近は目を上げた。

「ここはいったん城を捨て、捲土重来《けんどじゅうらい》を期すしかありませぬ。できるかぎり兵を損なわず、力を溜めておれば、必ずや復活の機会はおとずれるはず」

「そなたを信じよう、左近」

左近の助言に従い、筒井順慶は苦渋《くじゅう》の決断を下した。

順慶は本城の筒井城を捨て、一族の福住順弘《ふくずみじゅんこう》が籠もる福住城へ退《ひ》いた。

福住城は、山の尾根を空堀《からぼり》でいくつにも分断し、曲輪《くるわ》を築いた連郭《れんかく》式の山城《やまじろ》である。山辺《やまべ》郡では随一といっていい規模を誇り、周囲一里《り》にわたって諸曲輪および、出城《でじろ》が配されている。

要害堅固なうえに、城主の福住順弘の正室は順慶の姉にあたり、筒井家への忠誠心があつかった。また、その麾下《きか》には、鞆田《ともだ》、小山戸《おやまと》、白石、永谷などの地侍《じざむらい》たちがおり、松永方に対抗する構えをみせている。

順慶の筒井城退去を知った信長は、大和から敵対勢力を一掃すべく、松永弾正のもとへ援軍を差し向けてきた。

織田家重臣の佐久間信盛と、畿内で臣従を誓った細川藤孝、和田惟政らの混成軍である。兵数は、総勢二万。

「織田軍は布留《ふる》神社（石上神社《いそのかみ》）に乱入し、拝殿や宝蔵をさんざんに打ち壊して、宝物を略奪しておるようじゃ。弾正も弾正だが、織田信長という男も、それに輪をかけた罰当《ばち》たりなやつよのう」

敵情視察をしてきた兄部坊が、左近に報告した。

「おぬし、このまま黙って織田の暴虐《ぼうぎゃく》を見過ごしておくつもりか」

「物ごとには潮目がある」

「潮目じゃと……」

「いまはまだ、動く時ではない」

左近は言った。

「織田の援軍とて、いつまでも大和にとどまっているわけにはいくまい。信長は諸方を敵に囲まれている。粘り強く耐えしのいでおれば、やがて細川や和田の軍勢は引き揚げ、大和には弾正のみが残ることになる。そこからが、われらのまことの戦いよ」

「利にさとい者どもは松永方に寝返ったが、布施《ふせ》左京進《さきょうのしん》、慈明寺《じみょうじ》順国《じゅんこく》、片岡春《はる》利《とし》、山田道安《どうあん》ら、筒井への忠義を捨てぬ者もまだおるしのう」

「ときに、奈良の町なかのようすはどうであった」

ふと、声をひそめるようにして左近は聞いた。

「舅の北庵《ほくあん》どののことか」

「うむ」

左近の妻お茶々《ちゃちゃ》の父で、興福寺の寺医者をつとめる北庵法印《ほういん》は、戦乱を気遣《きづか》う左近のすすめにもかかわらず、奈良に留まりつづけている。

お茶々と二歳になった左近の嫡男《ちゃくなん》は、織田勢の大和侵攻と同時に、高取《たかとり》山中の壺坂寺《つぼさかでら》に身を隠しており、家族は別れ別れになっていた。

「町なかには、松永やら、織田の兵やらがうろつきまわっておるが、北庵どのは意気軒昂《けんこう》なようじゃわい。どうかすると、興福寺の寺域をみだりに踏み荒らそうとする雑兵《ぞうひょう》どもに、喧嘩《けんか》でも売りかねぬ勢いじゃ」

「無理をなさらねばよいが」

「わしが時々、ようすを見に行っておる。いざとなれば、壺坂寺のほうへお連れしようわい」

「頼んだぞ」

4

左近らが福住城に立て籠もっているうちに、永禄十三年（一五七〇）の年が明けた。

いったんは窮地におちいった筒井勢であったが、時とともに徐々に態勢を立て直し、反撃を開始した。

その手はじめに、松永方へ加担した十市《とおち》氏の十市城を奪取。ここを拠点として、奈良の近くに、
椿《つば》尾《お》上《かみ》城
高《たか》樋《ひ》山《やま》城
を築き、多聞山城の松永弾正を牽制《けんせい》した。

「しぶとい坊主めッ」

弾正は筒井順慶の息の根を止めるべく、信長に援軍を要請した。しかし、弾正の期待に応えて、信長が大和へ兵を送り込むことはなかった。

「いまのところ、織田さまはご自分のことで手一杯なのでございます」

久しぶりに多聞山城をおとずれた堺商人の今井宗久が、灰被天目茶碗《はいかつぎてんもくぢゃわん》に茶を点《た》てながら言った。

上洛前から信長の実力に目をつけていた宗久は、信長が泉州堺に矢銭二万貫を課したさい、

「織田さまに従わねば、堺は滅亡する」

と、堺の町を取り仕切る会合衆《えごうしゅう》の反発を押さえ、要求どおり矢銭を差し出させて、武力対決の回避に成功した。

信長は、この宗久の功を高く評価。淀魚市《よどのうおいち》の塩相物座《しおあいものざ》の税徴収権、摂津住吉郡五箇荘《ごかのしょう》、遠里小野《おりおの》あわせて二千二百石の代官職、淀川通行船の関銭《せきせん》免除など、さまざまな特権を与えた。

さらに宗久は信長の命《めい》を受け、五箇荘の我孫子《あびこ》村に泉州の鍛冶師《かじし》を集めて、鉄砲製造の一大拠点を作っている。

「そなた、信長の茶頭《さどう》に取り立てられたそうじゃの」

松永弾正はやや皮肉を含んだ目で宗久を見た。

「聞くところによれば、前の茶頭の不住庵梅雪《ふじゅうあんばいせつ》を、そなたが追い出したというではないか」

「これは人聞きの悪い。梅雪どのが体の具合を悪くされ、おつとめが果たせなくなったゆえ、手前が代わりを申しつかっただけでございます」

「よう言うわ。不住庵梅雪とは先日、茶会の席で会《お》うたが、小憎《こにく》らしいほどにぴんぴんしておったぞ」

「おや、さようでございますかな」

宗久がぬけぬけと言い、灰被天目茶碗を弾正の膝元に差し出した。

「そなたは、うまいこと信長のふところへ入り込んだものじゃ。しかし、信長がおのがことで手一杯とは……」

弾正は茶碗を両手で受け取った。

「そのこと」

黒絹の胴服《どうぶく》の袖をはらって、宗久が弾正と向き合った。

「ほかならぬ弾正さまゆえ、わけて打ち明けまする」

「何じゃ」

「構えて、ご他言は無用に願いますぞ」

「くどいぞ」

「じつは将軍義昭さまと信長さまの御仲が、近ごろ、あまりよろしくないのでございます」

「そのような話、ちらりと耳にはさんだこともあるが……。噂はまことであったか」

「はい」

宗久はうなずいた。

「上洛するまでは、お二方の利害はぴたりと一致しておりました。されど、いざ京へ乗り込んでみると、双方の我《が》が出てまいったのでございましょう」

「ありそうな話だ」

弾正が目の奥を暗く光らせ、えらの張った色黒の顎《あご》を撫《な》でた。

諸将に先駆けて上洛を果たした信長は、足利義昭を室町幕府十五代将軍の座にすえた。信長は、義昭を上洛の大義名分に利用。一方、義昭のほうも信長の軍事力の背景抜きにしては、将軍位に就くことは不可能だった。

義昭は、

「そなたを父とも、兄とも思う」

と、信長を持ち上げ、信長も義昭のために二条御所を造営するなどして、表面上、両者の仲はうまくいっているように見えた。

しかし――。

信長の力が強まるにつれ、義昭はたんなる飾り物にすぎないおのが立場に、不満を抱《いだ》くようになった。

（わしは天下の将軍ではないか。まつりごとの実権は、本来、わが手にあってしかるべきもの。信長めは不遜《ふそん》なり……）

義昭は信長の目を盗み、越前の朝倉義景《よしかげ》、大坂の石山本願寺などに、しきりに御《ご》内書《ないしょ》を送り、打倒信長の挙兵をうながすようになっていた。

「むろん、それに気づかぬ信長さまではありませぬ」

今井宗久が言った。

「五ヶ条からなる意見書を義昭さまに送りつけ、浅はかな振る舞いをせぬよう、クギを刺しておられます」

「将軍にすれば、おもしろくはなかろう」

「まこと、頭の痛きことで。ただ将軍家が騒ぎ立てているだけならよろしゅうございますが、げんに越前の朝倉が怪しげな動きをみせておりますれば」

「それでは、大和にかかずらっているどころではないな」

弾正が舌打ちした。

「こたびは、弾正さまご自身の力で何とかなされませ。独力で筒井をお倒しになれば、信長さまのおぼえは、ますますめでたくなりましょう」

「わしは大和を取るため、いっとき信長に頭を下げたが、あやつの臣下になったおぼえはないわ」

「隙《すき》あらば、寝首を掻《か》かれるとでも？」

「そなたはいまや、信長の手先のようなものであるからのう。口が裂けても、うかつなことは言えぬわい」

一息に茶を飲み干し、弾正が警戒するような顔で言った。

「これは……」

宗久は目を細め、声もなく笑う。

「まあ、よい。どう転ぶかわからぬのが世の定めじゃ。そなたも信長に肩入れしすぎると、とんだ痛い目をみようぞ」

「心得《こころえ》ておきましょう」

「となれば、わしもいくさに本腰を入れねばならぬ。我孫子とやらでそなたが造らせている鉄砲、信長よりも先にこちらへまわせ。二百挺《ちょう》ばかり、注文しようほどに」

「出来上がったばかりの最新のものを、早速お届けいたしましょう。あとは弾正さまの腕しだいでございますな」

「口の減らぬやつめ」

弾正が口もとに凄《すご》みのある笑いを刻《きざ》んだ。

5

織田信長の関心が薄れ、真空状態となった大和国では、松永勢と筒井勢の一進一退の攻防がつづいている。

双方とも相手の城を奪ったり、奪い返されたりしているが、さりとて相手を凌《りょう》駕《が》するだけの決定的な力がない。

こうした手詰まりの状況に、左近の苛《いら》立《だ》ちもつのっている。

「決め手が欲しい」

左近は、吉野郡の竜門寺《りゅうもんじ》にいた。

滝に打たれながら現状打破の思案を練ると同時に、兄部坊ら諸方に伝手《つて》を持っている山伏たちに会い、情報を収集するためであった。

大和という周囲を峰々にかこまれた小世界の戦いといえども、もはやかつてのように、盆地の内側を見つめているだけでは済まない。

つねに天下の情勢に目を光らせ、ちょっとした動きにも、神経を研《と》ぎ澄ましておく時代になっていた。

「何かこう、胸のすくような妙手《みようしゆ》はないものか」

竜門寺の破《や》れ堂で座禅を組みながら、左近は念仏のようにつぶやいた。

かたわらにいた兄部坊が、

「おぬしの座禅は、座禅になっておらぬな。頭のなかは無心どころか、修行のさまたげになる邪念だらけじゃ」

歯茎《はぐき》を剝《む》き出して笑った。

左近はするどい目で兄部坊を睨《にら》み、

「わしにとっては、戦いに勝つことが、すなわち悟りよ。仏敵《ぶつてき》弾正の首をそなえれば、大和の諸仏もおおいにご満足なさろう」

と、にこりともせずに言った。

「あきれたやつだな」

「座禅の邪魔だ。用がないなら、出ていってもらおう」

「そう言うな。じつは、耳よりな話を聞きつけてきた」

「耳よりな話……」

「どうじゃ、聞きたいか」

「もったいぶらずに、早く言え」

「その前に、般若湯《はんにゃとう》でもやらぬか」

兄部坊が片手で酒盃をあおる仕草をした。

——一杯おごれ
ということだろう。

左近は座禅をやめ、兄部坊とともに竜門寺からほど遠からぬ杣人《そまびと》の家に座をうつした。

あるじは病《やまい》で亡くなったとかで、色白でふくよかな体つきをした後家が、一人で家を守っている。

どこがいいのか、この後家が兄部坊に惚れ、数年ほど前から夫婦同然の暮らしを送っていた。

左近は女に少なからぬ銭を渡し、酒を買ってくるよう頼んだ。

よく気の利く女で、酒と一緒にキジの肉を手に入れてきて、うまそうなキジ鍋までととのえてくれた。

自在鉤《じざいかぎ》にかかった鉄鍋の肉をつつきながら、

「どうだ、よい女房であろう」

兄部坊が台所でかいがいしく立ち働く女の後ろ姿を、ちらりと振り返った。

「うむ。おまえには、いささかもったいない」

「吐《ぬ》かすわ」

早くも目もとを赤く染めた兄部坊が、素焼きの土器《かわらけ》になみなみとそそがれた酒を一息に呑み干した。

「それよりも、さきほどの話だ」

左近は兄部坊をうながした。

「まあ、そう慌《あわ》てるな」

兄部坊は酒を立てつづけに五杯呑み、キジ鍋をたらふく食ってから、ようやく口をひらいた。

「左近。おぬし、この乱世でもっとも強い武将は誰だと思う」

「いきなり何を言う」

「よいから、答えてみよ」

「…………」

兄部坊が吐《は》き出す酒臭《くさ》い息に顔をしかめつつ、左近はしばし考えた。

「信長は群雄にさきがけて上洛を果たしたが、あれは地の利と運にめぐまれていたからだ。強さという意味では、越後《えちご》の上杉謙信《けんしん》か、あるいは甲斐《かい》の武田信玄《しんげん》か」

「まずまず、その両者が衆目《しゆうもく》の一致するところじゃな」

「それがどうした」

「武田が動くぞ」

「動くとは……」

「西上を狙っているということだ。信《しん》のおける甲賀《こうが》の薬種《やくしゆ》売りから聞いた話だ。間違いない」

兄部坊が声を低めた。

織田信長は永禄十一年に電光石火の上洛を果たしたものの、その後、将軍足利義昭との不和もあり、畿内を取り巻く敵対勢力の包囲網に苦しむようになっていた。

信長にとって予想外だったのは、妹お市を妻にしている近江小谷《おだに》城主浅井長政の離反《りはん》である。

長政は、同盟者である越前の朝倉義景を、信長が攻めたことに激怒。友好関係を断《た》ち、反織田の立場を取るようになった。

それにつづき、信長からの度《たび》重なる矢銭要求に反発した一向宗《いっこうしゅう》の総本山石山本願寺が挙兵した。

「仏敵信長を倒せッ」

と、各地の一向宗門徒に檄《げき》が飛ばされた。

さらに京から阿波《あわ》へ追い出された三好三人衆、浅井、朝倉両氏と関係の深い比叡《ひえい》山延暦寺《ざんえんりやくじ》が加わり、

——反信長同盟

が形成されつつあった。

そのあいだを取り持ち、暗躍したのは、将軍義昭にほかならない。

「それだけでは飽き足らず、義昭さまは信長の目を盗んで甲斐の武田信玄にも声をかけたそうじゃ」

「信長もいい面の皮だな」

左近は言った。

「まあ、将軍の行動は百も承知のうえで、利用価値ありと、これまでは見て見ぬふりをしてきたのであろう。しかし、甲斐の武田が動くとなれば……」

「信長はもはや、安泰《あんたい》ではない」

「そういうことじゃ」

兄部坊がうなずいた。

「どうだ。筒井家にとっては、またとない話であろう。信長が京から追い出されれ

ば、弾正もまた、大和に身の置きどころがなくなるというもの。いまのうちに、信玄に使者を送って誼《よしみ》を通じておけ。さすれば、大和一国は筒井家のものじゃぞ」

「しかし、そうおいそれと、信玄が腰を上げるものであろうか。武田の背後には、上杉も控えておる」

「世の中はわからぬものよ。酒は呑めるうちに呑んでおくことだわさ」

残った酒を、まだ意地きたなく嘗《な》めている兄部坊を横目で眺めながら、

（武田か……）

左近の心は、新しい地平に向かって動きはじめている。

6

「甲斐の武田が、西上の肚をかためたそうにございます」

島左近は主君の筒井順慶に告げた。

順慶は近ごろ、病《や》んでいる。

昨年の暮れあたりから体調がすぐれず、福住城で寝たり起きたりの暮らしをつづけていた。

この日も床《とこ》にこそついていないが、体が熱っぽいらしく、だるそうに脇息《きょうそく》にもたれかかっている。

「武田か」

順慶がかるく咳《せき》をした。

「いけませぬな。かような込み入った話は、しばしお寝《やす》みになってからにしたほうがよろしゅうございましょうか」

左近は、あるじの身を気遣った。

「構わぬ」

順慶は首を横に振り、

「少しばかり、風邪《かぜ》をこじらせただけじゃ。医師の山田順胤法眼《じゅんいんほうげん》に、咳に効く薬を処方させている。かような大事のときに、当主のわしが寝てなどいられるか」

と、強がってみせた。

「さりながら……」

「みな、わしを病人にする気か。多加《たか》までが、まるで腫《は》れ物に触るようにわしの身を気遣っておる」

「京のお方《かた》さまが」

「昨夜も、ほとんど寝ずにわしに付き添ってくれた」

口にしてから、順慶は少し面《おも》はゆそうな表情をした。

昨年の秋、順慶は将軍足利義昭のはからいで、義昭の養女分となった公家《くげ》の九条家の娘、多加姫を妻に迎えた。

むろん、順慶は僧門に入っているから、形の上では正式な妻というわけではない。しかし、実質的には順慶の正妻格で、左近ら家臣たちからは、

——京のお方さま
と呼ばれ、敬われていた。

足利義昭が順慶に好意をしめす背景には、大和で親信長派の松永弾正と対立する筒井家を、

（反信長同盟に取り込もう……）

という意図が透《す》けてみえる。

阿波の三好三人衆や、浅井、朝倉両氏ら、畿内を取り巻く反信長の諸勢力と手を組むことは、いまの筒井家にとっては望むところであり、反転攻勢の足掛かりともなるはずであった。

「左近、さきほどの話じゃ」

順慶が脇息から身を起こした。

「甲斐の武田信玄が、上洛に向けて動きだすのか」

「さよう。信長と御仲のあやしくなった将軍義昭さまが、しきりに密使を送って信玄を煽動《せんどう》しておいでとか」

「事実とすれば、心強いかぎりだ。さっそくわれらも、武田のもとへ同盟を呼びかける使者を送ろうではないか」

左近の話に、順慶は乗り気になった。

「しかし、ひとつ困ったことが」

左近とともに、あるじの前にはべっていた松倉右近が、渋面《じゅうめん》をつくってみせた。

「困ったこととは何だ」

「それが……」

口ごもる松倉右近に代わって、

「じつは、甲斐へ使いを差し向けようと内々に話をすすめていた矢先、われらに先んじて、あの男が武田に接近をはかっていることがわかったのでござる」

左近は言った。

「あの男とは？」

「弾正めにございます」

「松永弾正か」

「はい」

「弾正は、信長の上洛以来、織田家の傘下《さんか》に入っていたはずではないか。それが、なにゆえ武田に……」

「機を見るに敏《びん》な弾正のこと。昨今の世の動き、ことに武田が西上するとの風聞《ふうぶん》に、強い危機感をおぼえたのでござろう。つくづく、変わり身の早い男でござる」

左近は苦《にが》い表情で、言葉を吐き捨てた。

「しかし、それを知ったら信長が黙ってはおるまい」

「どれほど信長が怒り狂ったところで武田が上洛するまでの命、より力のあるほうになびくが得策と、見切りをつけたにちがいありませぬ」

「もともと、弾正は利によって動く男と思っていたが……。なにやら、信長が哀れになってきた」

順慶が何とも言えぬ顔をした。

左近はうなずき、

「それがし、松永弾正が大和入りしたころは、得体《えたい》の知れぬ黒雲が迫ってくるように、かの者の影を恐れたものにござる。しかし、こうして正体があらわになってみれば、心根《こころね》卑《いや》しきただの変節漢《へんせつかん》に過ぎず。しょせん、あのような男に大事は成せませぬ。弾正、恐るるに足らず」

と、顎をそらせた。

「しかし、左近。弾正が小賢《こざか》しく立ちまわっている以上、武田上洛のさいには、ふたたび筒井家は苦境に追い込まれようぞ。それとも、弾正同様、われらもいまから武田に媚《こび》を売っておくべきか」

不安をまぎらわすように、手のうちの扇を閉じたり開いたりしている松倉右近に、

「いや」

左近はきっぱりと首を横に振った。

「そのような見苦しい真似《まね》はせずともよい」

「だがのう……」

「弾正はいち早く、新しいものに飛びついた。しかし、武田はまだ上洛したわけではない。いま畿内を押さえているのは、何といっても信長よ」

「おぬし、何が言いたい」

「弾正がみずから信長のもとを離れたのだ。とすれば、今度はわれらが信長と手を組み、弾正の勢力を大和から一掃する、またとない好機ではないか」

「信長とわれらが……」

「そうだ」

「できるのか、そのような手妻《てづま》の如きわざが」

左近と松倉右近のやり取りを聞いていた順慶が、色白の頬を紅潮《こうちょう》させて身を乗り出してきた。

「離合集散《りごうしゅうさん》は、乱世の習い。やりようは、いくらでもございましょう」

左近は太く笑った。

第八章　大和守護《しゅご》

1

島左近《しまさこん》は興福寺など、大和の諸寺院のあいだを駆けめぐり、さまざまな人脈を駆使して織田家への接近をはかった。

信長という男に、たいして好意を持っているわけではない。

しかし、

（筒井《つつい》家存続のためなら、使えるものは何でも使わせてもらう……）

そのあたり、左近は淡々《たんたん》と割り切っている。

政治は、好き嫌いでは成り立たない。感情とは別の部分で、冷静に政略を定めていかなければ道をあやまることになる。

興福寺の執事と面談し、その帰りがけ、舅《しゅうと》の医師北庵《ほくあん》の住まいに立ち寄ったとき、

「婿《むこ》どのは、織田家に伝手《つて》をもとめておるそうじゃな」

奈良酒をちびりちびりと嘗《な》めながら、北庵が茶飲み話のように言った。

福住《ふくずみ》城に身を落ち着けている娘のお茶々《ちゃちゃ》が、こちらへ来て孫とともに暮らすよう声をかけているが、この頑固一徹の老人は、

「わしがおらねば、奈良町界隈《ならまちかいわい》の病人どもの面倒は誰がみる。まだまだ、隠居する歳ではないわい」

と、ゆずらない。

ただ同然で施療《せりよう》をつづけているために、相変わらずの貧乏暮らしだが、当人は意にも介《かい》さぬようすで、気楽な独り住まいを楽しんでいた。

「さようですが、それが何か」

左近は、酒は呑まず、町で買いもとめてきた草餅を頬ばった。ほとんど食うや食わずで奔走《ほんそう》しているために、腹が減っている。

「して、手蔓《てづる》は見つかったか」

「いや、それが……」

と、左近は顔をくもらせた。

織田家そのものが、最近になって畿内《きない》に乗り込んできただけに、古い寺々が多い大和の僧侶たちのなかには、信長の知遇《ちぐう》を得ている者が少ない。

「そのようすでは、思わしくないようじゃな」

「残念ながら」

「わしに一人、これはと思う心当たりの男がおる」

北庵が欠けた山茶碗《やまぢゃわん》に、手酌《てじゃく》で酒をそそいだ。

「まことですか」

「うむ」

「何という者でございます」

「明智光秀」

「明智……」

「もとは将軍足利義昭《よしあき》さまの側近《そっきん》でな。使いとして岐阜城とのあいだを行き来するうちに織田さまの信任を得て、いまは織田家の家臣同然の存在となっておる」

その男の名なら、左近も聞いたことがある。

流浪《るろう》時代の足利義昭に仕《つか》え、上洛《じょうらく》の機会をうかがっていた織田信長との仲を結び付ける役目を果たしたのは、ほかならぬ明智光秀であった。

上洛後、義昭と信長の関係が冷えていくなかで、光秀はしだいに織田家寄りに足場を移しはじめ、将軍とは疎遠になってきているという。

「織田さまは、門地《もんち》、身分にかかわらず、才のある者はどしどし登用する御仁《ごじん》のようじゃ。明智どのも、古い因習に凝《こ》り固まった将軍家より、清新な風の吹く織田家におのが未来を見いだしているのであろう」

「しかし、義父上《ちちうえ》はなにゆえ、そのような男をご存じなのです」

左近は旺盛《おうせい》な食欲で、五個めの餅を平《たい》らげてから言った。

「足利将軍家の御典医《ごてんい》、竹田定加《じょうか》は古くからの知り合いでの。いつぞや、京へ竹田定加をたずねたおり、ちょうど居合わせた明智どのに引き合わされた」

「さようでしたか」

「織田さまが見込んだだけあって、なかなかの器量人《きりょうじん》ぞ。しかも、和漢の教養があり、御仏《みほとけ》への尊崇《そんすう》の念も篤《あつ》い」

「ほう……」

「ついでのおりに、松永弾正《だんじょう》に圧迫された筒井順慶《じゅんけい》さまのことを話したことがあるが、たいそう同情的な口ぶりであった。弾正は前《さきの》将軍義輝《よしてる》さまを弑《しい》し、大仏炎上のきっかけを作った大罪人。つつしみ深い男ゆえ、あからさまには口にせなんだが、あのぶんでは、弾正のことを嫌《きろ》うておるな」

北庵が酒で唇《くちびる》をしめらせた。

「どうじゃ。その気なら、竹田定加に仲立ちを頼んでやってもよいぞ」

「ぜひとも、お願い申し上げます。話が決まり次第こちらから出向き、筒井にお味方していただけるよう直談判《じかだんぱん》してまいります」

左近はいまにも腰を上げそうな勢いで言った。

「おいおい」

と、北庵は左近を制し、

「そのように勇《いさ》み立つな。いくさに行くわけではなかろう。たまには、そなたも一杯呑んでゆけ」

よい機嫌で山茶碗を差し出した。

「いや、順慶さまがあるべき場所におもどりになるまでは」

「酒は断《た》つか」

「人の心に、酒は思わぬ隙《すき》を生じさせるものなれば」

「根っからのいくさ人よのう、そなたは……。そこがまた、わしがそなたに男惚《おとこぼ》れするところじゃが」

北庵が口もとに微笑を含んで、好《この》もしげに婿を見た。

明智光秀と左近の会見の段取りがついたのは、それから半月ほどのち、元亀《げんき》二年（一五七一）三月のことである。

場所は筒井家とゆかりの深い、奈良興福寺の書院。

広い池のある庭では、ちょうど枝垂《しだ》れ桜が満開になっていた。

「島左近清興《きよおき》と申します」

左近はみずから名乗りを上げた。

正面に、鶯《うぐいす》色の肩衣袴《かたぎぬばかま》をぴしりと折り目正しく身に着けた男が、背筋を伸ばして座している。

「それがし、明智十兵衛《じゅうべえ》光秀と申す。以後、見知りおかれよ」

一度聞いたら忘れられない、印象的な底響きのする声で男が言った。

このとき、明智光秀三十八歳。

三十二歳になった左近よりも、六つ年上である。

（苦労人……）

と聞いている。

2

明智光秀は美濃《みの》の出である。美濃国守護土岐《とき》氏の一族明智家の流れを汲《く》み、幼少のころから禅寺で学問をまなんだ教養人であった。

しかし、実家の明智家は斎藤道三《どうさん》とその子義龍《よしたつ》の争いのさい、道三方に付いたために美濃放逐《ほうちく》の憂《う》き目に遭《あ》い、光秀もまた諸国流浪の辛酸《しんさん》を嘗めた。

やがて、足軽衆《あしがるしゅう》として仕えた将軍足利義輝が松永弾正らに弑されたのち、奈良一乗院《いちじょういん》にいた義輝の弟覚慶《かくけい》(義昭)のかつぎ出しに奔走《ほんそう》。還俗《げんぞく》した義昭と織田信長とのあいだを取り持ち、信長上洛後、その信任を得て、

——いまは織田家の家臣同然の存在となっておる。

と、左近は舅の北庵から話を聞かされていた。

苦労を重ねているせいか、物腰が控えめで、口ぶりもおだやかである。それでいて、凜《りん》と伸ばした背筋に矜持《きょうじ》がかいま見えるのは、名門明智家の出という強い意

識のゆえであろう。

「筒井どのは、たいそう難儀しておられるようだな」

明智光秀の口調には、最初から好意的な響きがあった。

当然といえば、当然であろう。

筒井家の最大の敵である松永弾正は、光秀の旧主義輝を非業《ひごう》の死に追いやった張本人でもある。むろん、その後、弾正が織田軍団の一員となったため、おもて立って感情をあらわすことはできないが、胸のうちには複雑な思いが流れているにちがいない。

その弾正と長年にわたり、大和の覇権を争っている筒井家は、光秀から見れば、共通の敵をもつ同朋《どうほう》でもあった。

「松永弾正は信用すべからざる男にござる」

左近は言った。

「四囲《しい》を敵にかこまれた織田さまの苦境に乗じ、彼奴《きやつ》めが甲斐《かい》の武田信玄《しんげん》とひそかに通じておること、ご家中のお歴々はご存じでござろうか」

「そのような話も、たしかに耳に届いておる」

光秀は言い、庭の枝垂れ桜のほうにふと視線をやった。

「見事な桜じゃな」

「この興福寺では、鎌倉将軍源頼朝公が大仏落慶《らっけい》供養で奈良へ立ち寄ったおり、みずから手植えしたものと伝わっておるようにござる」

「ほう、鎌倉どのが」

光秀が目を細めた。

「奈良の大仏は源平の騒乱で兵火にかかり、そしていままた、松永弾正と三好三人衆の争いで焼け落ちた。つくづく、人は愚かしきものよ。それに引きかえ、花は……」

「無心に、ただそこに咲いておりまするな」

「その無心こそが美しい」

「まことに」

左近は、明智光秀と目を見合わせて深くうなずいた。

「じつは本日こちらへお越しいただいたのは、明智どのにぜひとも頼み入りたき儀があったからでござる」

「わしに頼み？」

「このとおりにござる」

左近は板敷にがばりと両手をつき、身を折るようにして深々と頭を下げた。

「わがあるじ順慶がため、織田さまへの取り次ぎの労をとってはいただけますまいか」

「筒井どのを上様《うえさま》に引き合わせよと、さように申されるか」

「いかにも」

左近は必死の形相《ぎょうそう》で、光秀を食い入るように見た。

「筒井どのは、上様と敵対しておるのではなかったか」

「それは松永弾正がいち早く織田陣営に参じたゆえ、やむなく敵にまわったまでのこと。織田さまご自身には、毛筋《けすじ》一本ほどの恨《うら》みもなし。むしろ、弾正が織田さまに害意を抱《いだ》き、武田信玄に加担するとなれば、われらはすすんで織田軍の先鋒《せんぽう》をつとめる所存にござります」

左近は熱弁をふるった。

なにしろ、主家の存亡がかかっている。あるじ順慶を守るためなら、左近は地獄の業火《ごうか》のなかへでも喜んで飛び込む覚悟を決めている。

「明智どの、なにとぞ……。わが命に代えて、願いたてまつる」

「手をおあげ下され」

頭《こうべ》を垂れつづけている左近の上に、物静かな光秀の声が返ってきた。

「貴殿《きでん》は、あの桜と同じじゃな」

「は……」

と、左近はわずかに身を起こした。

「桜と同じとは？」

「無心よ、無心」

「………」

「あるじを思う貴殿の姿、そこにはいささかの我欲《がよく》、私心もなきようにお見受け申した」

光秀が微笑した。

「よろしかろう。上様に仲介の労をとって進ぜよう」

「明智どの……」

左近の肩から、はじめて力が抜けた。

「あ、ありがたき幸せ」

「どうやらわしは、貴殿のことが好きになったようだ。今後とも、ゆくすえ永く厚《こう》誼《ぎ》を結びたい」

「過分なお言葉にござる」

「ただし」

と、光秀は眉《まゆ》をひそめた。

「上様はなかなかに難しきお方。じゅうぶんに心しておかれるとよい」

「存じております」

左近は言った。

「以前、一度だけお目にかかったことがございますれば」

「そうか、会ったことがあるのか」

「はい」

左近の脳裡《のうり》を、尾張小牧山城《おわりこまきやま》で対面した信長の癇性《かんしょう》の強そうな白皙《はくせき》の顔がよぎった。

そのときの強烈な印象は、左近の記憶に深く刻《きざ》まれている。

もっとも、信長のほうは、やむを得ぬ事情から今井宗久《そうきゅう》の傭兵頭《ようへいがしら》をつとめていた左近のことなど、記憶のはしにもとどめていまい。

「ならば、余計なことは申すまいが、くれぐれも上様に対する口のききようにはご注意なされよ」

「ご忠告、いたみ入ります」

左近はもう一度、頭を下げた。

明智光秀との会談は、上々の首尾であった。

光秀は筒井家側の意向を信長の耳に入れ、松永弾正の動静に疑いを抱きはじめていた信長も、

「筒井の坊主のほうが、憎体《にくてい》な弾正よりもよほど役に立ちそうじゃ」

と、明智光秀に取り次ぎ役をまかせた。

3

明智光秀を介し、織田軍の傘下《さんか》に入った筒井順慶は、

「松永を攻めるには、いまをおいてほかになしッ！」

として、一気に松永弾正への反転攻勢を本格化させた。

七月になり、弾正の息子久通《ひさみち》が守る多聞山《たもんやま》城を攻めるべく、順慶は一族の井戸良弘《よしひろ》に命じて添上《そえかみ》郡辰市《たついち》村に城を築かせた。

――辰市城

である。

周囲に二重の深い水濠《みずぼり》を掘って土塁《どるい》を掻《か》き上げ、北側に二つの角櫓《すみやぐら》をもうけた堅固な城塞である。

辰市城から多聞山城へは、北東へ一里《り》（約四キロ）あまり。

松永方にとっては、喉首《のどくび》に刃物を突きつけられたようなものである。

「さて、弾正めはどう出ますかな」

紺糸威《こんいとおどし》の具足《ぐそく》に身をかためた島左近は、辰市城の角櫓から多聞山城の方角を睨《にら》んだ。

「弾正のことじゃ。遠からず、多聞山城の息子久通としめし合わせて、信貴山《しぎさん》城から軍勢を繰り出してくるにちがいあるまい」

井戸良弘が形のいい口髭《くちひげ》を撫《な》でながら言った。

左近はうなずく。

「まずは、それがしと井戸どのが弾正、久通の軍勢を迎え撃ち、退却すると見せかけて、辰市城へ引き入れるというのはいかがでござる」

「敵を城へ入れるのか」

「さよう。むろん、本曲輪《ほんぐるわ》はゆずらず、二ノ曲輪まででで食い止めまする」

「して？」

「敵が本曲輪を落とそうとやっきになっている隙に、椿尾上城《つばおかみ》におわす順慶さま、松倉右近《うこん》どのの軍勢に、敵の背後をついていただく。さすれば、松永勢は大混乱におちいりましょう」

「おぬし、策士だな」

井戸良弘があらためて見直すような目つきで、めっきりたくましさを増した左近の野太い顔を見た。

松永方が辰市城に攻め寄せてきたのは、八月四日のことである。

信貴山城を発した松永弾正、これに三好義継《よしつぐ》の軍勢が加わり、さらに多聞山城から押し出してきた弾正の息子久通の軍勢が大安寺《だいあんじ》で合流。あわせて七千の松永勢が、井戸良弘、島左近の守る辰市城に迫った。

「おう、柳生《やぎゅう》もおるな」

角櫓に仁王立ちした左近は、敵の旗指物《はたさしもの》の群れのなかに柳生家の軍旗をみとめてつぶやいた。

柳生宗厳《むねよし》は松永勢の先鋒として、長男新次郎厳勝《しんじろうよしかつ》とともに攻め手に加わっている。

七千の敵に対し、辰市城に籠《こ》もる軍勢は千五百にも満たなかった。

だが、左近に恐れはない。

「来るなら来てみよ。わしが相手をしてやるわ」

左近は握りしめた槍《やり》の石突《いしづき》で、足元の床をどんとたたいた。

松永勢の総攻撃がはじまった。

水濠に板を渡した即席の橋がかけられ、兵たちが喊声《かんせい》を上げながら押し寄せてくる。

弾正自慢の鉄砲が火を噴き、塀が引き倒され、たちまち二ノ曲輪が占拠された。

と、ここまでは、左近の計算どおりである。

(そろそろ、後詰《ごづ》めの軍勢に向けて狼煙《のろし》を打ち上げねばな……)

昨夜のうちに、左近は連絡役の兄部坊《このこんぼう》を、椿尾上城にいる主君順慶のもとへ走らせてある。

かねてよりの手筈《てはず》どおり、順慶は夜陰《やいん》にまぎれて椿尾上城から郡山《こおりやま》城へ移り、左近からの合図の狼煙をいまや遅しと待っているはずであった。

「狼煙を上げよッ！」

左近は、後ろに控えていた近習《きんじゅう》に命じた。

「はッ」

近習が角櫓から駆け下りた。

三発の狼煙が、立てつづけに打ち上げられた。

その煙は、辰市城から南西へ半里（約二キロ）離れたところにある郡山城からもよく見えた。

「狼煙が上がりましたぞ」

物見の兵から知らせを受けた松倉右近が、主君順慶に報告した。

「よし、われらも出陣じゃ」

法衣《ほうえ》の上に甲冑《かっちゅう》をまとった筒井順慶が、床几《しょうぎ》から立ち上がった。

筒井勢には、

福住順弘《じゅんこう》

山田道安《どうあん》

ら一門衆のほか、先年松永方に鞍替《くらが》えした中道秀も、ふたたび弾正を見かぎって加わっている。順慶が信長の支援を取りつけたことで、

──筒井に利あり。

と、踏んだのであろう。

こうした帰順者が続出したことにより、順慶の軍勢はあわせて八千に膨《ふく》らんだ。

この筒井方の動きに、松永弾正は意表をつかれた。

「なにッ！　背後から、筒井の小わっぱが攻め寄せてくるだと」

弾正は目を剝《む》いた。

「おのれ、小癪《こしゃく》な……」

「いかがなされます、父上ッ」

息子の久通が、度を失ったように顔色を青ざめさせた。

「落ち着けいッ！」

弾正が一喝《いっかつ》したとき、辰市城の本曲輪のほうから、

——わーッ！

と、鬨《とき》の声が上がった。

松永方の背後を襲う順慶の軍勢と呼応し、本曲輪の城門を開いて、左近、井戸良弘の軍勢が打って出たのである。

弾正の軍勢は、城方と後詰めの筒井勢、二方向の敵に挟み撃ちされる格好になった。

「それッ！　行け、行けーッ！」

馬にまたがり、大身《おおみ》の槍を脇にたばさんだ左近は、味方の先頭に立ち、浮足立つ松永勢に向かって突っ込んだ。

激戦となった。

松永方も応戦するが、さきほどまでとは打って変わって、完全に受けにまわっている。

左近は鬼神《きしん》の如《ごと》く槍を振りまわした。

大和国を蹂躙《じゆうりん》した松永弾正に対しては、積年の恨みがある。

「一兵残らず、松永の兵を大和から追い払えッ。ここは、仏敵《ぶってき》弾正の安住できる土地でないぞッ！」

顔をゆがめ、腹の底から大音声《だいおんじよう》を発する左近の凄《すさ》まじい気迫に、敵は逃げるように後退していき、やがて側に近寄る者さえなくなった。

この、

——辰市城の戦い

は、筒井方の大勝利におわった。

松永方では、弾正の甥《おい》の左馬進《さまのしん》と孫四郎が討ち死に。そのほか、河那辺伊豆守《かわなべいずのかみ》、松岡左近、渡辺兵衛尉《ひようえのじよう》ら将兵五百近くが討たれ、負傷者は五百にのぼった。

撤退のさいに、しんがりをつとめた柳生宗厳の息子新次郎厳勝も足に深手《ふかで》を負い、以後、戦場へ出ることができず、柳生谷で不遇な一生を送ることを余儀なくされている。

筒井順慶は、敵の首級二百四十を織田信長のもとに送り、いくさの勝利を報告。松永方が捨て去った筒井城に入城した。

4

辰市城の戦いでの敗戦によって、松永弾正は苦境におちいった。

筒井城を奪われた弾正は、結果として、息子久通の拠《よ》る多聞山城、みずからの本拠である信貴山城のあいだの連絡を遮断される事態となったのだ。

落ち目になった弾正を見かぎり、人心も離れはじめている。

これまで弾正のもとに親しく出入りしていた堺《さかい》商人の今井宗久も、めっきり信貴山城から足が遠ざかり、代わって筒井城に返り咲いた筒井順慶のもとへ、これまでの行きがかりなど何もなかったような顔で、しきりに機嫌うかがいに出向くようになっていた。

「しょせん、あやつは商人《あきゅうど》にすぎぬな」

秘蔵の平蜘蛛《ひらぐも》の茶釜で湯を沸かし、弾正はみずから点《た》てた茶を、酒をあおるように喉をそらせて呑み干した。

苛立《いらだ》っている。

胃の腑《ふ》がきりきり痛むような怒りと焦燥《しょうそう》が、秘蔵の茶道具を愛《め》でているときだけ、わずかに鎮《しず》まるようである。

「いかがなされます」

家臣の柳生宗厳が、切れのするどい目を弾正に向けた。

辰市城の戦いでは、この男も多くのものを失った。足に深手を負った嫡男《ちゃくなん》の新次郎厳勝は、いまだ柳生谷で生死の境をさまよっている。

「信長は比叡山《ひえいざん》を焼き討ちしおった。われらが大仏を炎上させたより、よほど天をも恐れぬ所業《しょぎょう》じゃ」

「しかし、それによって、織田さまは包囲網を突破する活路を開きましたな」

「うむ……」

織田信長が、鎮護《ちんご》国家の道場比叡山延暦寺《えんりゃくじ》を焼き討ちしたのは、この年、元亀二年九月十二日のことである。

比叡山延暦寺は宗教勢力ではあるが、同時に僧兵という軍事力を有し、浅井《あざい》、朝倉、石山本願寺とともに、信長包囲網の一角をしめていた。また、比叡山の僧侶のなかには、副業として金貸しをいとなむ者が多く、その豊富な資金は浅井、朝倉両氏に貸し付けられ、彼らの軍事行動をささえる矢銭《やせん》となっていたのである。

信長は、その比叡山を焼き払った。

まさしく天をも恐れぬ所業だが、比叡山を潰《つぶ》したことにより、信長は四面楚歌《しめんそか》の苦境から脱するきっかけを、みずからの手でつかみ取ったと言っていい。

「ここは筒井に頭を下げ、信長の前で猫をかぶっておくが利口《りこう》か」

平蜘蛛の茶釜から立ちのぼる白い湯気を見つめながら、弾正は込み上げる悔《くや》しさを押し殺し、目の前の現実に対処すべく気持ちを切り替えた。実利的な畿内の武将ならではの、変わり身の早さである。

「誰やらに仲立ちを頼まねばならぬな」

「明智光秀どのはいかがでございます」

「おう、明智か」

弾正はえらの張った顎《あご》を撫でた。

明智光秀は比叡山攻めの功で近江《おうみ》坂本城主となり、京、近江、大和など、京畿《けいき》全般の政務を管掌《かんしょう》する存在となっている。

その光秀が間に立つとなれば、筒井側としても和議を受け入れざるを得ない。

「そのほう、さっそく坂本へ使者に立て」

「はッ」

柳生宗厳が頭を下げた。


十一月一日——。

筒井順慶は明智光秀の仲介により、長年の宿敵であった松永弾正と和を結んだ。

家老《かろう》の島左近はこの和睦《わぼく》に反対であったが、あるじの順慶自身が、

「長らくつづいた戦乱で、この大和は疲弊《ひへい》しておる。弾正は信ずるに足りぬ男だが、いまは民《たみ》のため、宿怨《しゅくえん》はひとまず措《お》いて和議を受け入れるべきであろう」

として、めずらしく左近の進言をしりぞけた。

筒井、松永の和睦により、仏の国大和に久方ぶりの平穏がおとずれた。

十一月のおわりには、恒例《こうれい》の行事である春日《かすが》社若宮の若宮祭がとどこおりなく執《と》り行われ、流鏑馬《やぶさめ》や、大和四座《しざ》による薪能《たきぎのう》も奉納された。

主君順慶、朋輩《ほうばい》の松倉右近らとともに、社殿にしつらえられた桟敷《さじき》席から太夫《たゆう》の

舞を眺めながら、

（気を抜いてはなるまいぞ。このまま、おとなしく引き下がる弾正ではない……）

左近の心は、すでに次の戦いへ向けられていた。


翌元亀三年（一五七二）、筒井順慶は養子を迎えた。

叔父にあたる慈明寺《じみょうじ》順国《じゅんこく》の子、四郎定次《しろうさだつぐ》である。

当年とって十一歳。

順慶には正室の多加姫のほか、布施《ふせ》春行の娘など、何人かの側室がいたが、生来の病弱のゆえか、まったく子ができる気配がない。

「わしにもしものことがあれば、大和はふたたび戦火に巻き込まれるであろう」

順慶は先々を考え、これも左近や松倉右近にほとんど相談することなく、早めの養子縁組を決めた。

「右近。近ごろの順慶さまを、どのように思う」

若いころから順慶一途《いちず》に仕えてきた左近には、一抹《いちまつ》の淋しさがある。

「養子縁組のことか」

「うむ」

「ご自身でお決めになられたことだ。いまさらわしらが意見を申し上げても、仕方なかろう」

松倉右近が言った。

「しかし、ご病弱とはいえ、順慶さまはまだお若い。これから世継ぎの男子がお生まれになるということもある」

「そのときは、そのとき。おいおい、考えてまいればよいではないか」

筒井家の将来を案ずる左近にくらべ、松倉右近はどこまでも楽天的であった。

5

大和の平和が破られる時は、思いのほか早くやってきた。

いっときは鳴りをひそめていた松永弾正が、ふたたび反信長の動きをあらわにしはじめたのである。

信長の姪《めい》を妻にしている河内《かわち》半国の守護畠山昭高《はたけやまあきたか》を、守護代遊佐信教《しゅごだいゆさのぶのり》が攻めると、弾正はこれに手を貸し、昭高を死にいたらしめた。公然と、信長に叛旗《はんき》をひるがえしたと言っていい。

弾正の行動の背景には、甲斐の武田信玄がいよいよ上洛の準備を本格化させ、石山本願寺、越前《えちぜん》の朝倉義景《よしかげ》、近江の浅井長政《ながまさ》と連携《れんけい》して、信長との対決姿勢を鮮明にするという情勢の変化があった。

（この日を待っておったわ……）

弾正は、片頬をゆがめてほくそ笑《え》んだ。

（わしはあの男が嫌いじゃ）

信長の上洛以来、弾正は便宜《べんぎ》上、その傘下に加わってきたが、本音を言えば、人を人とも思わず、すべてのものを上から支配しようとする信長に、生理的な嫌悪を抱いている。

ある意味、信長と弾正はよく似ている。

領土拡大のためなら殺戮《さつりく》もいとわず、何よりも欲望に忠実であるという梟雄《きようゆう》の資格を身にそなえている。

しかし、ただ一点、大きく異なっているのは、弾正は上方《かみがた》の水で洗われた都会型の武将で、信長はそもそもが尾張の田舎《いなか》大名ということだった。

それでも、信長が畿内で勢威を誇っているうちは、弾正もその田舎者に顎で使われることを我慢してきた。

だが、戦国最強とうたわれる武田信玄が、軍団をひきいて西上の途《と》につくとなれば話は違う。

（信長など、ひとたまりもあるまいて。早いうちに武田と手を結んでおくのが利口というものよ……）

機を見るに敏《びん》な松永弾正は、そう判断したのである。

むろん、弾正の裏切りを知った信長は激怒した。

「弾正め、もはや許さぬッ！」

額《ひたい》に青筋を立て、唇を震わせた。

だが、現実問題として、信長自身は近江小谷城の浅井攻めに忙殺《ぼうさつ》されており、大和へ向かうことができない。

そこで信長は、

「筒井の坊主に、松永を討たせよ」

明智光秀を通じ、筒井順慶に松永弾正討伐を命じた。

織田軍団の組織では、筒井氏は明智光秀の寄騎《よりき》に組み込まれており、その指揮のもと軍事行動を起こすきまりとなっていた。

命令を受けた順慶は、島左近、松倉右近をはじめとする八千の手勢をひきい、弾正の息子久通の拠《よ》る多聞山城へ迫った。

筒井勢は、東大寺南大門に布陣。

信長が派遣した佐久間信盛《のぶもり》、柴田勝家《かついえ》らの応援部隊二万が、多聞山城の北側に展開した。

城に籠もる松永久通の軍勢は、わずかに五千。

信貴山城の父弾正は、

（武田が西上するまでは……）

と、貝の殼《から》に閉じ籠もったように後詰めに出てくる気配をみせない。

これには松永久通も音《ね》を上げ、

「父の存念は知らず。この久通は、織田さまに反抗する気は毛筋ほどもござらぬ。あかしに金子《きんす》を差し出しますゆえ、なにとぞご容赦《ようしゃ》下され」

と、織田方の陣に使者を送って、金五十枚を献上した。久通もまた、意地を張りとおすより、実利に敏感な都会型の武将である。

これを聞いた信長は、

「父を見捨て、金で命を買うか。それもまたよし」

と松永久通を赦《ゆる》し、和議を結んで多聞山城の包囲を解いた。

いまの信長は、何と言っても近江浅井氏を討つことが第一の目標で、松永勢の蠢動《しゅんどう》にいつまでもかかずらっているほどの余裕はない。

その信長にとって、大和国で松永弾正と対立をつづける筒井氏の存在は、

（弾正の頭を押さえつけるのに、またとなき道具よ……）

目の前の戦いに専念するうえで、重宝《ちょうほう》このうえなかった。

しかし、松永弾正も抜け目がない。

多聞山城を囲んでいた二万の織田勢が大和から引き揚げていくと、信貴山城から平野部に押し出し、刈田狼藉《かりたろうぜき》をおこなって兵糧《ひょうろう》の確保につとめた。

「弾正も、なかなかにしぶとい。ああやって、信貴山城で時を稼ぎ、畿内の情勢が変化するのを待つつもりじゃな」

松倉右近が言った。

「こうなったら根《こん》くらべよ」

と、左近もうなずく。

「松永と筒井のわが殿。どちらが大和の正しい支配者か、いずれ決着がつこう」

左近は吐《は》き捨てるように言った。

その左近のもとへ、衝撃的な知らせが届いたのは、十月中旬。大和の空が青く、

高く澄みわたり、柿の実があかあかと色づくころのことである。

真っ先に知らせをもたらしたのは、内山永久寺《うちやまえいきゅうじ》の山伏《やまぶし》兄部坊だった。

「おい、えらいことになったぞ」

泥まみれのわらじを脱ぐ間ももどかしく、兄部坊が筒井城三ノ丸の左近の屋敷に飛び込んできた。

「どうした。近ごろ、しばらく姿を見かけなかったが」

赤銅《しゃくどう》色に日焼けした兄部坊の顔を、左近はいぶかしげに見た。

「東国へ行っていた」

「東国……」

「いよいよ武田信玄が動きだしたぞ」

「なにッ！」

左近は思わず身を乗り出した。

「それはまことか」

「おうさ」

兄部坊はうなずき、

「去る十月三日、信玄は二万五千の本隊をひきいて甲斐府中《ふちゅう》を発した。そのほか、山県三郎兵衛《やまがたさぶろうびょうえ》ひきいる別働隊は、信州伊那谷《しんしゅういなだに》から奥三河《おくみかわ》へすすんだ。秋山信友《のぶとも》の軍勢も、東美濃へ侵入しておる。たちまち、天下がひっくり返るぞ」

「信長は、武田をどのように迎え撃つつもりか……」

戦いのゆくえは、大和の左近らにとっても、けっして無縁ではない。

6

武田軍の動きは、大和筒井城にいる島左近のもとへも刻々ともたらされてくる。

青崩峠《あおくずれとうげ》を越え、遠江《とおとうみ》へ進軍した武田信玄は二俣城《ふたまた》に迫り、激戦のすえ、これを陥落《かんらく》させた。

二俣城から、織田家の同盟者である徳川家康の拠る浜松城までは、四里（約十六キロ）しか離れていない。

家康の形勢不利と見た遠江の地侍《じざむらい》たちは、我も我もと武田方へ離反《りはん》。寝返った者の人数は、遠江の地侍ぜんたいの、じつに七割を超えた。

この緊急事態に、信長も近江小谷城攻めを中止。岐阜へ取って返し、武田を迎え撃つ準備を慌《あわただ》しく開始した。

「これは苦しい戦いになるな」

囲炉裏端《いろりばた》で諜者《ちようじや》からの報告を聞き、左近は低くつぶやいた。

二万五千の武田軍に対し、浜松城の徳川勢は、信長から派遣された佐久間信盛らの援軍をあわせても、わずかに一万あまり。死力を尽くした籠城《ろうじよう》戦が展開されることが予想された。

ところが──。

意外なことに、信玄は家康が満を持《じ》して待ち受ける浜松城を素通りし、そのまま西へ軍勢をすすめた。

後年、左近の前に立ちはだかる老獪《ろうかい》な敵となる家康だが、このときは三十一歳と、まだ十分に若い。

カッと頭に血がのぼり、

「このまま武田勢を素通りさせては、武門の名折れとなろう。城門を開けいッ！信玄を追うぞ」

と、兵一万とともに浜松城を出撃。武田勢が展開する城の北方の三方ヶ原《みかたがはら》へ打って出た。

だが、それこそが信玄の思う壺であった。

浜松城を通過すると見せかけ、家康を三方ヶ原へ誘い出した武田信玄は、にわかに方向を転じ、徳川勢に正面から襲いかかったのである。

世にいう、

――三方ヶ原の合戦

は、わずか一刻《いっとき》（二時間）で決着がついた。

得意の野戦で騎馬軍団の機動力を最大限に発揮した武田軍の前に、徳川勢は大敗を喫《きっ》した。一千余人の戦死者を出し、大将の家康自身は命からがら浜松城へ逃げもどっている。

信玄は敗走した家康の籠もる浜松城を包囲することなく、さらに西進をつづけて越年。明けて元亀《げんき》四年（一五七三）の正月になると、三河の野田《のだ》城を包囲し、一月《ひとつき》の攻防戦ののち、これを陥落させた。

信玄の足音が、ひたひたと畿内へ近づいている。

「いかん……。これはいかんぞ、左近」

松倉右近が顔面を蒼白《そうはく》にして言った。

「いまのうちに、何か手を打っておかずばなるまい」

「どのような手だ」

板床にあぐらをかいて、左近は干し柿をかじっている。

「それは……」

「松永弾正の如く、信玄に誼《よしみ》を通じるか。それとも、大和国内の諸神仏に願かけでもやっておくか」

「願かけはともかく、武田方に使者の一人も送っておいたほうがよいのではなかろうか。そもそも、われらは織田家の譜代《ふだい》の臣ではない。信長に義理立てする理由など、どこにあろう」

「わしも、取り立てて信長に肩入れしているわけではない」

左近は、城の坪庭の石灯籠《いしどうろう》に視線を投げ、

「だが、あの男には、もって生まれた運というものがある」

干し柿を奥歯で嚙《か》みしだきながら言った。

「運……」

「天運、いや悪運と言ったほうがよいかな。駿河《するが》今川家の大軍を迎え撃った桶狭間のいくさのときも、運は信長に味方した」

「だから今度も、信長はこの危機を乗り切ると申すか」

「わからぬ」

左近は首を横に振った。

「わからぬが、こたびばかりはあの男の運に賭けてみたい」

「背筋のうすら寒くなるような博打《ばくち》じゃな」

松倉右近が生唾《なまつば》を呑《の》み込んだ。

「博打のできぬ者の前に、道はひらけぬわ」

「となると、われらは黙って成り行きを見守るしかないのう」

「おまえも食え、右近。うまい干し柿だぞ」

苔《こけ》むした坪庭に、季節はずれの春の雪が舞い落ちはじめている。

左近の賭けは、思わぬ形で、

――吉《きち》
と出た。

野田城を落としたあと、勢いに乗って尾張へ攻め込むかと思われた武田信玄が、突如、軍勢を信濃《しなの》へ引き揚げはじめたのである。

この武田軍の異様な行動を、誰もが不審に思った。並々ならぬ決意のもとに上洛戦を開始した信玄が、道なかばで引き返すとはあり得ぬことである。

じつはこのとき、信玄は病《やまい》に倒れ、馬に乗ることさえできぬ重病人になっていた。

――御大将《おんたいしょう》信玄公、俄《にわ》かに御悩の事あって、攻城を巻きほぐし、御帰陣なり。

と、『熊谷家伝記』にはしるされている。

信玄の病は膈病《かくびょう》であったという。膈病すなわち、現代で言うところの胃癌《いがん》である。戦国最強の騎馬軍団を組織し、甲斐の虎と恐れられた一代の英雄も、ついに病には勝てなかった。

四月十二日、武田信玄は故郷甲斐の土を踏むことなく、信濃駒場《こまんば》の地で没した。

信玄は死の床《とこ》で、

「わが死を三年のあいだ秘せ」

と遺言し、武田の家臣たちも必死に事実を隠そうとしたが、

――信玄死す。

の風聞《ふうぶん》は、たちまち諸国に広まった。

ともあれ、織田信長は存亡の危機を脱したことになる。

「信長という男、おぬしの申していたとおり、たいした強運の持ち主であったのう」

松倉右近がため息まじりに言った。

「うかつに、武田に近づかぬで幸い。さもなくば……」

「あの信長のこと、苛烈《かれつ》な報復が待っていよう」

大和の山並みを見つめる左近の脳裡《のうり》には、武田という大きな頼みの綱を失った松永弾正の面影《おもかげ》が浮かんでいた。

7

武田軍が撤退をはじめるや、織田信長は疾風《しっぷう》の如く京へのぼり、洛東《らくとう》の知恩院《ちおんいん》に本陣をおいて、

粟田口《あわたぐち》

清水《きよみず》

六波羅《ろくはら》

鳥羽《とば》

などに兵を配置。京の町を隙間《すきま》なく囲んだ。

この事態の急転に青ざめたのは、二条御所にいた将軍足利義昭である。

義昭は浅井、朝倉、石山本願寺をはじめ、生前の武田信玄などに、蜂起《ほうき》をうながす密書をしきりに送り、信長包囲網の形成を煽動《せんどう》した陰の立役者であった。

信長は早い段階からその事実に気づいていたが、義昭にまだ利用価値があると考え、あえて京から追い出さずにいた。

しかし、今度ばかりは、

「容赦せぬッ」

と、信長は上京《かみぎょう》の街を焼き払い、二条御所へ攻め寄せた。

窮《きゅう》した義昭は、朝廷に仲立ちを依頼し、信長に全面降伏して御所を明け渡した。三月《みつき》後、宇治《うじ》の槇島《まきしま》城において再起の兵を挙げたものの、ふたたび信長に敗れて京を追放される。

ここに、室町幕府は滅んだ。

その後、いったん岐阜へもどった信長は、休む間もなく近江浅井攻めの軍勢を催している。

小谷城の浅井長政は、同盟者である越前の朝倉義景に来援を要請。義景は近江に二万の軍勢を繰り出したが、迎え撃つ織田勢に撃破され、本国へ敗走した。

信玄の死により、信長包囲網は崩壊している。

もはや、信長に恐れるものは何もない。

逃げる敵を追撃し、織田軍は朝倉氏の本拠、一乗谷《いちじょうだに》に迫った。義景は一乗谷を捨てて大野郡の山田庄賢松寺《けんしょうじ》に至り、八月二十日、同所で自刃《じじん》して果てた。

すぐさま越前から近江へ取って返した信長は、小谷城を総攻め。浅井長政は城と運命をともにした。

畿内を中心とする地域の勢力図が織田一色に塗り替えられるなか、ただ一人、孤立している男がいる。

大和多聞山城の松永弾正久秀《ひさひで》である。

意外にも、弾正は落ち着いている。

というより、おのれを取り巻く運命のあまりの激変に、かえって開き直ってしまったのかもしれない。

「宗久よ」

と、弾正は、部屋の隅に黒い十徳《じっとく》を着て影絵のようにすわる、堺商人の今井宗久を見た。

「どうやらわしは、賭けに負けたようじゃ」

腹を抱《かか》えてからからと笑い、

「信長めが、かほどに悪運の強きやつとはのう。さすがのわしも、風を読み違えたわ」

自嘲《じちょう》するように言い放った。

「いまからでも遅くはございませぬ。上様にお命乞《ご》いをなされませ」

宗久が言った。

「命乞い……。この期《ご》におよんでか」

「はい」

「あの信長が、わしを赦《ゆる》すと思うか」

「時と場合によりましょうな」

「まだ利用価値があると思えば、生かしておくか」

「さよう。上様は無駄をなさいませぬ」

「商人《あきゅうど》のそなたの見たところ、どうじゃ。わしの首には、いかほどの値《あたい》がつく」

「値がつかぬと思えば、かように大和まで足を運んではまいりませぬ」

「吐《ぬ》かすものよ」

弾正は笑った。

「まずは一服、茶でもいかがでございます」

宗久が湯釜から柄杓《ひしゃく》で湯をすくい、天目《てんもく》茶碗に茶を点てた。

弾正は喉を鳴らして茶を喫した。

「うまいのう。生きるか死ぬかの瀬戸際に追い詰められても、一服の茶のうまさだけは変わらぬ。いや、命の果てが見えておるからこそ、茶の有難味《ありがたみ》が身に沁《し》みるか」

「これは、いつに似合わぬ弱気ぶり。弾正さまとも思えませぬ」

「今度ばかりは、わしも肚《はら》をくくった。いまさら、のこのこ岐阜へ出向いても、下げた頭を刀で斬り捨てられるだけじゃ」

「お命を永らえる手立てはございますぞ」

今井宗久が、声をひそめるようにして言った。

「手前が根回しをいたします」

「そなたが……」

「はい」

「一介《いっかい》の商人《あきゅうど》に過ぎぬそなたに、それほどの力があるか」

「ばかにしたものではございませぬ。織田家の蔵元（銀行）は、この宗久が取り仕切っておりますれば。手前の申すことは、あの上様でもないがしろにはできませぬ」

「銭の力か」

「銭や金銀は、ときに鉄砲よりも恐ろしい武器になりまする」

「そなた、なにゆえわしのために、そこまで骨を折る」

弾正は探るような目で、表情の起伏《きふく》が少ない宗久の顔を見た。

「弾正さまとは、古い付き合いにござりますれば」

「むざむざと、わしが屍《しかばね》をさらすのを見たくないか」

「はい」

「商人が間を取り持つからには、そこには必ず利があろう。ありていに申せ。そなたの狙いは何じゃ」

「さすがに弾正さまは話が早い」

宗久は苦笑いし、

「上様のみならず、弾正さまも手前どもの店の大事な得意先でございますからな。話をつける代わりに、鉄砲百挺《ちょう》お買い上げいただくというのはいかがでございます」

落ち着き払った所作《しょさ》で、茶碗のふちについたしずくをぬぐった。

「やはり、あきないか」

弾正はにやりと笑った。

「やはり、そなたとわしは持ちつ持たれつじゃな。しかし、わしの命が、たかだか鉄砲百挺とは……」

「ご不満でございますか。お望みなら、五百挺でも、千挺でも」

「抜け目ないやつ。もう一服、わが秘蔵の高中《こうちゅう》茶碗で茶をくれ」

「心得《こころえ》ましてございます」

宗久が深々と頭を下げた。

8

信長包囲網の崩壊により、松永弾正が孤立したことに力を得たのが、長年、弾正の圧迫を受けてきた筒井家である。

あるじ順慶の命《めい》を受け、筒井勢をひきいて奈良へ向かった島左近は、織田家重臣の佐久間信盛と連携し、弾正が立て籠もる多聞山城を攻めた。

（人の世とはわからぬものよ……）

左近の率直な感想である。

なるほど、世の中に確かなものなど何もない。武田信玄の侵攻を受け、滅びの予感に脅《おび》えていた信長が、いまは飛ぶ鳥を落とす勢いになっている。だが、その信長の栄華も、いつまでもつづくとはかぎらない。

されば、何を信じるか。

（おのれと、おのれ自身の背骨をつらぬく節義のみよ……）

左近はそう思っている。

佐久間・筒井勢の攻撃に、多聞山城の松永勢は激しい抵抗をみせるでもなく、ひたすら城内に閉じ籠もっている。

やがて、弾正はみずからの助命と引きかえに、多聞山城の明け渡しに応じた。全面降伏である。

奈良を退去し、いったん信貴山城へ入った弾正は、翌年一月、謝罪のために岐阜へ出向いた。

今井宗久の助言で、黄金《おうごん》百枚を白木《しらき》の三方《さんぼう》にのせて献上した弾正に対し、信長は黄金には目をくれようともせず、

「励《はげ》めッ」

とだけ短く言って、小姓《こしょう》とともに部屋を立ち去った。

信長の心中はわからない。

おそらく、天下平定戦の、

——道具

として、弾正にいまだ利用価値ありと判断したのであろう。

ともあれ、助命と引きかえに、松永弾正は大和支配の最大拠点、多聞山城を失うこととなった。その後、多聞山城は明智光秀の管理下に置かれた。

凋落《ちょうらく》いちじるしい松永弾正と反比例するように、筒井家は往時の勢いを取りもどしつつある。

かつて、順慶を見かぎって松永方についた、

高田

岡

箸尾《はしお》

といった大和の地侍たちが、次々と筒井氏への帰順を申し出た。

明けて、天正二年（一五七四）正月——。

筒井順慶は元旦に春日社に初詣《はつもうで》をおこなったのち、翌二日には信長のいる岐阜城へ新年の賀をのべにおもむいた。

左近と松倉右近も、あるじに同道。

久方ぶりに会う信長は、いつになく上機嫌で、順慶、左近の主従を山海《さんかい》の珍味をもって歓待した。

「これは南蛮の酒である。呑んでみよ」

信長は、彼の好みの眉目《びもく》秀麗《しゅうれい》な小姓たちに酌《しゃく》をさせ、順慶と、その後ろに控える島左近、松倉右近の両家老に、血の色をした南蛮酒をふるまった。

ギヤマンの器《うつわ》になみなみと注《つ》がれたその酒は、芳醇《ほうじゅん》な果実の如き香りがした。

「葡萄《ぶどう》で醸《かも》した酒だ。南蛮人は、かような味を好むらしい。どうだ、口に合《お》うたか」

信長が問うた。

あるじの順慶は下戸《げこ》である。少し唇をつけただけで、すぐに色白の顔が薔薇《ばら》色に染まり、返答に困っている。

代わって、酒を一息に呑み干した左近は、

「まことに結構な味にござる。波濤《はとう》を乗り越え、大海を渡ってきた酒と思えば、それだけではるばると胸がひらけてゆくような思いがいたしまする」

　信長の目をまっすぐに見つめて答えた。

「気宇壮大《きうそうだい》なことを申すやつよ」

　酒に酔っているせいか、この日の信長はいつになく多弁だった。

「わしは近々、城を築くつもりだ。それも、ただの城ではない。唐《から》の国にも、南蛮にもない、誰もが仰《あお》ぎ見ずにはおられぬ天下無双《むそう》の巨城だ」

「その城、京に築かれるのでございますか」

　順慶が聞いた。

「馬鹿め。桓武《かんむ》天皇が都をひらいて以来、京はつねに帝《みかど》のおわすこの国の中心である。天下制覇をめざす信長ならば、京に城を築いても不思議はない。性根《しょうね》の腐りきった公家《くげ》どもの巣となっている京に、誰が城を築く」

「されば……」

「琵琶湖のほとり、近江の安土《あづち》に、わが天下布武《ふぶ》のいくさの拠点を置く」

「安土は京にも近く、また、琵琶湖の舟運《しゅううん》で、古来より人と物の行き来のさかんな土地にございますな」

　後ろから左近は言葉を添えた。

信長が、左近を一瞥《いちべつ》した。

「普請《ふしん》のおりには、そのほうどもの力も借りねばならぬ。異存はなかろうな」

「ははッ」

その迫力に、順慶が気圧《けお》されたように頭を下げた。

「それはそうと、そのほうどもの大和国には、由緒《ゆいしょ》正しき数々の宝があろう」

「は……」

順慶がさらに頭を低くする。

「東大寺の正倉院《しょうそういん》に、蘭奢待《らんじゃたい》なる香木《こうぼく》があると聞いている。古く、将軍足利義満《よしみつ》が倉をあけさせ、その一部を切り取って香を聞いたそうな」

「歴代の足利将軍のなかで、そうした先例もございます」

「わしは、足利幕府をこの世から葬り去った。将軍なきいま、このわしこそ、蘭奢待を持つにふさわしき存在なり」

「筒井の坊主」

信長は傲岸《ごうがん》に顎をそらせ、
と、凄《すご》みのきいた目で順慶を見た。

「はッ」

「興福寺衆徒のそなたなれば、南都の者どもに顔がきこう。わが使いとして東大寺へおもむき、正倉院を開かせて蘭奢待を切り取ってまいれ」

有無《うむ》を言わせぬ信長の命に、

「しょ、承知つかまつりましてございますッ」

と、順慶は平伏《へいふく》するしかない。

その頭の上に、

「わがために働け。首尾《しゅび》よく仕事を成し遂《と》げたあかつきには、そなたは大和一国の守護じゃ」

信長の声が降ってきた。

筒井順慶が大和守護に任じられたのは、二年後、天正四年（一五七六）五月のことである。

その前年、信長は三河長篠《ながしの》の地において、信玄の後継者、勝頼《かつより》ひきいる武田騎馬隊を撃破。天下人への道を、着実に歩みはじめている。

第九章　天下

1

天正《てんしょう》四年（一五七六）、秋──。

近江安土《おうみあづち》の地に、天下布武《ふぶ》の象徴として、織田信長が築いた巨城がその威容をあらわした。

──安土城
である。

総石垣、白漆喰《しろしっくい》塗りの安土城の姿については、イエズス会宣教師ルイス・フロイスが、その著書『日本史』のなかに、次のように記録している。

「信長は、京の都と天下のあるじであったが、日ごろの住まいは、都から十四レーグア（約七十キロ）離れた近江国安土山にあった。

彼は天下を制圧すると、その地を居住地に選び、十二、三ヶ年にわたって同地から諸国を支配したのである。信長はそこに、城を中心としたひとつの新しい都市を造築したが、それは当時、日本国中でもっとも気品があり、整ったものであった。なぜなら、城の位置と美観、建物の豪華さと住民の気高《けだか》さにおいて、他のあらゆる町を凌駕《りようが》していたからである。（中略）

信長は山の頂に御殿と城を築いたが、その構造と堅固さ、豪華さと華麗さにおいて、ヨーロッパのもっとも壮大な城に比肩《ひけん》し得るものである。事実、それらはきわめて堅固でよくできた高さ六十パルモ（約十三メートル）を超える石垣と、数多くの美しく豪華な屋敷を内部に有していた。建物にはいずれも金が施《ほどこ》されており、人力をもってこれ以上到達し得ないほどの、清潔でみごとな出来栄《できば》えをしめしていた。

城の真ん中には、彼らが天守と呼ぶ一種の塔があり、わがヨーロッパの塔よりもはるかに気品があって壮大な、特別の建物であった。この塔は七層からなり、内部、外部ともに驚くほどみごとな建築技術によって造営されていた」

ルイス・フロイスが驚嘆《きようたん》した安土城の天守は、わが国の城郭《じようかく》史上、織田信長によってはじめて本格的に造営されたとされる（ただし、松永弾正《だんじょう》が一足先に、多聞山城《たもんやまじょう》において、規模ははるかに小さいにせよ、先鞭《せんべん》をつけているが）。

また、全山に石垣をめぐらし、その上に白塀を築く近世風の城の構造も、この安土城において完成をみた。

記録によれば、地上と地下、あわせて七層の天守の内部は次のようになっていた。

地下は武器倉庫。一階は、信長の住まいがある常御所《つねのごしょ》。その内部は十六、七の部屋に分かれており、襖《ふすま》には梅の墨絵、煙寺晩鐘《えんじばんしょう》の図などが、狩野永徳《かのうえいとく》をはじめとする当時一流の絵師たちによって描かれている。

二階は、訪問客の応接に用いられる対面所。三階は能、連歌《れんが》の会などが催される会所で、岩ノ間《ま》、竹ノ間、松ノ間、御鷹ノ間、竜虎ノ間、鳳凰《ほうおう》ノ間などに分かれていた。

四階は屋根裏部屋。五階は朱漆《しゅうるし》塗《ぬ》りの八角堂。金箔《きんぱく》を貼った堂内の壁には、釈迦《しゃか》十大弟子、釈迦説法の仏画が描かれていた。

最上階の六階は、周囲に朱塗りの勾欄《こうらん》がめぐらされた中国風の御堂。内部の壁、天井はことごとく金箔押しで、屋根の棟《むね》には金の鯱鉾《しゃちほこ》が燦然《さんぜん》と光り輝いていた。

安土城の完成により、信長はまた一歩、天下人の座へ近づいたことになる。

十一月二十四日――。

筒井順慶《じゅんけい》は養子の定次《さだつぐ》をともない、安土城をおとずれた。

信長は順慶父子を、みずから天守の最上階へ案内している。

「どうだ」

と言わんばかりに、信長は形のいい鬚《ひげ》をたくわえた顎《あご》をそらせた。

眼下に、鏡のような琵琶湖がひろがっている。湖面には、米や油、塩相物《しおあいもの》などの荷を積んだ丸子船がしきりに行き交い、対岸に比良《ひら》の峰々が紫色の山稜《さんりょう》をくっきりと浮かび上がらせていた。

「みごとな眺めにございますな」

順慶は感に堪《た》えぬように言った。

「わが天下布武の城じゃ。この城のもと、万民はひれ伏すことになろう」

「は……」

「大和《やまと》一国をつかわしたのだ。そのほうにも、いっそう働いてもらわねばならぬ、筒井の坊主」

信長は天下平定戦の、

──駒

として、筒井順慶に以前にも増して信《しん》を寄せるようになっていた。

その背景には、今井宗久《そうきゅう》のとりなしによって赦《ゆる》したものの、いまだ心胆《しんたん》の定かならぬ松永弾正の存在がある。


天下をはっきりと視野に入れはじめた信長に対し、これまでその野心に静観の構えをとっていた越後《えちご》の上杉謙信《けんしん》が、

「もはや、捨て置くことはできぬ」

と、対決姿勢を鮮明にすることを決意した。

謙信は、安芸《あき》の毛利輝元《もうりてるもと》、大坂の石山本願寺に呼びかけ、第二次信長包囲網を形成。この動きに、敏感に反応したのが、信貴山《しぎさん》城で息をひそめていた松永弾正だった。

天正五年（一五七七）八月、弾正はふたたび信長に叛旗《はんき》をひるがえし、上杉、毛利、本願寺の包囲網に加わった。

（またしても、弾正めが……）

松永弾正再挙兵の報に、島左近《しまさこん》はかつての苦々《にがにが》しさとは明らかに違う、奇妙なお

かしみを感じるようになっている。

（どこまでも、おのが欲望に忠実でありつづける。それはそれで、ひとつの男の生き方か……）

信長は岐阜にいた嫡男信忠《ちやくなんのぶただ》に対し、信貴山城攻略の命《めい》を下した。同時に、北国《ほっこく》に遠征中であった、

羽柴《はしば》秀吉
丹羽長秀《にわながひで》
明智光秀《あけちみつひで》

ら、おもだった武将たちを呼びもどし、信忠とともに信貴山城攻めにあたらせた。度《たび》重なる裏切りをつづけてきた弾正に対し、今度ばかりは信長も本気である。

光秀の寄騎《よりき》である筒井順慶、細川藤孝《ふじたか》も、軍勢をひきいて出陣。織田勢は、片岡城を攻め落とし、松永弾正が立て籠《こ》もる信貴山城を囲んだ。

左近もまた、城を包囲する織田勢のなかにある。

明日は総攻めというその前夜、陣中の左近を、人目をしのんでたずねてきた者があった。

柳生宗厳《やぎゆうむねよし》であった。

2

左近は、柳生宗厳を陣中の仮小屋のうちに招《しょう》じ入れた。

過去にさまざまないきさつのあった相手ではあるが、両者の立場は松永弾正の没落とともに、以前とはまったく様変わりしている。

左近は筒井家の家老《かろう》として信貴山城を攻める側に、宗厳は弾正麾下《きか》の一将として、それを受けて立たねばならぬ側にあった。

「弾正の命乞《ご》いに来たか」

床几《しょうぎ》に座した左近は、宗厳の骨格のしっかりとした貌《かお》を見つめた。さすがに疲労の翳《かげ》が濃い。

「いや」

と、柳生宗厳が首を横に振った。

「弾正さまは、すでに死を覚悟なされておる」

「秘蔵の茶釜を差し出せば、引きかえに命ばかりは助けてやろうと、織田さまが仰《おお》せられたという話を聞いたが」

左近は言った。

「平蜘蛛《ひらぐも》の釜のことか」

宗厳がうすく笑った。

大名物《おおめいぶつ》の古天明《こてんみょう》平蜘蛛の釜は、九十九髪茄子《つくもなす》の茶入《ちゃいれ》と並び、松永弾正のもっとも愛玩《あいがん》する秘蔵の茶道具である。蜘蛛が地べたに這《は》う如《ごと》き異形《いぎょう》の姿をしており、弾正信長に臣従するさい、身を切る思いで九十九髪茄子の茶入を進上したあとも、弾正はこればかりは手放さずに手元に置いていた。

「たとえ命を失おうとも、平蜘蛛の釜ばかりは信長に渡さぬ。茶釜と引き換えに命乞いをするくらいなら、いっそわが手で打ち砕《くだ》いたがましと、弾正さまは仰せになられておる」

「あやつらしくもない。いかな醜態《しゅうたい》をさらそうとも、しぶとくしたたかに生き抜くのが弾正という男と思っていたが」

「おぬしは弾正さまのまことの姿を知らぬ。なるほど、あのお方はおのが野望を隠さず、どこまでも貪欲《どんよく》だ。だが、その一方で、余人にはうかがい知れぬ孤高《ここう》の誇りを、胸の奥に抱《いだ》かれておる」

「誇り……。笑わせるわ」

左近は苦々しく吐《は》き捨てた。

筒井順慶と左近主従は、それほど弾正にたびたび苦杯《くはい》を嘗《な》めさせられている。

「あるじを殺し、将軍を弑逆《しいぎゃく》した男に誇りがあるか」

「ある」

柳生宗厳はうなずいた。

「悪の誇りとでも、申せばよいか。その誇りが弾正さまをして、信長に叛《そむ》かせ、破滅への道を歩ませている」

「何のことやら、わしにはわからぬ」

「武辺一筋《ひとすじ》のそなたに理解されずとも、弾正さまには痛くも痒《かゆ》くもなかろう。人には誰しも、ゆずれぬものがあるということよ」

「さようなつまらぬ話をするために、ここへ来たか」

「いや」

柳生宗厳が首を横に振った。

「何かと悪縁の深いおぬしに、ひとこと、別れが言っておきたくてな」

「弾正とともに討ち死にする気か」

左近は、宗厳の浅黒い顔を睨《にら》んだ。

「わしは弾正さまの譜代《ふだい》の臣ではない。柳生谷の小土豪《しようどごう》に過ぎぬわが一族が、大和国で生き残らんがため、たまたま従ったまでのこと。地獄まで付き合う義理はなかろう」

「ならば、どうする」

「髪を剃《そ》って出家し、柳生の里に引き籠もるわさ」

「なに……」

「ものごとは、めぐり合わせの悪《あ》しきときには、何をやってもうまくいかぬものだ。剣の勝負の駆け引きと同じよ。時に利あらずと見れば、一歩引いたところから世を眺めるも、またよし」

「ふたたび、世に浮かぶ時節はおとずれぬやもしれぬぞ」

左近の言葉に、

「ふん」

と、宗厳は鼻で笑い、口もとをゆがめた。

「そのときは、そのとき。いまはひたすら心の修養を積み、剣技に磨きをかけるのみ。おぬしも生き飽《あ》いたら、いつなりともわが里へたずねてくるがよい。茶くらいは、馳走《ちそう》してくれようほどに」

「ばかな」

「さらばじゃ、左近」

かるく目礼《もくれい》すると、柳生宗厳は骨格のしっかりした大きな背中を見せ、陣を立ち去っていった。

おのが言葉のとおり、宗厳は柳生の里へもどり、剃髪《ていはつ》ののち、

――石舟斎《せきしゅうさい》
と号して、剣の道一筋に精進《しょうじん》することになる。


天正五年（一五七七）、十月十日――。

押し寄せる織田軍の前に、大和信貴山城は落城した。

松永弾正久秀は、火薬を入れた平蜘蛛の釜を鎖でおのが首に結びつけ、釜もろとも爆死して果てた。

享年《きょうねん》六十八。一代のばさら者にふさわしい、壮絶な最期であった。

弾正と運命をともにした平蜘蛛の釜に関しては、異説もある。死の直前、弾正はあたら天下の名品が世から失われるのを惜《お》しみ、柳生宗厳の叔父でおのが茶友の松吟庵《しょうぎんあん》に、これをひそかに託したという。

松吟庵とは茶名で、本名を柳生七郎左衛門重厳《しちろうざえもんしげよし》という。このことは、柳生家の古記録『玉栄拾遺《ぎょくえいしゅうい》』にしるされている。

平蜘蛛の釜は柳生家に伝えられたが、第二次世界大戦のさいの空襲で焼失したと言い伝えられている。いずれにせよ、その持ち主の如く、釜が数奇な運命をたどったことだけは間違いない。

3

織田信長という武将は、この頃、運気が異様に強い。

翌天正六年（一五七八）三月になると、天下の諸将のなかで信長がもっとも恐れていた越後の上杉謙信が、春日山《かすがやま》城内で脳溢血《のういっけつ》に倒れて急逝《きゅうせい》。第二次信長包囲網の一角が崩れた。

このことにより、信長は包囲網に加わっていた石山本願寺、中国筋の毛利家対策に戦力を集中できるようになった。

同年十一月、信長は志摩《しま》水軍の九鬼嘉隆《くきよしたか》に命じて建造させていた六艘《そう》の鉄甲船《てっこうせん》をもって、毛利水軍を木津川《きづがわ》口で撃破。これにより、瀬戸内海の制海権は織田軍のものとなり、海上からの石山本願寺への兵糧《ひょうろう》入れは不可能となった。

さらに、天正七年（一五七九）十一月、毛利方に寝返っていた摂津《せっつ》の武将荒木村《むら》重《しげ》の籠もる有岡《ありおか》城が落城。後顧《こうこ》の憂《うれ》いのなくなった対毛利戦の司令官羽柴秀吉は、三年近い長期にわたって兵糧攻めを展開してきた播磨三木《はりまみき》城の奪取に成功している。

翌年、頑強《がんきょう》な抵抗をつづけてきた石山本願寺も、圧倒的な物量をほこる織田勢の前に屈伏《くっぷく》。頭上をおおっていた暗雲が風に吹き払われるように、天下制覇をめざす信長の視界はきわめて良好になった。

この間、筒井順慶、島左近の主従は、畿内管領《かんれい》ともいうべき織田家重臣の明智光秀の寄騎として、休みなく各地を転戦している。

「明智どの」

と、左近は薄ぼんやりとした表情で手元の井戸《いど》茶碗を見つめている明智光秀に声をかけた。

光秀から茶会の招きを受けたあるじ順慶の供《とも》をして、左近は二日前から近江坂本城をたずねている。

連歌、茶の湯に堪能《たんのう》な光秀は、多忙な軍務の合間に句会や茶会を催すのをつねとしていた。その知己《ちき》には、武将歌人の細川藤孝をはじめ、堺《さかい》商人で茶人としても知られる津田宗及《そうぎゅう》、連歌師の里村紹巴《じょうは》などの文化人が多く、独特の人脈が形成されている。

左近自身は、茶や和歌などという悠長《ゆうちょう》な手すさびを好まぬが、筒井家と信長の橋渡しを頼んだ縁から、光秀という男には好意を持っており、その茶席に呼ばれることもしばしばであった。

「いかがなされました。さきほどから、何やら思案なされているごようす。心配ごとでもございますか」

「いや、これは無礼をした」

光秀は苦笑《にがわら》いしながら、井戸茶碗を膝元《ひざもと》へ置いた。

「思案というほどのことではない。いささか……」

「いささか？」

「それより、順慶どののお加減はどうだ。坂本へまいられてから、体調を崩されたとうかがったが」

気遣うように、光秀が左近を見た。

「明智どのがお遣わし下された医師のおかげにて、今朝《けさ》はすっかり顔色がようなられました。連戦の疲れがたまっていたところへ、この年の瀬の寒さにてお風邪《かぜ》を召されたのでありましょう」

「ここだけの話、まこと、われらが上様《うえさま》は人使いが荒いお方ゆえな。筒井どのにはご同情申し上げる」

「いや……」

口ごもる左近に、

「じつは、いましがたも、佐久間信盛《のぶもり》どののことを考えていたところよ。近ごろの上様のなされようは、いささか度が過ぎているように思われてならぬ」

光秀が端正な眉《まゆ》をひそめて言った。

長年の懸案《けんあん》であった石山本願寺との戦いに決着をつけた信長は、その直後、異例の仕置きを発した。

本願寺攻めの担当者であった、佐久間信盛、信栄《のぶひで》父子の追放である。

佐久間信盛といえば、柴田勝家《かついえ》とならび、信長の尾張《おわり》時代からの織田家累代《るいだい》の宿老《しゅくろう》の一人であった。信長の実弟勘十郎信行《かんじゅうろうのぶゆき》（弘治《こうじ》三年＝一五五七年、清洲《きよす》で殺害される）付きとなって信長と敵対したことのある勝家と異なり、信盛は終始一貫してあるじに忠実に仕《つか》えてきた男である。

信長が上洛《じょうらく》を果たしたのちは、近江野洲《やす》郡の永原《ながはら》城主となり、姉川の合戦、長島一向一揆《いっこういっき》の鎮圧などに従軍。天正四年から、信長の命によって石山本願寺攻めに専念していた。

この老臣に対し、信長は、

「七ヶ国もの寄騎をつけられながら、本願寺攻略に歳月を浪費した無能者めがッ」

と、十九ヶ条におよぶ譴責状《けんせきじょう》をつきつけ、その所領をことごとく没収した。

理由の第一は、むろん、本願寺攻めの怠慢《たいまん》を責めるものである。のみならず、信長は七年前の浅井、朝倉攻めにおける信盛の振る舞いを槍玉に上げ、

「あのおり、そのほうは先陣に遅れたことを叱責《しっせき》されながら、恐れ入るどころか、かえっておのれの正しさをがなり立て、座を蹴《け》って出て行きおった」

と、過去の出来事を蒸し返して糾弾《きゅうだん》。

それでもあき足らず、

「信盛は欲深く、気難しく、すぐれた人物を召抱《めしかか》えようとせぬ。おのれが責任を取らず、物ごとを何でもいい加減にすませ、武士たる者の道を心得《こころえ》ていない」

相手の人間性にまで言及《げんきゅう》して責め立てた。執拗《しつよう》、としか言いようがない。

信長は譴責状の最後で、

「そもそも天下を支配する信長に対し、口答えするなどという悪しき先例は、天正元年の信盛からはじまったものである。その償《つぐな》いに、敵と戦って討ち死にするか、髪を剃って高野山《こうやさん》へ入るかを実行してみよ。できぬとあれば、天下が二度と許すことはないであろう」

と、一方的に通告している。

すなわち、信長は「天下」そのものであり、その命令は絶対不可侵《ふかしん》で、何者であろうと逆《さか》らうことは許されない——と、宣言したのである。

佐久間父子は申し開きの機会も与えられず、一、二人の供だけを連れて紀州《きしゅう》高野山へ入った。

それが、この年、天正八年（一五八〇）八月のこと。

——横暴

ともいえる信長の仕置きは、その下で働く織田家諸将の心に微妙な翳を投げかけていた。

もっとも、いま左近の目の前にいる明智光秀は、中国方面司令官として活躍めざましい羽柴秀吉、北陸戦線を統括《とうかつ》する柴田勝家とならび、

「みな、かの者どもの働きを手本にせよ」

と、信長からその実績をみとめられている。

だが、明智、羽柴、柴田ら、信長の信頼あつい武将たちにしても、その地位に安《あん》閑《かん》としていることは許されない。信賞必罰《しんしょうひつばつ》、極度の実績主義が、今日《こんにち》の織田軍団の拡大をささえているのである。

「わしは、働けば働いたぶんだけ、それに見合った褒賞《ほうしょう》が与えられる織田家のありように、十分なやり甲斐《がい》を感じている。おのれがそこで生き残っていくだけの自信もある。ただ、のう……」

たゆたうようにつぶやき、光秀は庭に咲く淡桃《うすもも》色のサザンカを見た。

「ただ、何でござる」

「いや」

と、光秀は左近にまなざしを向ける。

「羨《うらや》ましいのかもしれぬ」

「羨ましい？」

「さよう。そなたのように、ただ無心にあるじを思い、主家への節義《せつぎ》に命を懸《か》ける生き方がな。わしにはもはや、望むべくもないことではあるが」

「明智どの……」

そのときの光秀の何ともいえぬ淋《さび》しげな眼の色は、あとあとまで左近の心に残った。

4

このころ、筒井家は大和郡山城《こおりやま》を本拠とするようになっている。

郡山城は大和平野の中央部、犬伏《いぬぶせ》丘の南斜面に位置し、大和一国を掌握《しょうあく》するうえで、軍事的、政治的に、きわめて重要な意味を持っている。

この地には、もともと順慶の父順昭《じゅんしょう》によって小城が築かれていたが、砦《とりで》に毛が生えたようなものに過ぎず、統治の拠点としては不十分だった。

左近はあるじ順慶に、

「殿はすでに、大和一国のあるじにございます。これまで、国の乱れをよいことに勝手気儘《きまま》に振る舞ってきた国人衆《こくじんしゅう》、社寺に威を知らしめるためにも、国を統《す》べる者にふさわしい城を構えねばなりませぬ」

と進言し、みずから縄張《なわばり》をおこなって、郡山城の一大修築工事に着手したのである。

城は、天正八年の暮れに竣工《しゅんこう》。左近はじめ、筒井家の家臣団は、筒井城を引き払って郡山城下に屋敷を構えた。

左近の妻お茶々《ちゃちゃ》も、子供たちとともに新たな屋敷に移り住んだ。

夫婦は、この年元服《げんぷく》したばかりの嫡男政勝《まさかつ》のほか、二男新助（友勝《ともかつ》）、二人の娘がおり、二男二女の子宝にめぐまれている。筒井家にとっても、左近にとっても、宿敵松永弾正を倒したこの時期が、比較的波風のおだやかな時期であったかもしれない。

「松永勢に逐《お》われ、おまえさまが大和の山中を逃げまどっていたころが、まるで夢のようにございますのう」

屋敷の縁側で縫物《ぬいもの》をしながら、お茶々がふと目を上げて微笑した。

「このように、親子水入らずで暮らせる日がめぐってまいろうとは、これも織田さまのおかげにございましょうか」

「たしかに、織田信長の力で天下は混沌《こんとん》からひとつの大きな塊《かたまり》にまとまろうとする流れをみせている。しかし……」

お茶々のかたわらで庭を眺める左近の脳裡《のうり》には、先日会った明智光秀のどこか憂《うれ》いを秘めた顔が浮かんでいる。

「しかし、何でございます」

「何でもない」

左近は膝元の鉢《はち》に盛られていた干し柿をかじり、

「それより、奈良の義父上《ちちうえ》から何ぞ便りはあったか」

奈良町で独り住まいをしている北庵《ほくあん》の消息《しょうそく》を聞いた。

「いいえ」

と、お茶々が針を動かす手を止めずに言った。

「もういい加減、年なのですから、施療《せりょう》をやめて、こちらで一緒に暮らすようにすすめておるのですが」

「まだまだ、わしは人の世話にはならぬ、か」

「父の頑固《がんこ》はいまにはじまったことではございませぬ」

「そこが義父上のよきところじゃ」

左近は笑った。

年が明けた天正九年（一五八一）二月――。

織田信長は京の都で馬揃《うまぞろ》えをおこなった。

馬揃えとは、軍馬を一堂に集め、その調練と演習を検分し、兵たちの士気を鼓舞《こぶ》する閲兵《えっぺい》の儀式である。一大軍事パレードといってよい。

この馬揃えで、信長は織田軍の武威《ぶい》を満天下に知らしめ、強大な権力の所在がいずこにあるのか、衆人の目に強烈に見せつけようとした。

馬揃えの奉行《ぶぎょう》を申しつけられたのは、明智光秀である。

光秀の寄騎である筒井順慶も、家臣の左近とともに馬揃えに参加することになった。

信長からは、

「衆庶《しゅうしょ》の目にあざやかに見せつけるのじゃ。おのおの、綺羅《きら》をつくせ」

と、通達が出ている。

すなわち、できるだけ派手な出《い》で立ちで、見物に集まった者たちの度肝《どぎも》を抜けというのである。

通達を聞き、

（ふん……）

と、左近は鼻をならした。

信長の魂胆《こんたん》は見えすいている。馬揃えをおこなうことで、一筋縄《ひとすじなわ》ではいかぬ朝廷の公家《くげ》たちを恫喝《どうかつ》し、同時にまだ織田家に従っていない東国の武田氏、上杉氏、西《さい》国《ごく》の毛利氏、長宗我部《ちょうそかべ》氏らへの、心理的圧力を狙ったものであろう。

だが、本来、馬揃えは軍事教練と演習のためにあるものである。

（信長のまつりごとに利用されてはかなわぬ……）

左近は通達を無視し、戦場《いくさば》で常用する天衝兜《てんつきかぶと》と、血と汗の臭《にお》いが沁《し》みついた黒《くろ》糸威《いとおどし》の甲冑《かっちゅう》を着込んで馬揃えに加わった。

もっとも、信長の命を恐れ畏《かしこ》まらぬのは左近くらいのものである。洛中《らくちゅう》のあちこちの宿所から、それぞれに意匠《いしょう》を凝《こ》らした華麗な装束《しょうぞく》に身をつつんだ織田家諸将が集まり、御所の東側にもうけられた馬場に入場した。

明智光秀、丹羽長秀、柴田勝家、前田利家《としいえ》ら、織田家のおもだった重臣が馬揃えに参加しているなかで、羽柴秀吉のみはこの場に姿がない。中国戦線で、毛利方との緊迫した睨み合いが継続しているためであった。

つづく九月、筒井順慶、島左近主従は、

――伊賀《いが》攻め

に従軍した。

伊賀国の各地に蟠居《ばんきょ》する地侍《じざむらい》たち――いわゆる伊賀の忍びは、もともと独立心が強い。彼らは諸国の大名に雇われて忍び働きはするが、誰にもみずからの領地の支配は受けぬ、無主《むしゅ》の気風を持っている。

信長の力が強大になってもこれに従わず、石山本願寺降伏後、畿内《きない》周辺で織田軍の支配下に属さぬ数少ない勢力のひとつとなっていた。

織田勢は、伊賀盆地を隙間なく封鎖するように布陣した。

［伊勢地《いせじ》口］　織田信雄《のぶかつ》　一万
［笠間《かさま》口］　筒井順慶、同定次　三千
［長谷《はせ》口］　浅野長政　一万
［柘植《つげ》口］　丹羽長秀、滝川一益《かずます》　一万二千
［玉滝《たまたき》口］　蒲生氏郷《がもううじさと》、脇坂安治《わきざかやすはる》　七千
［多羅尾《たらお》口］　堀秀政《ひでまさ》、多羅尾光弘《みつひろ》　二千三百

総勢、四万四千を超える大軍である。数千に満たない伊賀の小土豪を攻めるには、過剰なほどの兵数といっていい。

だが、これには理由があった。二年前、織田信雄が伊賀攻めをおこなったおり、忍びの技を駆使する伊賀の者どものゲリラ戦に手を焼き、撤退を余儀なくされた苦い経験が、信長を神経質にさせていた。

面妖《めんよう》な技を使う伊賀の者どもを、信長は烈《はげ》しく憎み、

「あやつらは化生《けしょう》の如き者じゃ。生かしておいてはならじ。一人残らず根絶やしにせよッ！」

総大将に任じた二男信雄に厳命した。

織田の大軍は峠《とうげ》を駆け下り、伊賀盆地へ乱入した。

筒井勢も、笠間口から侵攻。谷々にそれぞれ空堀《からぼり》と土塁《どるい》をめぐらす地侍の館《やかた》を焼き、抵抗する者たちを撫《な》で斬りにした。

織田軍の焦土《しょうど》作戦は、民家、神社、仏閣へもおよび、老人や女子供などの非戦闘員まで手当たりしだいに殺戮《さつりく》した。

記録には、

――男女老若によらず、俗在出家《ぞくざいしゅっけ》を言わず、日々に五百、三百首を刎《は》ねらる。

と、ある。まさしく、一木一草《いちぼくいっそう》も残さぬ、峻烈《しゅんれつ》な攻撃であった。

追いつめられた北伊賀の者どもは長田《ながた》の比自山《ひじやま》に集結し、そこを最後の決戦場とした。だが、圧倒的な織田軍の物量の前に、力およばず、数日のうちに壊滅する。

南伊賀でも凄惨《せいさん》な状況は変わらず、柏原《かしわら》城に立て籠もった残存勢力は、籠城《ろうじょう》わずか三日にしてことごとく討ち死にした。

天を焦《こ》がす地獄の業火《ごうか》の如き炎に顔をあかあかと染めながら、

「のう、左近。わしは御仏《みほとけ》にお仕えする出家の身じゃ」

順慶がつぶやくように言った。

「そのわしが、この手で寺を焼き、僧俗を撫で斬りにしたおこないが、はたして正義と言えるのか」

「殿が、そして筒井家が生き残るためにございます」

その一点において、左近の論理は一貫している。流浪《るろう》の悲惨さは、松永弾正との長い戦いを通じて骨身に沁みていた。

「おのれが生きるために、罪なき者どもを斬るか」

「いまは乱世にござれば」

「たしかに、そなたの申すとおりじゃ。それが、人が生きるということかもしれぬ。されど……」

「迷うてはなりますまいぞ、殿」

左近はあるじ順慶にではなく、おのれ自身の胸に彫《ほ》り刻《きざ》むように強い口調で言った。

伊賀平定を果たした信長は、翌天正十年（一五八二）、甲斐《かい》の武田家討伐に着手した。

5

天正十年二月三日、織田信長は甲斐の武田勝頼《かつより》討伐の陣触れを発した。
攻め口は、
伊那《いな》口
駿河《するが》口
飛驒《ひだ》口
関東口
の四ヶ所。武田領の甲斐、信濃《しなの》、駿河、上野《こうずけ》を四方から押しつつむように取り囲み、敵を袋の鼠《ねずみ》にしようとの戦略である。
総大将の織田信忠《のぶただ》は信州《しんしゅう》の伊那口から、遠州《えんしゅう》浜松城主の徳川家康は駿河口から、越前《えちぜん》大野城主の金森長近《かなもりながちか》は飛驒口から、一昨年、織田家と同盟を結んだ北条氏《うじ》政《まさ》は関東口から、それぞれ攻め入るよう手はずが取り決められた。
左近らの筒井勢は、この四手のいずれにも属していない。行動をともにする明智光秀の軍勢が、遅れて安土を進発する信長本隊の一翼《いちよく》を担《にな》っているため、諸隊の後方から甲斐入りすることとなった。明智隊とは坂本で合流。最前線に立つ諸将の戦況を聞きながらの作戦行動となる。

二月中旬――。

織田勢主力の信忠軍が、伊那谷への侵攻を開始した。

信忠軍には案内役がいた。木曾谷《きそだに》の領主、木曾義昌《よしまさ》である。義昌は武田信玄《しんげん》の娘婿《むすめむこ》で、勝頼とは義兄弟になる。一門衆の木曾義昌が寝返り、敵軍の先導役となったことは、軍事的にも、精神的にも、武田方に大きな痛手《いたで》を与えた。

木曾義昌の裏切りを皮切りに、保科正直《ほしなまさなお》、武田逍遥軒《しょうようけん》（信廉《のぶかど》）といった歴戦のつわものたちが、一戦もすることなく、次々と城を捨てて逃亡。伊那口のみならず、駿河口でも、武田一門の穴山梅雪《ばいせつ》が徳川勢を領内へ引き入れ、田中城、用宗《もちむね》城、久能《くのう》城、沼津《ぬまづ》城、興国寺《こうこくじ》城といった防衛線がまたたくまに崩壊していった。

伊那口、駿河口を破られた武田軍は、進撃する織田軍を前に、裏切り、逃亡が相次ぎ、なすすべもなく崩れてゆく。

「あの信玄以来の武田家の結束が、これほど脆《もろ》いとは……」

待機していた坂本城で知らせを聞き、左近は嘆息《たんそく》を洩《も》らした。

「武田を破滅へ導いているのは、織田の軍事力ではない。武田家は戦う以前に、すでに内からの崩壊がはじまっていたのだ」

明智光秀が、高窓からこぼれる青白い月明かりに目を細めて言った。

「しかし、苦楽《くらく》をともにしてきた家臣がこぞってあるじを裏切るなど、それがしには信じられませぬ」

左近は眉宇《びう》に怒気《どき》を含んで光秀を見た。

光秀は、血の気《け》の薄い唇《くちびる》に微笑を浮かべ、

「いまの筒井家ならば、なるほどあり得ぬことであろう。だがな、もしあるじが、あるじと仰《あお》ぐに値《あたい》せぬ存在であった場合……」

ふと言いさし、

「そなたならどうする、左近」

と、左近に問うた。

「それがしならば、あるじを見捨てるような真似《まね》はせず、その前にみずからの手で斬りまするな。それが、武士《もののふ》の情けというものではござらぬか」

「いかにも、そなたらしい」

光秀が低く笑ったとき、月が雲間に隠れ、あたりに闇が満ちた。

相次ぐ味方の裏切りで、天目山《てんもくざん》のふもと、田野《たの》村まで逃げた武田勝頼が、悲憤《ひふん》のうちに自刃《じじん》して果てたのは、開戦からわずか一月《ひとつき》足らずの三月十一日のことである。ここに、名門武田家は滅び去った。

信長はこれより前、三月五日に安土を出陣している。物見遊山《ものみゆさん》の如く、ゆるゆると東山道《とうさんどう》をすすみ、信濃国浪合《なみあい》の地まで来たとき、武田家滅亡の報告が届いた。

「であるか」

信長は表情を変えずにうなずき、同地で武田勝頼とその子太郎信勝《のぶかつ》の首実検をおこなった。翌日、飯田《いいだ》に着陣。たたきつける豪雨のなか、勝頼父子の首を高札場《こうさつば》に晒《さら》している。

「乱世のならいとはいえ、世の無常をおぼえずにはおられぬな」

白い水しぶきに目を細め、左近とともに首を眺める筒井順慶の顔つきは複雑である。織田麾下の武将とはいえ、順慶は仏に仕える身であった。

「信長さまはこれより首を京へ送り、獄門《ごくもん》にかけると聞いております。そのあとは、中国筋《すじ》で羽柴軍と対陣している毛利勢の前に晒すとか」

左近は言った。

「死者にそこまで鞭打《むちう》つか」

順慶がため息を洩らした。

「早く降伏せぬと、毛利輝元もこうなるとの脅《おど》しでありましょう」

「万が一、信長さまに逆ろうておったら、わが筒井家もどうなっていたか。いまさらながら、背筋が寒うなる」

「そのように思わせるのが、信長さまの狙いにござる。刃向《はむ》かう者は、すべてかくの如し。おのが武威《ぶい》を天下に誇示《こじ》しているのでござります」

左近がつぶやいたとき、黒雲におおわれた天に烈しい雷鳴がとどろいた。


飯田をあとにした信長は、諏訪《すわ》湖のほとり、上《かみ》諏訪の地に十日あまり滞在した。同地で、武田の旧領を戦功のあった者たちに分配。駿河国は徳川家康、甲斐国は河尻秀隆《かわじりひでたか》、上野国は滝川一益、信濃国は森長可《ながよし》、毛利長秀、木曾義昌らにそれぞれ与えられた。

上諏訪滞在中、ひとつの事件があった。

法華寺《ほっけじ》でおこなわれた酒宴《しゅえん》のさいの出来事である。

宴《うたげ》には、信長をはじめ、本隊に従ってきた明智光秀、丹羽長秀、細川藤孝、そして筒井順慶、島左近の主従もつらなっていた。

宿願であった武田討滅を果たし、信長は終始上機嫌であった。天下取りが近づくにつれ、なぜか苛立《いらだ》っている日が多かった信長も、この日はめずらしく酒がすすみ、白皙《はくせき》の顔をほの紅《あか》く染めていた。

その場の空気を一変させたのは、明智光秀が口にした何気ないひとことである。

「東国一の武勇をうたわれた武田軍も、われら織田軍の武威を恐れ、櫛《くし》の歯が抜けたるが如く次々と降《くだ》ってまいりました。これほどに目出度《めでた》きことはございませぬ。われらも年来、骨を折ってきた甲斐がござりました」

「骨を折ってきただと」

光秀の言葉を聞きとがめ、信長が表情をにわかにこわばらせた。

「そのほうが織田家のために、いつ骨を折った」

「いや、それは……」

「こたびのいくさで、総大将の信忠をはじめ、徳川家康、金森長近らは、たいそうな骨折りをした。しかるに、そのほうはどうだ。さもたいした働きをしたような面《つら》をして、人の手柄をわが手柄の如く誇っておる。これを笑止《しようし》と言わずして何と言う」

「恐れながら、上様。それがしも……」

信長の言葉に抗《あらが》うように、光秀が口をひらいた。

「このわしに向かって、何か申したいことがあるか」

凄《すさ》まじい信長の剣幕に、光秀は次に言おうとした言葉を、

「………」

と、喉《のど》の奥で呑《の》み込んだ。

その顔が、みるみる赤黒く染まっていくのを末席にいた左近は見た。

おそらく光秀は、

――自分は今回の武田攻めの実戦にこそ加わっていないが、いままでほかの戦いで十分織田家のために尽くしてきた。織田家がここまで大きくなってきたのは、各地の戦線で汗水を垂らしてきた軍団の諸将の総力によるものではないか……。

と、叫びたかったのであろう。

だが、それを口にすることは、信長への批判を意味している。

(堪《こら》えなされよ、明智どの……)

左近は思わず拳《こぶし》を握りしめていた。

光秀がうつむいたまま押し黙っていると、信長は突如《とつじょ》、座を蹴《け》って立ち上がっ

た。

「日ごろより、粉骨砕身《ふんこつさいしん》、力を尽くしてきたのはこのわしだ。それを忘れ、ぬけぬけと手柄顔をしおるとは、憎きやつめがッ！」

叫ぶや、信長はつかつかと光秀に歩み寄り、その襟首《えりくび》をとらえて床に押しつけた。

「憎きやつ、この憎きやつめがッ！」

信長の扇が、二度、三度と、光秀の頭を打ちすえた。

そのさまを、居並ぶ諸将は凍りついたように見守りつづけた。

6

甲斐の武田攻めを終えたあと、筒井勢は東海道を西上する信長に同行。尾張国で織田勢と分かれ、伊賀越えで居城《きょじょう》の大和郡山城へ帰還した。

五月一日、筒井順慶は左近ら家臣団とともに、春日《かすが》社に参拝し、帰国の挨拶《あいさつ》をおこなった。

その順慶のもとへ、遠征の疲れを休める暇もなく、

「安土へまいれ」

と、信長から使者が来た。

使者は近臣の青山与三《よぞう》である。与三の父は青山与三右衛門《よそうえもん》といい、少年時代の信長を補佐した付家老《つけがろう》の一人だった。父の死後、与三は信長に近侍《きんじ》し、諸将への使い役をつとめていた。

「こたびは、何ごとにございますか」

左近は青山与三を睨みつけた。

麾下の武将たちをおのが道具の如く使う信長に、左近は少々嫌気《いやけ》が差している。

「徳川三河守《みかわのかみ》どのが、駿河一国拝領の御礼言上《ごんじょう》に安土へおいでなされるそうじゃ。その接待のため、安土城内で能《のう》を催すゆえ、観世《かんぜ》、金剛《こんごう》、金春《こんぱる》、宝生《ほうしょう》の大和四座《しざ》の猿楽師どもを引き連れて来るようにとの、上様の仰せである」

青山与三が尊大な態度で言った。武田を倒し、日々強まってゆく信長の勢威を笠に着ている。

「織田さまは、徳川どのにいたく気を遣っておいでのようでござるな」

皮肉を込めて左近が言うと、

「当然のことであろう。徳川どのは、武田攻めの戦功第一のお方じゃ。清洲同盟以来、上様との義兄弟の契《ちぎ》りを律儀に守ってまいられた。筒井どののような、上様がご上洛なされてから新規に織田勢に加わった御仁《ごじん》とはわけがちがう」

と口にしてから、青山与三はいささか言い過ぎたと思ったか、

「むろん、近年の筒井どのの働きには目ざましいものがある。今後とも、西国でのいくさには欠かせぬ戦力と、上様もおおいに期待なされておられる」

取ってつけたように言葉を添えた。

「われらの次なる働き場は、中国筋の毛利攻めでございますかな」

左近は聞いた。

「わし如きにはわからぬ。追って、上様のご下命《かめい》を待たれるがよい」

「さようか」

「徳川どのの安土来着は、十五日ごろになろう。それまでに、能興行の準備を抜かりなくととのえておくように」

青山与三は厳命し、大和郡山城を立ち去っていった。

「いくさのみならず、御能の宰領《さいりよう》にまで駆り出されるとは、さても織田さまは人使いの荒いお方でございますな」

左近と並ぶ筒井家の家老松倉右近《うこん》が、ため息をついた。度重なる軍事費の捻出《ねんしゅつ》

に、右近は頭を悩ませている。大和四座の猿楽師たちをひきいていくとなれば、それはそれで出費がばかにならない。

「文句を言うてはならぬ」

あるじの順慶がたしなめるように言った。

「われらなど、まだましな方であろう。こたびの徳川どのの饗応《きようおう》では、明智どのが接待役の大任を仰せつかっておいでとのこと。もてなしの費用は自前じゃ。物入りは当然のこと、粗相《そそう》があってはならじと、ずいぶんと気苦労があるにちがいない」

眉をひそめた順慶のみならず、左近や松倉右近の脳裡にも、先日の信州上諏訪での明智光秀に対する信長の無体な言動が浮かんでいる。

（何ごとも、起こらねばよいが……）

平素なら、猿楽師の宰領などは筒井家の奉行衆にまかせておけばよいところだが、今回は妙に胸が騒ぎ、左近もあるじ順慶に同道して安土へおもむくことにした。

同月十日、左近らは安土城下へ入った。

到着後すぐ、左近は明智光秀のもとへ挨拶に行ったが、光秀は宴に使う食材や包《ほう》丁人《ちょうにん》の手配に余念がない。

と言うより、饗応の準備に熱中することで、先日の上諏訪での一件の不名誉を忘れようとしているような気がした。

「これは左近どの」

光秀が、思いのほか曇《くも》りのない顔を左近に向けた。

「お役目、御苦労じゃな」

「明智さまも」

「うむ」

「おたがい、戦場の功名《こうみよう》に生きる武士《もののふ》としては、いささか不本意な仕事にございますな」

「それが宮仕えというものよ」

光秀が微笑《わら》った。

胸のうちで思うことはあるにせよ、与えられた役目に手を抜かないのは、几帳《きちよう》面《めん》な性格の光秀らしい。

「して、徳川どのは」

「家来衆を五十名ほど引き連れて、すでに遠州浜松を発《た》たれている。安土での饗応のあとは、上様のすすめで京洛《きょうらく》を遊覧するという」

「大和四座の能の演目は、何がよろしかろうか。松倉右近が、明智さまにおたずねしてほしいと申しておりました」

「わしに聞かれてものう」

光秀は小さく首をかしげた。

「徳川どのは、華美を嫌う質実剛健な気性《きしょう》のお方だ。まず、手堅い演目を選んでおけば間違いないのではないか」

「かたじけない」

「されば、わしは若狭《わかさ》から届いた塩相物の具合を見にまいるゆえ、これにて」

飛ぶ鳥が立つように腰を上げた光秀に、

「明智さま」

左近は声をかけた。

「何か」

「いや、なに、それがしには明智さまの如き辛抱《しんぼう》はできぬと思いましてな」

「上諏訪のおりのことか」

光秀の表情に、ふと翳が差した。

「あれしきのことに堪《た》えられぬようでは、織田家ではやってゆけぬ。わしのめざすものは、もっとはるか遠くにあるでな」

「明智さまのめざすものとは」

「またいずれ、話す機会もあろう」

それだけ言うと、光秀はかるく目礼《もくれい》して部屋を出ていった。

十五日――。

徳川家康の一行が安土に到着した。

〈下巻へつづく〉

本書は、二〇一五年十月にＰＨＰ研究所より刊行された。

著者紹介
火坂雅志（ひさか　まさし）
1956年、新潟県生まれ。早稲田大学卒業後、出版社勤務を経て、88年、『花月秘拳行』でデビュー。2007年、中山義秀文学賞を受賞した『天地人』は、09年のＮＨＫ大河ドラマの原作になった。主な著書に、『全宗』『黒衣の宰相』『虎の城』『沢彦』『臥竜の天』『軒猿の月』『軍師の門』『真田三代』『天下 家康伝』などがある。15年、58歳で逝去。

ＰＨＰ文芸文庫　左近（上）

2017年５月22日　第１版第１刷
2017年７月21日　第１版第４刷

著　者　火坂雅志
発行者　岡　修平
発行所　株式会社ＰＨＰ研究所
東京本部　〒135-8137 江東区豊洲5-6-52
文藝出版部　☎03-3520-9620（編集）
普及一部　☎03-3520-9630（販売）
京都本部　〒601-8411 京都市南区西九条北ノ内町11
PHP INTERFACE　http://www.php.co.jp/
組　版　朝日メディアインターナショナル株式会社
印刷所　共同印刷株式会社
製本所　株式会社大進堂

ISBN978-4-569-76719-2

PHP文芸文庫

桜と刀 俗人西行

火坂雅志 著

歌人や武人としての面や政治との関わりを検証しつつ、これまでにない西行像を紹介。源平の時代を西行を軸に読み解いていく歴史読み物。

定価 本体五八〇円（税別）

PHP文芸文庫

軒猿の月

火坂雅志 著

上杉家の忍び「軒猿」と飛び加藤の死闘を描く表題作など、作家・火坂雅志の魅力が凝縮された、戦国時代を舞台とする異色傑作短篇集。

定価 本体六六七円（税別）

PHP文芸文庫

運命の剣 のきばしら

宮部みゆき／安部龍太郎／火坂雅志 他共著

鎌倉時代から昭和に至るまで、一振りの無銘剣がたどるドラマを、七人の作家がそれぞれの持ち味を発揮して描き継いだ連作小説の傑作。

定価 本体六八六円(税別)

PHP文芸文庫

レオン氏郷《うじさと》

安部龍太郎 著

織田信長から惚れこまれ、豊臣秀吉からは文武に秀でた器量を畏れられた蒲生氏郷。その波乱に満ちた生涯を、骨太な筆致で描いた力作。

定価 本体九二〇円(税別)

PHP文芸文庫

風の陣

高橋克彦 著

①【立志篇】
②【大望篇】
③【天命篇】
④【風雲篇】
⑤【裂心篇】

八世紀中頃の黄金発見に伴う中央政界の権力抗争と蝦夷たちの戦いを描く。『火怨』『炎立つ』へと連なる著者渾身の大河歴史ロマン。

①【立志篇】
定価 648 円
(税別)

②【大望篇】
定価 800 円
(税別)

③【天命篇】
定価 724 円
(税別)

④【風雲篇】
定価 686 円
(税別)

⑤【裂心篇】
定価 838 円
(税別)

PHP文芸文庫

まりしてん闇千代姫《ぎんちよひめ》

山本兼一 著

強く生きたい――。鉄炮隊を率いて凜々しく闘った闇千代姫。猛将・立花宗茂の妻で、あの加藤清正にも一目置かれた姫の生涯を活写する。

定価 本体九二〇円(税別)

PHP文芸文庫

女城主

戦国時代小説傑作選

池波正太郎／井上靖／岩井三四二／植松三十里／滝口康彦／山本周五郎 著／細谷正充 編

戦国時代、男の名で家督を継いだ女城主・井伊直虎のほか、民を愛し、城を守った女城主たちの美しくも気高い姿を描いた短編小説集。

定価 本体六二〇円（税別）

PHP文芸文庫

我、六道《りくどう》を懼《おそ》れず［立志篇］（上・下）

真田昌幸連戦記

海道龍一朗 著

武田信玄に見出された清冽な武将は、いかに「戦国稀代の謀将」と呼ばれるようになったのか。若き日の昌幸の成長を活写する歴史巨編。

定価 本体各七六〇円（税別）